BREU

BREU

MÁRIO ARAÚJO

Copyright © 2020 Mário Araújo

Editor
Rodrigo de Faria e Silva

Revisão
Antonio Euclides Holanda

Projeto gráfico e Diagramação
Estúdio Castellani

Capa
Tom Catan

Imagem da Capa
Tom Catan

Dados Internacionais de Catalogação na Publicação (CIP)

Araújo, Mário;
Breu / Mário Araújo, – São Paulo: Faria e Silva Editora, 2020.
248 p.
ISBN 978-65-990504-7-3

1. Literatura brasileira. 2. Romance brasileiro.

DD B869   CDD B869.3

Não tenhas medo, a escuridão em que estás metido aqui não é maior do que a que existe dentro do teu corpo; são duas escuridões separadas por uma pele, aposto que nunca tinhas pensado nisto.

José Saramago

Para Pedro

Parte Um

6 DE ABRIL DE 1963

Úrsula

As crianças se amontoavam nos degraus mais altos da escadaria da igreja, bem no centro, respirando o ar perfumado pela passagem da noiva, que saíra correndo e embarcara num Aero Willys, a caminho do salão de festas. Úrsula foi a única que ficou numa das margens, entretida com o vento que balançava a saia do seu vestido. Já vira a noiva por tempo suficiente dentro da igreja abafada, posicionada na ponta dos pés entre a mãe e o irmão mais velho; com as mãos entrelaçadas em modo de prece, distraía-se permitindo que seus polegares escapassem à postura circunspecta e explorassem a textura do vestido, macia, enquanto mirava no altar um Cristo igualmente delicado. Dentro da igreja, tivera a chance de avistar também vários primos, com quem se encontraria na saída da cerimônia, conversaria durante a festa e até mesmo trocaria confidências quando a noite e as brincadeiras tivessem avançado o bastante para deixá-los à vontade, embora, no seu caso, a resistência fosse muito além da mera timidez.

Entre as crianças e adolescentes, que aguardariam ainda muito tempo até que os pais se desvencilhassem de tarefas inúteis, como despedir-se uns dos outros para se reencontrar quinze minutos depois, havia primos de todas as cidades de que Úrsula já ouvira falar. Primos de Urubici, de Correia Pinto, de Lages, de Painel (que se diziam de Lages) e de Curitibanos. Cidades acanhadas, mas cuja proximidade entre si e as oportunidades que proporcionavam às famílias de se visitarem com frequência as tornavam muito mais atraentes do que Porto Alegre, onde Úrsula vivia com os pais e irmãos. Não importava que em Curitibanos ou Painel fosse impossível comprar um metro de tafetá, encontrado a torto e a direito nas lojas de Porto Alegre. A união dos primos vizinhos fazia a sua força. De Curitiba mesmo não havia ninguém, pois os tios, anfitriões da festa, tinham migrado há quase uma década de Santa Catarina para aquela cidade estranha, onde uma pessoa podia abrir o portão de casa pela manhã e encontrar o vizinho fazendo o mesmo sem que isso significasse nenhuma obrigação de dizer bom-dia. Foi o que o pai lhe contou.

Se os primos eram muitos, seus nomes nem tanto, pois os tios faziam questão de insistir nas homenagens aos santos de devoção e, mais que tudo, aos seus ancestrais imediatos, o que resultava, naquele outono de 1963, em quatro Josés, dois Pedros, quatro Franciscos e três Auroras. E se ainda sobrassem criaturas inominadas após o preenchimento das cotas de santos e antepassados, então era facultado aos pais o uso da criatividade. E foi assim que surgiram Eustáquio, Aristides, Adalgisa e Elvis, como deferência a parentes mais distantes, vizinhos por quem se nutria simpatia, e astros da música que dominava as rádios. Úrsula homenageava com sua graça o outro lado da família, a avó paterna, falecida de tuberculose no exato dia em que a mãe intuiu que era uma menina a responsável pela forma arredondada do seu ventre. Certa vez, quando tinha oito anos, Úrsula visitou os primos de Lages, que eram os mais numerosos e os mais unidos, pois passavam juntos o verão na casa de praia do tio Percival. Naquela época, ela ganhara a primeira versão do que hoje era o seu vestido de festa, um modelo em tafetá cor-de-rosa com delicadas estampas no mesmo tom e saia rodada na altura dos joelhos. Mais tarde, o vestido seria adaptado ao desenvolvimento da menina, graças a sobras de tecido de que as freguesas não davam falta e que permitiriam à mãe, costureira nas horas vagas, manter guardadas aquelas pernas que cresciam sem parar e o torso que começava a ganhar volume.

Aos poucos, os mais jovens foram deslizando para fora do círculo de adultos distraídos até formarem um grupo próprio, uma massa que se espalhava pelos degraus e que voltava a se comprimir sempre que alguém atraía a atenção dos demais com um grito, promessa de uma novidade irresistível, criando um movimento de sanfona que tinha o efeito de aproximá-los cada vez mais do lado da escadaria onde estava Úrsula. Dali ela podia ver as caras rosadas e os cabelos despenteados. Uma lufada de vento a fez tossir, tísica, pálida no confronto com uma multidão de bochechas que sinalizavam o vigor do sangue em correria pelas veias. A tosse de Úrsula não era apenas consequência das condições climáticas, mas também da ansiedade da qual não se livraria até a hora de tomar o ônibus de volta para casa. Gelada, a pele arrepiada sob o vestido restaurado, na expectativa nervosa do encontro, correndo contra o tempo para formular um último pensamento organizado e ainda provido de espírito: seria uma prima desgarrada que travaria o primeiro contato com ela? Ou a atacariam em bando, uma turba compacta, cercando-a de ois e de convites para brincar, revelando menos o desejo da sua companhia que a reprovação do seu isolamento? Imaginou que a cercariam, sem dúvida, e que fariam a pergunta que já continha sua resposta: *Por que você fica aí sozinha em vez de vir brincar conosco? Porque você é boba.*

De repente, duas primas vieram em disparada na sua direção, uma no encalço da outra, e Úrsula, antevendo que a fugitiva buscaria abrigo atrás dela, deu um passo incerto, meio para frente meio para o lado, suficiente para mostrar sua recusa em cooperar. Sem pensar, encaixou um segundo passo no rastro do primeiro e percebeu que a massa de crianças e adolescentes se decompusera em indivíduos que ocupavam agora toda a área da escadaria, subindo e descendo agitados ou se expressando com gestos largos e vozes mal ajustadas. Avulsa no meio deles, imaginou que a melhor rota de fuga era a que estava percorrendo, fingindo passear distraída enquanto se aproximava da porta da igreja, onde estavam os adultos que poderiam salvá-la. O pai explicara certa vez ao irmão mais velho, e a imagem permanecia viva na sua mente: o atacante penetra tão velozmente a grande área povoada de defensores que, embora cercado por eles, não é percebido a tempo e consegue chegar na cara do gol. Mas as partidas de futebol não eram vistas, apenas ouvidas, um burburinho nervoso e sem fim, só interrompido por mais tensão, longas frases proferidas aos gritos pelo narrador, exclamações indignadas do pai, até o punho cerrado descer com violência sobre a mesa, migalhas de pão migrando para outros pontos da toalha xadrez, baforadas, pigarros, e então, de volta ao burburinho de antes, deixando em segundo plano os ruídos da mãe na máquina de costura. Era a Copa do Chile e a mãe costurava o tempo todo, a máquina uivando como um trem no dia da estreia, na contusão de Pelé, na desforra de Amarildo, no prodígio de Garrincha, no gol de Masopust e na virada final. Ao contrário do alvoroço em torno da partida, os sons da mãe trabalhando suscitavam nela uma sensação de serenidade e, ao mesmo tempo, de ligação com o futuro. A máquina, acionada pelos pés empantufados da mãe, que prometia levá-la para algum lugar bem longe dali.

O vestido que Úrsula usava no casamento tinha sido feito e refeito naquela máquina, a última atualização concluída na véspera da viagem. Se não tivesse sido reformado, hoje seria uma dessas saias curtas que andam usando, pensou ela enquanto avançava pelos degraus barulhentos sem olhar para os lados. Se ouvisse o seu nome, iria fazer-se de distraída. Ou de surda. Melhor distraída, pois as pessoas distraídas têm muito que fazer, coisas interessantes, e por isso se permitem desconectar da outra metade das coisas do mundo, enquanto os surdos são apenas deficientes, como os doentes mentais, vítimas de uma anomalia involuntária, mas considerados culpados aos olhos implacáveis de crianças e adolescentes. Ela provavelmente teria sido deixada em casa se fosse uma pessoa assim. Desconfiava de um primo, Diogo, ele tinha problemas. Quase nunca aparecia, ficava sempre em casa com a avó. Ela o vira duas vezes em Urubici, grandalhão, molengo, olhar parado. Tímido, dizia a mãe dele, diluindo sua aflição numa expressão da moda; xucro, reclamava o pai, não conseguindo disfarçar o sentimento de desonra.

Como o atacante descrito por seu pai, Úrsula alcançou a porta da igreja quase em linha reta, ziguezagueando alguns passos, mas nunca o olhar. Com as mãos, que precisava desesperadamente ocupar ao longo do trajeto, tocava o tecido folgado abaixo da cintura, examinando-o entre os indicadores e os polegares como uma cédula de cuja autenticidade quisesse se certificar. A certeza de que era valioso a fez sentir-se superior, de tal modo que pensou ter ouvido, em meio à algazarra geral, o silêncio ciumento das meninas, seus olhares em coro na direção do vestido, repetindo a cena de quatro anos antes. Mas então um pensamento a desaprumou: e se o silêncio fosse apenas silêncio? E se as primas estivessem entretidas demais com conversas e brincadeiras para prestar atenção nela? E se as risadas que deveriam servir apenas para disfarçar o nada a dizer da inveja fossem dirigidas a ela, ao papel ridículo que representava subindo os degraus como se fosse quem não era, uma princesa estreando o vestido novo? Úrsula olhou para dentro da igreja e viu o padre andando para cá e para lá, enquanto outros homens entravam e saíam pela porta escancarada, antecipando a desmontagem do cenário, a dissolução de todas as ilusões. O órgão tinha cessado de soar e o coral se calara. Os arranjos de flores haviam encolhido na verticalidade do edifício prestes a esvaziar. Ela esperou que os adultos dessem fim a suas tratativas e viessem em bando para a escadaria, num arrastão a recolher filhos e sobrinhos, encaminhando-os aos veículos que os levariam à festa. Com sorte ela seria colocada no carro novo do tio Ari – ele tinha sempre o último modelo –, torcendo para que não fosse muito grande e para que nele só coubessem os tios, ela e a mãe e, no máximo, José, o irmão mais velho. Assim não precisaria ter que lidar com os primos, não por enquanto. Teria o caminho para: a) reunir forças; b) esquecer; c) ficar mais tensa.

Embora a distância entre a igreja e o salão alugado para a festa fosse de apenas cinco quarteirões, o transporte foi organizado meticulosamente pelos tios Ari e Nestor, talhados para a função por seu natural espírito de iniciativa e liderança. O planejamento foi feito e executado para que ninguém ficasse a pé e nenhuma bainha tivesse que roçar o chão de cascalho e raras calçadas, sempre empoeirado naquela época do ano. Os que não possuíam condução seriam acomodados nos assentos sobressalentes. Os tios Ari e Nestor tinham a primeira e a última palavra no que dizia respeito a quem iria onde e com quem, catando crianças e adultos ao seu alcance e enfiando-os nos carros que apareciam, sem se preocupar com preferências, laços de sangue e amizade, embora se mostrassem flexíveis a pedidos de adolescentes mais enturmados.

Ao ver que a maioria dos primos se atirava na linha de frente, na ânsia de garantir logo o seu lugar, Úrsula esperou. Depois desceu lentamente os degraus, sem ambições quanto à marca do automóvel que ocuparia, e foi instalada no banco traseiro do Gordini que pertencia ao próprio tio Nestor. Dentro do carro, que tinha cheiro de novo, só encontrou Nestorzinho, o menor dos seis filhos do tio e de tia Vivi, irmã de sua mãe, e seu próprio irmão Francisco. Aceitou ir no meio, decidida a sufocar de uma vez por todas o impulso pueril de sentar-se junto à janela. No banco da frente, ia o casal.

Enquanto esperavam que do caos de veículos mal estacionados no pátio da igreja surgisse uma ordem de saída, Úrsula olhou por cima das cabeças pequenas que a ladeavam e checou as marcas dos carros: Kombis, DKWs, um lindo Simca Chambord. Na luz tênue do crepúsculo, não conseguia distinguir ninguém nas janelas, mas adivinhava as Kombis repletas de primos, que continuavam as brincadeiras da igreja agora num espaço mínimo. Vozes altas, pulos e risos, alguém que quase bate com a cabeça no teto, até que o tio motorista passasse uma descompostura – habituado à Kombi lotada, mas não àquela anarquia. Os filhos mesmo não davam um pio. No silêncio que se seguia vinha o arrependimento, também silencioso, da rispidez. O fato é que levava tempo ajustar a dose de autoridade necessária àquela mistura nova de filhos seus com os dos outros. No Gordini reinava o sossego. Tio Nestor prestava atenção ao movimento lá fora e tia Vivi prestava atenção nele. Úrsula tentava ajeitar o vestido para que não ficasse amarrotado sobre o banco do carro. Queria sair dali incólume. Os primos estariam sujos e ela, limpa. O pouco suor que se acumulara nas suas axilas e na região entre os seios incipientes fora secado pelo vento da escadaria, enquanto as primas se arremessavam escada acima e escada abaixo, ralando os joelhos no chão de cimento.

O carro enfim andou. Um breve giro das rodas sobre si mesmas e logo um braço saiu do carro vizinho pedindo passagem. Pararam. Em qual desses estará a mãe?, ela pensou. Calculou que fossem quase cinquenta os membros da família, já descontados os poucos ausentes e sem considerar parentes distantes, como tios-avôs velhinhos. Ela repassou pela memória: Tios: Frederico, Percival, Ari, Nestor, Ercílio, Clóvis e Bartolomeu. Tias: Nicinha, Carminha, Lorna, Vivi, Norma, Verônica e Dinorá. Primos (em ordem de chegada ao mundo): Francisco Carlos, Zé Carlos, Dininha, Aurora Maria, Pedro José, Maria do Carmo, Ivone, Pedro Tiago, Francisco de Assis, Denise, Eustaquinho (ausente), Maria Aurora, Ivan, Roseli, ela mesma e outras duas dúzias de meninos e meninas mais jovens, cujos nomes ela ainda não tinha na ponta da língua. E havia ainda dois primos nas barrigas de Carminha e Verônica. Úrsula não sabia quais seriam seus nomes e, supondo que tia Vivi soubesse, perguntou pelo bebê de Verônica. Se fosse menino, iria se chamar William, ela disse, e se fosse menina, Maria Bernadete. Úrsula imaginou os tios e tias contando uns aos outros as novidades nos encontros de domingo, dos quais sua família nunca participava. E como vai se chamar seu irmãozinho?, perguntou tia Vivi, ao que Úrsula respondeu que o nome ainda não fora escolhido, preferindo, por vingança, não revelar que a criança na barriga de sua mãe se chamaria Renato, ou Emília.

Quando o carro cruzou os portões da igreja e ganhou a rua, tio Nestor relaxou. Experiente, o ato de dirigir não lhe exigia grande esforço ou atenção. Assim, estava pronto para fazer perguntas aos visitantes:

Vocês vieram de ônibus desde Porto Alegre?

Sim, tio.

Vocês podiam ter ido de ônibus até Lages e de lá vindo de carona com o Ari ou o Ercílio. Não ia dar trabalho algum.

Ela poderia ter sorrido apenas, sabendo que ele a via pelo retrovisor. Mas disse: Obrigada, tio.

A ausência de relevo deixa o ambiente à mercê do vento, a falta de vegetação expõe o terreno aos riscos da erosão, Úrsula recitou em pensamento, distraindo-se com antigas lições aprendidas na escola. E era como a planície desprotegida e o terreno árido, descritos no livro de geografia da quinta série, que ela começava a se sentir, espremida naquele banco traseiro à mercê da sanha inquiridora dos tios. Tensa, esperava pelo próximo assunto, enquanto torcia para que o tio se concentrasse no trânsito, e cogitava ela própria iniciar uma conversa que pudesse entretê-los – a bela paisagem da estrada entre Porto Alegre e Curitiba, por exemplo.

Assim que passaram o semáforo verde, o homem ao volante perguntou:

Por que o tio Aurélio não veio?

Imitando os filhos, que chamavam de tio Aurélio o pai de Úrsula, ele procurava demonstrar um afeto no qual Úrsula não confiava plenamente. Talvez soubesse de alguma coisa que ela mesma não sabia. Quem sabia mais? Um adulto em outra cidade ou uma criança sob o mesmo teto? Um mero cunhado, parente periférico, mas sempre a par das informações que não chegam aos porões da infância, com acesso ao telefone e aos debates diante da mesa posta? Ou a filha única e muito querida, mas sempre mantida do outro lado da porta quando os assuntos sérios eram discutidos?

Ele não está melhor da dor nas costas?

Ele está, tio. Mas o médico disse que não era bom viajar. As quinze horas...

O segundo semáforo foi mais rápido que o Gordini, e os adultos voltaram as atenções para a mudança de cor iminente. No banco de trás, os pequenos se extasiavam com as luzes da cidade e os modelos de carros parados ao redor. Úrsula procurou pela mãe dentro deles, mas não a encontrou. As quinze horas que o pai escapou de passar sacolejando no ônibus até Curitiba seriam mesmo muito piores para sua coluna do que as que passaria em casa, sem nada para fazer. O sinal abriu e o tio ligou o rádio para ouvir a música das *boas estações de Curitiba*, disse ele, girando o botão em meio a uma tempestade de interferências. Nada disso pega lá em Correia Pinto.

Nem em Correia Pinto nem em nenhuma das pequenas cidades catarinenses onde viriam se estabelecer com as famílias os tios e tias de Úrsula, cidades que seu pai, nascido em Canoas, mal chegaria a visitar durante a juventude, vivida entre Porto Alegre e Curitiba. Quando voltou da segunda para a primeira capital, no fim de 1949, foi morar no subúrbio com a mulher e o filho primogênito, a quem logo se uniria a filha, concebida em algum momento entre o fazer e o desfazer as malas – atitude otimista, de aposta no futuro, mas também de observância às recomendações do pároco. O pai permaneceria em Porto Alegre por mais treze anos e três filhos, movendo-se entre bairros da periferia, passando em pouco tempo de uma situação de locatário que aguardava o melhor momento para adquirir seu imóvel a inquilino resignado de meias-águas em regiões de baixa renda. Até que um dia, recebeu do único cunhado residente em Curitiba a promessa de apoio para retornar à cidade, uma função no negócio dele, ou de um conhecido, um bom empurrão no início da vida nova. Isso era o que se entreouvia das falas, às vezes ríspidas, às vezes mais monólogos que diálogos, entre o pai e a mãe. Úrsula juntava os cacos das poucas frases captadas antes que a porta do quarto se fechasse, mais as muitas frases abafadas pela porta cerrada, e, na longa insônia que se seguia, esforçava-se para colá-los. Sabia que o pai vendera o Simca de que ela tanto gostava, comprado quase zero em 1959, mas que não usara o dinheiro para pagar as dívidas, que se acumularam. E quando o filho recém-nascido adoeceu, foi obrigado a se desfazer da sua parte do terreno em Canoas, herança do pai que dividia com os três irmãos – teimoso, jamais aceitou a proposta para que administrassem juntos uma pequena loja de conserto de eletrodomésticos, que acabou sendo erguida pelos outros sobre três quartos do terreno, servindo o seu quinhão apenas à gula do mato que, de tempos em tempos, tinha de ser contido para não invadir o restante da propriedade. *O pai é um homem para quem Canoas é pequena demais, um homem que só se sente bem vivendo na capital.* Sem ter mais direito à saúde pública desde que deixara de recolher a contribuição previdenciária, vendeu sua parte aos irmãos e converteu o dinheiro numa consulta médica e em remédios, que salvaram o menino de morrer de coqueluche.

Quando o Gordini entrou no pátio do clube, os garotos tinham os dedos crispados sobre os vidros das janelas, como prisioneiros suplicando por ajuda. Úrsula divisou os noivos recebendo os cumprimentos na extremidade de uma longa fila. A noiva, cuja cauda do vestido lhe pareceu comprida demais para uma mulher tão baixa, era a mais velha de todas as primas, e Úrsula tinha a expectativa de que ela fosse forte, de que tivesse uma presença marcante. Era seu dever como primogênita de uma descendência numerosa, pioneira de um mundo em que todas desejavam entrar. O pouco contato que tivera com ela no passado – duas visitas breves, algumas fotografias e comentários elogiosos feitos pela mãe (*moça boa, meiga, prestimosa*) – tinha contribuído para a imagem favorável. Mas Úrsula se decepcionou assim que a viu a caminho do altar, quase esquecida dentro de um vestido que não realçava seus traços, antes os consumia.

Na entrada do salão de festas, depois de saudarem os noivos, viram-se todos tal como na saída da igreja, à espera de instruções para o próximo passo. Aguardavam que alguém importante, como o pai do noivo, aparecesse e lhes dissesse como iria ser tudo, ou que um conviva mais arrojado os liderasse na tomada das mesas. No espaço reduzido do alpendre, os adultos começaram a se recumprimentar e se reabraçar. Tio Ercílio e tia Carminha. Ivone e Dona Madalena. Tio Nestor e um homem de chapéu marrom. Tio Nestor era dono de uma mercearia. O homem de chapéu marrom era avô do noivo. Dona Madalena morava em União da Vitória. Tia Carminha sofria de asma. Os mais jovens, ainda não autorizados a sair em disparada entre mesas e cadeiras, diziam palavras educadas aos mais velhos e aos contemporâneos.

Úrsula antecipou um olhar para o ambiente que a aguardava: um salão quadrado e muito iluminado; uma mesa comprida repleta de salgadinhos e com um bolo gigante ao centro; outras três mesas dispostas na forma de um imenso retângulo aberto, que avançava sobre a mesa principal como uma boca escancarada, prestes a devorá-la; quatro pequenas mesas redondas forradas com toalhas que lambiam o chão; e sobre todas as superfícies, pratos, copos, talheres, guardanapos e arranjos de flores. Avaliou as mesas que compunham o retângulo: uma seria destinada aos adultos, outra aos adolescentes e outra às crianças – ou talvez estas fossem colocadas estrategicamente entre os adultos, para garantir que se alimentariam direito.

Sentar-se à mesa dos adolescentes era uma distinção cobiçada por qualquer um aos doze anos de idade, mas não por Úrsula. Os motivos eram temor e desprezo. Temia e desprezava os primos em medidas que só poderiam ser expressas por fórmulas complexas. De um modo geral a situação era de equilíbrio, doses mais ou menos aproximadas de temor e desprezo correndo em seu sangue. Quando estreou o vestido, aos oito anos, tripudiou sobre as primas da mesma idade, que não podiam ter nada semelhante. Uma atitude condenável, mas tramada quase ao acaso com os fios soltos da inveja alheia, que se ofereceram a ela de modo irresistível. Anos mais tarde, primos estavam presentes quando o pai de Úrsula foi maltratado na casa do tio, que agora os recebia na festa de casamento da filha. O pai gostava de alardear aquele incidente, que ela imaginava humilhante, mas sonegava os detalhes. Os primos nada fizeram além de testemunhar o fato, com olhos e ouvidos bem abertos – não poderiam tê-los fechado? –, e isso para ela foi o bastante.

Enquanto os convidados se acomodavam, Úrsula encontrou o lugar perfeito, na extremidade da mesa dos adultos, fronteira com a mesa dos adolescentes. À direita, a mãe, à esquerda, Carmo, a primeira da mesa abarrotada de primos. Foi só então, após alisar o vestido e se sentar, que ela se deu conta da presença dos garçons no salão. Eram vários, e ela olhou para cada rosto, concluindo que não eram conhecidos que estavam dando uma mão ao tio, mas sim profissionais pagos por ele. Usavam gravatas e camisas brancas impecáveis. Com suas bandejas redondas, circulavam por todo o salão em atenção aos comensais famintos. Quando um chegou mais perto, Úrsula observou seus sapatos, que reluziam. Trouxeram-lhe pão e refrigerante, e nem mesmo passar a comida das travessas para o seu prato foi necessário, pois logo um deles tratou de fazê-lo com a colher que trouxera especialmente para isso. Encheram-no com arroz, legumes, batata frita cortada como palitinhos e carne picada coberta por um molho denso e cremoso. Ela já vira coisa semelhante numa revista, a foto de um grande banquete, uma imagem estática a partir da qual fantasiara todos os movimentos possíveis, de modo que nada na realidade pudesse surpreendê-la. Assim, sentindo-se protegida por uma imaginação capaz de se antecipar aos acontecimentos, Úrsula delimitou sua vergonha a um pequeno canto da mente, um gueto de sentimentos baixos, e enquanto provava do prato com gestos delicados, pensou nas limitações do seu cotidiano, no Ki-suco que a família bebia quase todos os dias da semana e nos dias especiais em que a mãe arranjava sobre a mesa, com o mesmo zelo que dedicava aos vasos de flores, uma jarra de plástico cheia até a borda de suco natural de laranja. Às vezes ela anunciava um suco ainda mais especial, de laranja com mamão, inspirado no cardápio de uma lanchonete do Centro que servia sucos híbridos, combinando duas, até três frutas. O mamão conferia uma nota particular ao sabor da laranja, que a mãe justificava como *presença extra de vitaminas*. Até que um dia Úrsula descobriu que isso acontecia toda vez que as laranjas, compradas a preço promocional no fim da feira ou mesmo dadas de graça pelo feirante, já estavam passadas, prestes a apodrecer.

Mas a maneira como a mãe arrumava a jarra entre pratos e talheres, seus modos delicados em contraste com a louça grosseira. Parecia saída de uma revista, ou de uma novela de rádio. Era assim que ela via sua mãe, que naquele exato instante, bem ao seu lado, bebia água e conversava com tia Norma, acertando todos os plurais. *A festa está muito bonita e os noivos muito bonitos.* E entre os acertos de uma e os barbarismos da outra, revelavam-se aos olhos de Úrsula todas as injustiças do mundo. O pai lhe pareceu vagamente culpado por isso, e ela sentiu desconforto ao pensar nele. Pela tia, sentiu não mais que um desprezo miúdo, que escondeu depressa no tal gueto dos sentimentos baixos.

Ninguém tinha ainda notado a presença de Úrsula entre os adultos, mas a expectativa era de que logo alguém a descobrisse e, com uma suave reprimenda, a constrangesse a tomar seu lugar na mesa correta. Assim eram tratadas na família as pequenas transgressões e as coisas fora do lugar. A censura podia tomar a forma de um estranhamento ou se apresentar como o recheio de uma piada saborosa e inocente. Podia se manifestar também como uma afirmação disfarçada de pergunta, na qual o ponto de interrogação desempenhava o papel de atenuante.

A Úrsula não vai sentar na mesa com os primos? disse tio Ari com uma voz que atravessou objetos e pessoas. Pega em flagrante delito, nem mesmo a mãe viria em seu socorro. Os irmãos e cunhados raramente divergiam e, além disso, o assunto não merecia. Tanto que de imediato o tio desviou sua atenção para uma questão mais urgente, cravando o garfo num pedaço de carne.

Úrsula aproximou sua cadeira da mesa de adolescentes, inclinando ligeiramente o corpo na direção de Carmo.

Qual é teu nome mesmo? Perguntou a prima, para quem Úrsula de repente se tornara visível.

Úrsula, ela respondeu tentando dissimular a indignação. Poderia ter inventado um nome na hora, que diferença faria?

De estômago cheio, as crianças foram deixando as barras das saias maternas pela liberdade do salão, que logo se transformaria numa arena para brincadeiras e conversas animadas. Enquanto elas estivessem ali, os adultos permaneceriam sentados, papagueando e digerindo, exultantes por fora mas letárgicos por dentro, prestando contas ao seu metabolismo lento. Mais tarde, porém, tomariam para si o espaço, convertendo-o num vasto salão de baile, e depois de incontáveis valsas, guarânias, vanerões, boleros e foxtrotes, quando o peso dos anos os convidasse de volta a suas cadeiras, assistiriam ao retorno dos jovens, que enlouqueceriam ao som do rock and roll.

Quando a música começou, eles não estavam no salão. Úrsula, Maria do Carmo, Maria Aurora e Ivan andavam a esmo pelo jardim, que parecia imenso, mas que devia ser pequeno e sem atrativos sob a luz do sol. Os três iam de braços dados, enquanto Úrsula apenas os seguia de perto, com as mãos trançadas à frente do corpo. Os primos enlaçados se divertiam ziguezagueando e emitindo risinhos agudos – de que estavam rindo? –, ou então emitiam um uivo agudo e comprido, e esbarravam nela de propósito, deixando-a sem saber o que dizer.

A prima vai pensar que nós somos loucos, disse Ivan, que caminhava entre as duas meninas.

E não somos? disse Aurora. E riram.

Vamos dar mais uma volta ao redor do clube? sugeriu Carmo, e todos concordaram, inclusive Úrsula, mas sua voz saiu oprimida, fraca demais para ser escutada.

Talvez, antes de ser confrontada com uma pergunta desagradável, como se o gato tinha comido sua língua, Úrsula devesse dizer algo em defesa própria, provar que não era uma estúpida, deixar bem claro que era tão boa ou melhor do que eles. A cidade onde vivia era maior que Curitiba e infinitamente mais interessante que os vilarejos ridículos onde eles moravam. Isso era algo que podia dizer, embora não de forma tão direta. Não era o caso de se mostrar rude, de atiçar a hostilidade que estava latente no modo como os primos a tratavam. A ideia era apenas pronunciar o nome "Porto Alegre" e deixar que nas cabecinhas deles retumbasse a verdade óbvia: *maior que Curitiba*. E, mais óbvio ainda: *infinitamente maior que Urubici e as bostas de cidades onde moramos*. Poderia falar também sobre as notas que tirava na escola, as palavras difíceis que conhecia, os programas de TV que assistia (omitiria o fato de que os via na casa da vizinha) até dar um jeito de chegar ao que realmente interessava: o vestido. Fingiria curiosidade sobre os vestidos delas, com perguntas sonsas sobre os tecidos, os cortes, as lojas onde foram comprados. Tudo para que pudesse se deliciar com as perguntas que elas fariam sobre o seu, ou pelo menos com os olhares gordos que lançariam sobre ele. Evitaria mencionar que a mãe o tinha confeccionado e torceria para que ninguém ali lembrasse que era o mesmo de quatro anos antes. Anotou: evitar falar da mãe, sob qualquer hipótese, pois a mãe levaria ao pai e a indagações sobre quem ele era, onde estava e porque não estava ali. Anotou: puxar o assunto do vestido, nem que isso significasse apenas pronunciar a palavra "vestido", e, esquivando-se da ira dos olhares, dar meia volta e partir.

Nos fundos do clube, cruzaram com a dupla Roseli e Denise, também de braços dados e rindo. Carmo achou que deveria apresentá-las.

Essa aqui é nossa prima – como é mesmo o teu nome?

Úrsula pronunciou as três sílabas de forma automática, sem qualquer ironia ou ressentimento (não houve tempo), e a essa informação acrescentou ainda outras: filha do tio Aurélio e da tia Marli, morando em Porto alegre, chegou hoje, volta amanhã, fará treze anos no dia 13 de junho. E foi só depois de meia dúzia de respostas, dadas com o genuíno propósito de satisfazer a curiosidade imediata das primas, que se abriu diante de Úrsula uma cratera de fúria e indignação. Tudo bem que não a conhecessem, ou que não se recordassem dela, vista pela última vez numa longínqua festa de aniversário, mas por que aquela menina insistia em não saber seu nome? Tudo bem que o seu nome, embora ainda fresco na memória, disputava com milhões de outras coisas a atenção de Carmo, zilhões de informações ricocheteando naquela mente jovem e inquieta, esperando na fila para ser processadas, o que tornava quase impossível para ela ter um nome qualquer na ponta da língua. Mas, pensava Úrsula, se era verdade que os primos de Santa Catarina se conheciam tão bem, que passavam férias e fins de semana juntos e que sabiam de cor os nomes uns dos outros, isso não deveria abrir espaço nas suas memórias, facilitar a entrada do dado novo?

Tia Marli é a quinta, explicou Aurora às duas recém-chegadas. Entre minha mãe e o tio Ercílio.

Então vamos brincar de esconde-esconde! disse Roseli, colocando o carimbo que faltava na carteirinha de admissão da prima forasteira.

Não, de pega-pega, retrucou Carmo, e Úrsula imaginou de imediato o suor escorrendo na pele, fazendo o vestido grudar, a grama úmida de orvalho e a casca áspera e suja dos troncos das árvores. Olhou para as roupas das primas e viu um cenário caótico de botões frouxos, alças torcidas e laços que começavam a se desfazer. Elas já tinham corrido na saída da igreja, mas Úrsula não queria correr nunca e por isso votou em esconde-esconde, que venceu por quatro votos a dois. Quando era sua vez de contar, apoiava o braço na árvore e cobria os olhos, tomando o cuidado de manter o corpo afastado do tronco e o vestido a salvo da sujeira. Na hora de se esconder, procurava esconderijos relativamente limpos, onde permanecia imóvel, recuperando-se do cansaço e do desalinho, enquanto os outros se lambuzavam nos arbustos e no gramado, mais crianças e mais livres do que ela. Na terceira vez em que teve de contar, mergulhou os olhos no ângulo macio do braço e começou a ouvir risadas. De início, pensou que fossem as gargalhadas que chegavam a todo instante do salão, mas logo percebeu que as de agora tinham contornos mais precisos e pareciam sair de um número limitado de bocas. Tentou manter-se fiel à progressão dos números, mas o barulho se tornou tão forte que abafou a contagem. Sentiu a cara amassada contra o braço. As risadas agora pareciam estar sendo disparadas à queima-roupa e ela entendeu que a brincadeira havia chegado ao fim. Quando seus olhos vieram à tona, viu-se cercada pelas quatro meninas. Ivan, um pouco mais atrás, parecia não participar do coro que entoava: *Ela tem medo de se sujar! Ela tem medo de tudo! Até de se sujar!*

Eram tantos os sentimentos – todos ruins – se engalfinhando dentro dela, que Úrsula teve dificuldade para ajustar o foco sobre o que estavam dizendo, e no primeiro instante tudo o que conseguiu foi reagir com uma queixa intempestiva:

Se eu fosse feia como vocês, se eu tivesse esse nariz torto ou essas orelhas de abano, vocês nunca esqueceriam meu nome! gritou.

As primas, em silêncio instantâneo, pareciam ofendidas. Olhavam para ela sem entender o porquê daquela reação desmedida. Havia um ar de curiosidade nas suas cabeças ligeiramente inclinadas, e Úrsula imaginou que a qualquer momento poderiam perguntar seu nome outra vez.

As roupas de vocês são *horrendas* (conhecia essa palavra e sabia ser mais forte do que *horríveis*), cafonas, e agora estão imundas!

E elas olharam não para suas próprias roupas, mas para o vestido de Úrsula. Olharam como se fosse a primeira vez, e nada poderia ser mais ofensivo do que isso. Ela mal podia acreditar, deviam estar fingindo, não era possível que o estivessem vendo pela primeira vez, justo ali onde estava mais escuro e justo quando o vestido começava a ficar sujo e amarrotado, apesar de todo o seu esforço para mantê-lo limpo. Pelo menos agora, pensou com ironia, havia algo que as equiparava: eram donas de vestidos sujos. Estavam próximas na imundice dos vestidos assim como distantes nos passeios de fins de semana e viagens de férias, à festa da maçã, em São Joaquim, parando para dormir em Urubici na volta, na casa da tia Verônica, que tinha sótão e chaminé e cobertores aconchegantes.

Eram tão distantes em tudo que, pensando bem, chegava a ser natural o fato de a toda hora perguntarem seu nome.

Coitada, disse Denise, só porque a mãe reformou um vestido velho, pensa que é alguma coisa.

Denise estava lá, na festa de aniversário acontecida há quatro anos, seu corpo roliço mal ajustado a um vestido cheio de babados. Denise estava presente também no dia em que o pai de Úrsula bateu à porta do cunhado de Curitiba para um café. *De passagem pela cidade, um compromisso cancelado e a tarde subitamente livre.* A conversa logo enveredou para a vida que andava difícil, nenhum trabalho em vista, as dívidas que se acumulavam e a decisão de tomar o ônibus para explorar os arredores, a ideia repentina e feliz de subir até a outra capital, naquele tempo bem menos populosa que Porto Alegre, um mundo que poderia se abrir para ele, e, além do mais, a relação sempre boa com os cunhados, a generosidade que ele tanto admirava, a casa aberta aos parentes, crianças brincando no jardim, entre elas uma das filhas do Percival. Ao retornar a Porto Alegre, disse à mãe sem empolgação que a conversa ido bem e que eles em breve se mudariam para Curitiba, menor que Porto Alegre, era verdade, mas um mundo novo e repleto de possibilidades.

Por que teu pai não compra um vestido novo pra você? perguntou Denise.

Uma das testemunhas, pensou Úrsula, uma das testemunhas silenciosas que não fizeram nada ao vê-lo ser humilhado. Através das paredes finas, ouvira o pai chamando isso de *O dia da minha queda.* Por mais idiota que fosse aquela menina, ela devia se lembrar disso.

As quatro saíram correndo. Ivan ficou pelo caminho. Úrsula saiu atrás, a brincadeira de pegar que ela não queria. As primas escapuliam como pombos, uma para cada lado sempre que ela ameaçava tocá-las, mas em seguida retornavam, desafiadoras. Ao não conseguir se decidir por uma, Úrsula perdia todas. Fez várias tentativas até que desistiu de apanhá-las e elas desistiram de provocar e se dirigiram ao salão, prontas para o reencontro com a índole concordante da família, para quem parentesco era sinônimo de afinidade. Mas Úrsula teria adorado alcançá-las – na verdade bastaria uma –, de igual para igual, e puxá-la por uma alça ou laço frouxo da roupa, teria gostado até mesmo que uma delas se agarrasse com força ao seu vestido, fúria e gravidade impelindo-as para baixo até as costuras se romperem. Mais tarde, enquanto comia sua fatia do bolo de casamento, Úrsula pensou na violência, num tipo de violência pura, que fazia os gritos e a ironia parecerem tolos e superficiais. Uma violência feita de atrito e dores mútuas.

Na saída do clube, com o vento frio batendo forte, cada família tratou de entrar depressa em seu automóvel. Quase todos passariam a noite em hotéis. Aqueles que haviam decidido enfrentar a estrada logo cedo ficariam hospedados às margens da BR, enquanto os demais se espalhariam por alojamentos na região do Alto da XV e no Centro, de modo que estivessem a postos no dia seguinte para o almoço na casa do anfitrião. Úrsula, a mãe e os irmãos pernoitariam na casa deste e tomariam o ônibus para Porto Alegre às sete da manhã, perdendo o almoço. A casa era grande e Úrsula intuiu que mais gente poderia ser convidada a dormir lá. Quem?

Do alpendre, viu Roseli e Carmo entrarem nos carros e partirem, mas não viu os outros três. Não se incomodava que Aurora e Ivan fossem escalados para pousar na casa dos tios, mas não queria que Denise fosse. O medo, e também o frio da noite, não deixou seus pés sossegarem, enquanto esperava, junto da mãe e dos irmãos, que os pais da noiva finalizassem as últimas tarefas antes de se retirarem. Andou de um lado para outro até ser repreendida pela mãe, e então parou, passando a jogar o peso do corpo das pontas dos pés para os calcanhares. Só se tranquilizou quando a tia apareceu trazendo dois filhos de tia Norma a reboque.

De todas as tias, Norma era a que tinha mais filhos – oito –, e não raro dois ou três deles se desgarravam do bando e iam passar férias na casa de algum parente. Ela acreditava que a prole numerosa lhe garantiria o conforto na velhice, com cada filho cuidando de uma parte dela, da conta bancária às unhas dos pés. Úrsula espremeu-se no banco de trás da Vemaguete (o Aero Willys dos noivos fora emprestado por um amigo) entre seu irmão José e Zé Antônio, com Francisquinho desmaiado no seu colo. É assim que as mães fazem, ela pensou, sentindo a respiração desacelerada do irmão. Os cabelos suados, a ponta do nariz fria e úmida roçando seu vestido, nada disso importava para uma mãe. Um dia ela também não se importaria, imbuída do amor materno, que deve ser imenso, ou teria tantos vestidos que poderia trocá-los a hora que quisesse. Naquele instante, porém, abraçava-se ao menino e ao escuro para esconder o vestido amassado.

A casa dos tios ficava perto do clube e da igreja. Ela estivera ali uma única vez, o suficiente para perceber que era maior que a casa onde eles haviam morado antes. Era de alvenaria e tinha um sótão enorme onde seriam arrumadas as camas para os sobrinhos visitantes. A mãe daria uma mão à tia estendendo os lençóis e dando safanões nos travesseiros para ajustá-los às fronhas, as duas bebendo café e tagarelando sem parar. Na manhã seguinte, os filhos as encontrariam ainda com as canecas nas mãos, como se entre um gole e outro tivessem encontrado tempo para o repouso necessário. Mas havia muitas coisas na cidade das quais Úrsula não se recordava, e era uma pena que o horário do ônibus não permitisse ver quase nada à luz do dia, exceto as ruas vazias e a rodoviária atulhada de pobres sonolentos arrastando suas trouxas e sacolas.

O tio dirigia em silêncio. Tinha a fama de ser um homem severo e sua cara metia um pouco de medo, especialmente quando bem barbeada. Mas se tornava branda depois de alguns dias longe da navalha, quando os pelos irregulares a tomavam como mato, transformando-o num ser humano comum, sujeito aos caprichos do tempo. Naquele momento, mais escanhoado do que nunca, não dava sinais de que pudesse romper o silêncio para perguntar pelo pai de Úrsula; aliás, dava mesmo a impressão de que já sabia de tudo o que precisava saber. Enquanto isso, Zé Antônio parecia observá-la na escuridão, desviando o olhar quando alguma luz de fora vasculhava o interior do veículo. Olhar esquisito. Úrsula não sabia se ele estava presente no dia da queda do pai. Como teria sido? Talvez ele estivesse lá por ser o afilhado querido dos tios, eram férias, outros sobrinhos estavam, como Denise. O pai jamais fizera qualquer referência a Zé Antônio. Talvez José soubesse de algo, ele que agora dormitava ao seu lado, ao alcance de uma boa cotovelada. Mas Úrsula não tinha certeza, e a soma da incerteza com o olhar inescrutável do primo tinha o poder de paralisá-la. O tio se limitava a dirigir. Era provável que estivesse extenuado, e não devia mesmo ser fácil controlar tudo, a festa, os empregados. Era um homem rigoroso, capaz de repreender qualquer um, adulto ou criança, filho ou parente distante.

Ao sair do carro, Úrsula lutou bravamente com o peso do irmão adormecido e atravessou a porta que a tia mantinha aberta, enquanto segurava um travesseiro nas mãos. Sentou-se com o pequeno no sofá e não o largou até que lhe mostrassem a cama onde ele dormiria. Então, deitou-o e saiu em busca de seu próprio pijama, que vestiu num segundo, fazendo desaparecer na mala o vestido de festa.

No sótão repleto de crianças, mesmo depois que risos e brincadeiras haviam sido substituídos por roncos e suspiros, ela continuava acordada. Da janela que ficava acima de seu colchonete, observou o mundo lá fora: uma calçada estreita contornava a casa e se conectava a um caminho feito de pequenos círculos de cimento, que cortava o gramado até o portão. Ao lado, um pátio cimentado servia de garagem improvisada, com a cobertura ainda por construir. Úrsula concentrou sua atenção nas áreas duras, de cimento, e imaginou como teria sido a queda do pai. *A queda* – pode ter sido apenas um jeito de falar, a tradução do que ele sentiu quando expôs seu fracasso ao juízo implacável do tio. O pai com a cara enfiada na grama. Dali de cima ela veria sua cabeça, seus cabelos com alguns fios grisalhos, pernas e braços distendidos numa posição acrobática. Denise e os outros deviam estar bem perto. Viram a bochecha deformada contra o piso sólido, talvez uma ou duas gotas de sangue, e os ombros servindo de moldura à cena. Mas eles não disseram nada, apenas olharam assustados, atentos, registrando tudo na memória, formando opiniões que guardariam para si mesmos. Zé Antônio talvez ainda estivesse acordado, e ela poderia perguntar a ele. Para não ir ao assunto de forma tão direta, começaria indagando se ele se recordava de quando vira o tio Aurélio pela última vez. Mas ao deixar a janela e se voltar para o cômodo silencioso, ela entendeu que nenhuma abordagem seria prudente naquela escuridão, ainda mais quando não haviam trocado uma única palavra numa noite inteira sob a luz.

Alguns ruídos familiares subiam da cozinha e Úrsula imaginou a mãe e a tia encostadas no fogão, confabulando. Teve vontade de abrir uma fresta da porta para escutá-las. É claro que falavam da mudança, da vinda deles para Curitiba dali a tantos meses, quantos não sabia. Mas sabia que os tios também se mudariam, trocando aquela casa por outra mais ampla e confortável, embora mais afastada do Centro. Ela e José tinham ouvido isso através das benditas paredes finas da casa deles – uma vantagem de ter paredes finas. A tia agora estaria contando das dificuldades de encontrarem a moradia ideal. Não devia ser fácil mesmo, e isso fez Úrsula pensar que o pai tinha obrigação de estar ali, buscando o melhor lugar para eles. A tia discorreria sobre o longo tempo em que sonhavam com a mudança, embora a casa nova também fosse alugada, e sobre o espaço que teriam para uma horta nos fundos, e sobre o espaço que teriam para mais gente, agora que a filha estava casada.

A mudança da família de Úrsula, contudo, tinha motivações bem diferentes. No horizonte do pai só havia a busca desesperada por trabalho depois de meses à deriva, desde o fechamento da padaria um ano depois do desastre da barbearia, e tudo porque ele um dia enfiou na cabeça que não viera ao mundo para receber ordens. Orgulhoso. E cheio de dívidas. A suprema contradição. Afinal, que orgulho era aquele que se baseava em não pedir nada a ninguém e aceitar esmolas de muitos, fingindo que não era com ele, deixando por conta da mulher o esforço de conseguir apoio de amigos e parentes? Uma mudança que mais parecia uma fuga, Úrsula pensou, sentindo o ar do sótão saturado com tantas bocas e narizes respirando ao mesmo tempo. Como seria a casa onde iriam morar? Provavelmente menor. Mas isso até que seria bom, pessoas e palavras colidindo num espaço ínfimo. Disso deveria sair alguma coisa. Ou então o pai ficaria mudo de vez, e nem mesmo a mãe saberia o que se passava pela sua cabeça. Ninguém entendia por que ele não viera ao casamento, ainda mais depois de ter aceitado a ajuda do cunhado. Era um devedor, mas já se comportava como credor. Não tinha convivido nem dividido nada, mas queria que sentissem sua falta. Úrsula achava que se o pai fosse mais camarada com os parentes, se demonstrasse mais afeto, teria suas dívidas perdoadas. Não precisaria gostar deles, apenas estar por perto. Ser capaz de dar um abraço efusivo no outro e ao mesmo tempo olhar por cima do seu ombro, atento aos benefícios futuros.

Sentiu ódio do pai. Mas logo a visão da calçada lá embaixo trouxe de volta a figura caída, o cocuruto de fios cinzentos ao qual ela não tinha acesso da sua posição de menina. Os membros desconjuntados de boneco, não de homem. Era o seu pai. Um sentimento de pena se apoderou dela – a pena preparando para a ternura. Ela o teria acudido no dia da queda se estivesse presente. Teria se lançado sobre ele para protegê-lo da incompreensão do seu agressor e do mundo, que abrigava, ela não sabia, maldades muito piores do que as da vida doméstica. O mundo não tinha corrimão. Não tinha acostamento. Não tinha paraquedas. No meio daquele mundo, reduzido a algo tão pequeno que ela podia acolher em seus braços, o pai deixava de ser um inimigo. E ela se sentia confusa, a se desmanchar de ternura e carinho pelo homem que a envergonhava, que vendera às pressas o automóvel da família quando ela já era conhecida na escola como a garota que chegava todas as manhãs de Simca branco. E, ao mesmo tempo, a se inflamar de ódio contra o tio boa-praça, da casa grande e aconchegante, que certa vez a pegou pela mão e a levou para ver os patos no lago, após uma churrascada alegre e já escura na memória.

O vento soprava mais forte, fazendo barulho nas árvores e sacudindo os fios de luz. *Venha pra dentro*, foi a frase que ecoou no seu pensamento, fazendo-a abandonar a janela. Enquanto se aninhava nos próprios braços, sentindo o mundo macio debaixo dela, veio-lhe à mente uma cena pré-histórica, vista em algum livro. Os homens primitivos comprimindo-se num – aprendera a palavra outro dia – *amplexo* único. Uma família inteira, ou várias famílias, buscando proteção contra a fúria da natureza. Lembrou-se então de outra cena, real, mas que para ela era quase tão antiga e inacessível quanto a pré-história, uma cena de seus próprios familiares abraçados, reunidos em estado de comoção. Foi o dia da morte de alguém, de alguém ainda criança, tão pequeno quanto ela. Mas ela não conseguia lembrar quem. Só restaram na sua memória os parentes, chegando de todos os lugares, apertando-se num abraço sem fim, como que para estancar algo que estava se esvaindo. Ela se sentiu reconfortada. Eram mais estreitos aqueles abraços e mais intensas as demonstrações de afeto do que as que ela vira na festa. Talvez tivesse preferido ir a um enterro. Sim, um enterro era o lugar para ver coisas que não eram vistas no dia a dia. Como os olhos vermelhos do tio Bartolomeu – nunca mais vira lágrimas assim nos olhos de um homem adulto.

Prestes a dormir, Úrsula imaginou seu dedo subindo e descendo pelo mapa, percorrendo o caminho que faria dali a algumas horas e o caminho que faria dali a algumas semanas, ou meses, quando viesse morar em Curitiba, talvez para sempre.

22 DE JULHO DE 1964

Edna

Nélson já tinha começado a bater palmas quando viu que ao lado do estreito portão de ferro havia uma campainha. Hesitou entre recorrer a ela e seguir chamando com as próprias mãos o Alceu, ex-companheiro de quartel que morava a duas quadras e meia da sua casa. Enquanto naufragava nessa poça de dúvidas tolas e inúteis, que lhe turvavam o pensamento já sobrecarregado pelas preocupações com a mulher e o bebê, ele notou que o pouco ruído que fez foi suficiente para provocar movimento na cortina da janela. Uma voz soou no escuro, equilibrando-se entre o sussurro e a firmeza de quem quer intimidar:

O que é que foi aí?

Teria que se explicar, começar do zero. Não podia mesmo esperar que o outro lembrasse, ainda mais depois de instalado no conforto do sono.

Vai nascer... você me empresta?...

Dizer tudo logo de uma vez, evitar que o Alceu fizesse mais perguntas, enchendo-o de constrangimento.

Você me empresta o carro pra levar a Edna na maternidade que o neném já está querendo nascer?

A cortina se fechou e uma luz se acendeu na janela ao lado. Depois outra, na garagem.

Um homem de pijamas e sobretudo veio até o portão e passou por entre as grades um feixe com objetos diversos.

Aqui estão os documentos e as chaves. Cuidado, está sem seguro. Tem uma tranca. Sabe usar?

Nélson fez que sabia.

O tanque está quase vazio.

Pode deixar.

Não vá descarregar a bateria.

Pode deixar. Acho que o neném nasce agora de madrugada e amanhã de manhã a gente sai do hospital. Eu trago depois do almoço.

O antigo colega não concedeu a Nélson o favor de um tudo bem. Não balançou a cabeça, nem com movimentos verticais nem horizontais. Não estava ali, de pé à beira da madrugada, para facilitar as coisas. Apenas olhava para ele sem dizer nada, com uns olhos que pareciam contar os segundos para voltar a sumir atrás das pálpebras.

Será que vai gear?

Já está geando. Olhe pra grama.

Nélson olhou para a grama rente ao muro, tomando coragem. Então virou e perguntou:

O carro tem rádio?

Rádio!?

Arrependeu-se de ter perguntado no exato instante em que interrogação e exclamação soaram juntas, numa dissonância dolorosa. Mas agora era tarde, e ele foi em frente.

É.

Tem. Mas o rádio descarrega a bateria. Melhor não escutar.

Alceu tirou das mãos de Nélson o chaveiro que continha a chave do carro e um distintivo do Clube Atlético Ferroviário. Espere aí, ele disse, e andou até o portão grande, que abriu com gestos acolchoados, na tentativa de minimizar o chiado do ferrolho e das dobradiças (Nélson espiava, agora com mais vagar, a fina capa branca sobre a grama do lado interno do muro). Então, com igual cuidado abriu a porta do automóvel, um Fusca azul-marinho, e soltou o freio de mão. Com um aceno, chamou Nélson para debaixo da cobertura que servia de garagem.

Me ajude aqui.

Com Alceu controlando o volante, os dois homens empurraram o carro portão afora e o estacionaram no ponto onde começava o declive da rua, cerca de cinquenta metros longe da casa. Alceu pulou afoito no banco da frente e puxou o freio de mão. Em seguida, saiu do veículo e, com um sinal, ofereceu a Nélson o assento do motorista.

Vou te pedir um favor. Solte o freio de mão e só dê partida quando estiver dobrando a esquina. É que minha mulher detesta ser acordada com barulho.

Obrigado, disse Nélson, se ajeitando sobre o estofamento gelado.

Boa sorte, até amanhã.

Fechar a porta fez com que ele sentisse ainda mais frio, como se enfim tivesse tomado consciência do quão gélida estava a noite lá fora. Ele destravou o freio devagar e sem ruído, seguindo à risca as instruções recebidas, enquanto via Alceu pelo retrovisor a observá-lo. Boa sorte. Até amanhã. Ou até amanhã e boa sorte? Não lembrava mais a ordem em que as palavras tinham sido pronunciadas, mas sabia que "até amanhã" significava o interesse do amigo em ter o veículo de volta, intacto, de preferência com mais gasolina do que agora; e "boa sorte" significava o desejo de que tudo corresse bem com Edna e a criança. O que se diz antes é o que se deseja com mais sinceridade e o que se diz depois, com menos sinceridade? Ou seria o contrário, uma vez que o que se diz primeiro é imediatamente esquecido e o que se diz por último permanece ecoando nos ouvidos? Cada vez mais nervoso e excitado, Nélson não tinha certeza sobre o que fora dito antes ou depois. E além disso, a expressão "boa sorte" talvez não se referisse ao que iria acontecer dentro de algumas horas na maternidade, mas ao que Alceu esperava do seu desempenho ao volante.

...

Sozinho na sala toda branca, Nélson procurava caprichar na reza. A Ave-Maria. O Pai-Nosso. A Salve-Rainha, que nunca aprendera direito, abandonou depois de duas tentativas. Apertava as mãos, fazendo os dedos doerem, enquanto se concentrava nas palavras, pronunciando-as mentalmente com dicção perfeita, sendo essa sua ideia de fervor e intensidade. As mãos doíam, mas ao mesmo tempo estavam aquecidas, e ele entendeu isso como a primeira das graças obtidas por meio da fé. A graça principal seria o nascimento de uma criança saudável, forte o bastante para resistir aos meses duros do inverno. Mas Nélson não se considerava religioso. A religião era algo de que ele sempre ouvira falar, e acatava, respeitoso, sem, contudo, perder tempo pensando nisso.

Assim, depois de muito repetir as palavras das orações, seu pensamento começou a aceitar a interferência de outros assuntos, e os textos litúrgicos passaram a conviver na sua cabeça com as lembranças que ele tinha da Seleção na última Copa do Mundo. As frases sagradas, entoadas com monotonia e recato, se misturavam às esplêndidas narrações dos jogos, e aos poucos ele percebeu que na métrica do Pai Nosso se encaixavam perfeitamente os onze nomes da escalação de um time de futebol, no sistema tático 4-2-4:

Pai-nosso-que-que-estais-nos-Céus;

Santificado-seja-o-Vosso-nome, Venha-a-nós-o-Vosso-reino,
Seja-feita-a-Vossa-vontade, Assim-na-Terra-como-no-Céu;

O-pão-nosso-de-cada-dia-nos-dai-hoje, Perdoai-nos-as-nossas-ofensas;

Assim-como-nós-perdoamos-a-quem-nos-tem-ofendido, E-não-nos-deixeis-cair-em-tentação, Mas-livrai-nos-do-Mal, Amém.

Então, experimentou alterá-lo para o 4-3-3, esquema adotado pela Seleção, com Zagalo voltando para exercer a função de terceiro homem do meio-campo:

Pai-nosso-que-que-estais-nos-Céus;

Santificado-seja-o-Vosso-nome, Venha-a-nós-o-Vosso-reino, Seja-feita-a-vossa-vontade, Assim-na-Terra-como-no-Céu;

O-pão-nosso-de-cada-dia-nos-dai-hoje, Perdoai-nos-as-nossas-ofensas, Assim-como-nós-perdoamos-a-quem-nos-tem-ofendido;

E-não-nos-deixeis-cair-em-tentação, Mas-livrai-nos-do-Mal, Amém.

Mas ele então se deu conta de que havia um equívoco nessa formulação, pois se na escalação em 4-2-4 Zagalo era o *Amém*, então era este que deveria recuar para compor a meia-cancha. E o time ficou assim:

Pai-nosso-que-que-estais-nos-Céus;

Santificado-seja-o-Vosso-nome, Venha-a-nós-o-Vosso-reino, Seja-feita-a-Vossavontade, Assim-na-Terra-como-no-Céu;

O-pão-nosso-de-cada-dia-nos-dai-hoje, Perdoai-nos-as-nossas-ofensas, Amém;

Assim-como-nós-perdoamos-a-quem-nos-tem-ofendido, E-não-nos-deixeis-cair-emtentação, Mas-livrai-nos-do-Mal.

Era sofrida a espera naquele hospital, contaminada pelas comparações com a última vez que Nélson estivera ali, na mesma sala, há exatos treze meses. Naquele junho de 1963, dia 25, uma terça-feira, ao chegar em casa no fim da tarde, recebeu da mãe de Edna a notícia de que a filha partira sozinha para a maternidade, num táxi arranjado pelo menino da vizinha. Nélson saiu desabalado, ansioso demais para esperar pelo sogro que podia lhe emprestar o carro, e quando enfim alcançou o berçário, uma hora depois, o filho já estava lá, fitinha azul no pulso direito.

Não saberia dizer por que portas havia passado. Esbaforido, mas exultante, mas constrangido, pediu perdão a Edna por não estar com ela na hora em que deveria. Ela o perdoou, ele estava trabalhando, ela compreendia, e ele voltou para casa, apanhou o automóvel, dirigiu até o hospital, dormiu na sala de espera e, na manhã seguinte, partiu com eles, a mulher e o menino, bem cedinho, a tempo de não se atrasar para o trabalho. Na hora do almoço, registrou a criança com o nome escolhido por ambos: Fernando.

Era uma alegria ter Fernando em casa, com seu sono sereno, que transpunha a madrugada sem despertá-los. A segunda semana, porém, começou com um choro persistente, que nem mesmo o seio da mãe conseguia estancar. Fazia frio, agasalhavam-no bem. Otimista, alguém observou que a febre do menino era baixa. E que era normal uma indisposição nos primeiros dias, pois Fernando nascera antes do tempo, não muito, de modo que os médicos não acharam necessário que ficasse internado. Mas então surgiram manchas na pele e o choro tornou-se fraco. Passava pouquíssimo tempo acordado. Chamaram o clínico geral, que sem dar muitas pistas mandou-o para o Hospital das Crianças.

Virando-se para o lado, Nélson encontrou um pedaço de jornal. Abriu – direto na página do obituário. Correu os olhos: mortes por atropelamento, latrocínio, homicídio, homenagens aos mortos de um ano atrás. Ninguém publicava notícias de nascimentos. A população deve estar diminuindo, ele calculou. Leu mais um pouco e, constatando que o caderno de esportes fora surrupiado por algum espertinho, devolveu o diário ao seu lugar. Em seguida, acendeu um cigarro, com filtro (Edna preferia os sem filtro). Era proibido? O único aviso na parede – o psiu de uma mulher loura de touca branca – mandava fazer silêncio, e isso ele estava fazendo, embora sua respiração fosse cada vez mais ofegante. Suas mãos estavam quentes e vermelhas, resultado da reza fervorosa, da direção dura do Fusca e das palmas da noite anterior, mãos calejadas como as de alguém que já tivesse encontrado o emprego que ele mal começara a procurar. Escutava os choros que brotavam de trás das paredes e repercutiam no labirinto de corredores – impossível identificar um lugar, adivinhar a porta exata para que pudesse montar ali sua sentinela.

Ele continuou a ouvir o chio de mulheres, de recém-nascidos e de crianças mais crescidas que retornavam ao hospital para avaliação. Discernia o guincho arrepiante das rodinhas das padiolas, das cadeiras de rodas, das manivelas que subiam e desciam os leitos, dos carrinhos com o café da manhã. De repente, olhou para baixo e reencontrou suas próprias mãos manchadas de tinta preta, e elas se reencontraram uma com a outra – desta vez não em prece, agora substituída por exercícios físicos. Seria pecado? Alongar, estralar, apertar, flexionar, num impulso que se espalhou pelo corpo, alargando ombros, encompridando a coluna, o pescoço, até o cocuruto tocar o frio da parede. Então, de pé. Oito dedos enfiados nos bolsos da calça de brim, os dedos dos pés em movimento, o corpo inteiro sequioso de espaço. Para longe da cadeira! Rumo ao desconhecido! Até ser rechaçado, forçado pelo ar glacial a se reencolher na intimidade da japona e dos próprios braços.

Encorujado, andou até a janela e viu pela primeira vez o dia feito, um dia que mais parecia um truque por trás do vidro translúcido, como se ali tivesse sido pintado para consolar os aflitos na noite eterna da sala de espera fluorescente. Permaneceu de pé, olhando a mancha esbranquiçada (com tons de verde na parte inferior, prováveis plantas numa floreira) que representava o dia 22 de julho de 1964, e enquanto mais se mexia para produzir calor, mais afundava na espera, que tudo suspendia e adiava. Ao mesmo tempo em que não conseguia pensar no que faria quando saísse dali, via-se planejando o futuro mais longínquo, preparando-se para o improvável, formulando hipóteses remotas (E se pudesse escolher entre menino e menina? E se tivesse que escolher entre Edna e a criança?). Foi então que se virou, talvez por acaso, talvez atraído por algum ruído, e deparou-se com o pequeno vulto azul, vestindo uma máscara azul atrás da qual poderia ou não haver um sorriso.

...

De todas as comidas que a mãe costumava mandá-la levar à mesa (carnes, massas, sopas, molhos, saladas, sucos, sorvetes e flãs, transportados em travessas, vasilhas e tigelas), contando com os préstimos da filha adolescente para o funcionamento do pequeno restaurante que lhes dava sustento, era do bolo que Edna tinha mais medo. Verdadeiro pavor da possibilidade de entorná-lo no chão, e se afligia só de imaginá-lo esparramado cozinha ou salão afora, num caos definitivo, mais aterrador do que grãos de arroz voando em todas as direções, ou do que uma torrente de sopa alagando o tapete. Agora, já adulta, a caminho do carro com a filha recém-nascida nos braços, Edna lembrava-se do bolo que uma vez deixara cair, concretizando seus piores pesadelos, e do seu andar de gatinhas atrás de cada pedaço, recolhendo-os entre sapatos e pés de cadeiras, infligindo a si mesma a humilhação que haveria de prepará-la para a bronca da mãe. Pensava no bolo e sentia fome, vontade de chegar logo em casa e sentar-se à mesa para almoçar.

Nélson as escoltava, abria caminho. Ia com uma mão à frente delas e a outra atrás, no gesto largo de quem carrega um enorme objeto, pronto para acudi-las à menor necessidade. Com um movimento ágil, abriu a porta do Fusca e ofereceu-lhes o conforto do banco traseiro aquecido pelo sol a pino. Acomodou-as retirando do assento algumas revistas em quadrinhos e pacotes de biscoito vazios, que amontoou no chão do veículo. Alternava gestos firmes, dirigidos às coisas, e suaves, dirigidos a elas. Deu a partida também com delicadeza, procurando não assustar o bebê, e dirigiu aveludadamente por todo o caminho, das Mercês à Vila Izabel. Edna jamais o vira dirigir tão devagar – talvez fosse assim no exército, onde aprendera tudo o que sabia sobre carros. Os automóveis velozes, que sempre arrancavam dele palavrões cabeludos ao ultrapassá-lo, dessa vez não o irritavam; ao contrário, parecia disposto a deixar que até mesmo caminhões tomassem a sua frente. Trafegava colado ao meio-fio, de pisca-pisca ligado, e acenava por uma fresta da janela, dando passagem a todos enquanto levava para casa sua pequena preciosidade.

A velocidade de trinta quilômetros horários fez com que Nélson pensasse num cortejo fúnebre, na longa fila de carros seguindo o féretro até sua última morada. Pensou no respeito dos demais veículos, que naquelas ocasiões pareciam não se importar com o tráfego lento. Já o nascimento era um evento mais discreto, quase um segredo, nada além de um pisca-pisca solitário que podia estar apenas sinalizando um defeito mecânico.

Embora as ultrapassagens e eventuais buzinadas não o perturbassem, Nélson sentiu alívio quando deixou a avenida asfaltada e entrou numa rua torta, desassistida, pouco mais que uma picada com saibro jogado em cima, já perto de casa. Teve que reduzir ainda mais a marcha e sentiu a mão da mulher buscar apoio no encosto de seu banco. Olhou pelo retrovisor: importante não acordar a pequena, faria todo o possível. Estava disposto a fazer tudo por ela, por mais espinhoso que fosse, mesmo sabendo que cometeria erros, como seus pais haviam cometido. De repente, ele os compreendia. Compreendia e perdoava.

Deu uma nova espiada no retrovisor: logo seria hora de amamentar. Ele mesmo seria capaz de devorar um frango inteiro agora. Edna também devia estar faminta.

Você sabe que horas são? ela perguntou.

Não, na pressa deixei o relógio na penteadeira. Mas já deve passar da uma.

O almoço no hospital era servido muito cedo, mas a enfermeira disse que eles não tinham mais direito, pois já haviam recebido alta. Nélson gostava de *"eles receberam alta"*, assim como tinha gostado, durante a gravidez, de dizer que *eles* estavam grávidos. Não era um homem como os outros, Edna se comprazia em pensar. Tinha coisas dos outros também, mas tinha essa delicadeza, esse companheirismo.

O Fusca executava subidas e descidas suaves pelas ruas enviesadas. Nas descidas, Nélson deixava o motor em ponto morto para economizar gasolina. Estavam cada vez mais perto de seu destino, e ele, atenuando com destreza os solavancos, sentiase tomado pela felicidade de conduzir a mulher e a filha. Era divertido poder admirá-las pelo retrovisor e ao mesmo tempo ter o banco do carona vazio ao seu lado. De repente, a profissão de chofer lhe pareceu boa, e ele prometeu a si mesmo que voltaria a pensar no assunto.

...

Na casa em que viviam com a única filha e o genro, os pais de Edna terminavam mais um almoço e davam início à conversa de todos os dias. Era quando o miolo do pão, que ele havia desprezado durante a refeição, passava a ser moldado em forma de bolinhas e cilindros, que eram então empilhados dentro dos quadrados azuis e brancos da toalha. Podia-se dizer que havia um certo padrão, uma tendência a dispor as bolinhas dentro dos quadrados azuis e os cilindros dentro dos quadrados brancos.

Enquanto mastigavam, as poucas palavras trocadas se referiam à própria comida. Observações incompletas – também elas trituradas pelas dentaduras impacientes – sobre o ponto de cozimento, a quantidade de sal e o equilíbrio entre os temperos. Ele às vezes levava uma garfada à boca e parecia demorar-se avaliando seu sabor, mas na verdade estava procurando a palavra mais branda para não magoar a mulher com quem dividia sua vida há mais de vinte anos.

Acho que foi na hora em que o caminhão do gás passou, ele disse. Foi nessa hora, em que você teve que sair pra comprar o bujão, e quando voltou, o ponto do guisado tinha passado um pouco. Mas só um pouco.

É que a Edna não está, ela disse.

Eu sei. Hoje é um dia muito especial. Com ela fora, você tinha que ir atender o homem, não tinha jeito.

Quando ela terminava, sempre antes do marido, começava de imediato a retirar a louça e amontoá-la dentro da pia. Era o tempo para que ele acabasse também, afastasse o prato e se dedicasse ao miolo do pão. A mulher ia e vinha entre a mesa e a pia, recolhendo e empilhando, raspando, tilintando, ensaboando, não raras vezes quebrando. Mas falar, não falava quase nada: interjeições, alguns risos discretos, umas poucas frases que exprimiam concordância com o marido ou temor em relação ao futuro. Estas últimas, porém, tinham o poder de nortear as decisões dele, que faria o que fosse preciso para lhe dar segurança e proteção. Ele a queria bem.

Enquanto ela limpava, deixando por resolver somente a toalha coberta de miolos de pão, ele rememorava histórias e palestrava sobre as atualidades do mundo de dentro e de fora de casa. O dia em que nevou tanto que ele perdeu por vinte minutos a sensibilidade nos pés. A pequena churrasqueira que ele gostaria de erguer nos fundos da casa se o proprietário autorizasse. A carestia, cada vez pior – mas talvez o novo governo fosse capaz de dar um jeito nisso; o perigo do comunismo, pelo menos, parecia haver passado. A noite em que Edna nasceu, fria como a que tinham acabado de enfrentar. Mas nesse dia especial, o assunto era a neta. A primeira. Nélson já ligara da rua avisando que era uma menina linda.

Da cozinha só se ouviam os veículos mais barulhentos que transitavam pela rua, que vivia, de modo geral, imersa na quietude. Era uma via estreita, acanhada, que não se prestava a fazer avançar nenhum caminho. Uma rua para se morar, apenas, conhecida de ninguém além de seus habitantes. À exceção de um ou outro caminhão que se aventurava por ali, estremecendo o chão e atiçando a louça dentro do armário, qualquer outro som estava sempre em segundo plano em relação à conversa do casal e ao rádio, que jamais se calava. Foi por isso que, apesar da ansiedade por notícias da neta, os dois à mesa não se deram conta do ronco do carro estacionando diante do portão.

...

Nélson não quis estacionar na garagem, que desde a venda do carro do sogro estava entulhada de caixotes vazios e de gaiolas que pendiam do telhado sem forro. Além disso, tinha pressa. Pretendia deixar Edna e o bebê e sair em seguida para devolver o Fusca ao Alceu. Almoçaria mais tarde.

Desceu, reclinou para frente o banco do motorista e resgatou as duas do banco de trás, tomando a filha nos braços para que Edna pudesse sair (sonhara entrar na rua buzinando, mas a pena de acordar a filha se sobrepôs ao desejo de alardear sua alegria pela vizinhança). Quando a mulher se pôs de pé, dominando a tontura, devolveu-lhe o embrulho macio. Em seguida, trancou as portas do carro, abriu e fechou o portão de casa e abriu a porta dos fundos, interrompendo a conversa dos sogros, mas não a música do rádio.

Depois de um instante de silêncio, Edna viu o pai empurrar a toalha para frente e a cadeira para trás, derrubando esta última e fazendo os miolos de pão rolarem pelo assoalho. Ficaram os quatro de pé na cozinha, entreolhando-se e olhando para o que Edna trazia junto de si, não mais uma barriga opaca e misteriosa, mas um ser que consumia sua própria cota de oxigênio. Enquanto o casal mais velho exultava, os jovens pais se dividiam entre sentimentos heterogêneos, que iam da exaustão de Edna ao orgulho de Nélson, traduzido pela postura espetada de quem espera por cumprimentos.

Algumas frases foram ditas sobre as opções para o almoço e o frio da madrugada, e houve então uma nova pausa, na qual o bebê emitiu seu primeiro suspiro em território familiar, levando os avós a saltarem sobre a criança, não sem antes dar uns tapinhas nas costas de Nélson, que estava pelo caminho. Como ela é linda, diziam, e Edna logo a transferiu para os braços da avó, que aguardavam impacientes. E foi ela quem levou a menina para o quarto, seguida pelos três adultos, e alojou-a no berço reformado que pertencera à própria Edna. Lá estavam as criaturinhas de pelúcia retiradas semanas antes da caixa onde viviam encerrados, rejuvenescidas com água e sabão e postas para secar ao sol até que estivessem em condições de receber a nova moradora, sem expô-la aos seus bolores.

Sobre a penteadeira, Nélson encontrou o relógio e reiterou a decisão de partir imediatamente. Prometera devolver o carro logo após o almoço e ainda não almoçara, mas o almoço que valia não era o dele, e sim o de Alceu. Era ele quem importava, o proprietário, que a essa altura já devia estar bem alimentado e atrasado para algum compromisso ao qual não podia ir a pé, ou mesmo de ônibus. Pela manhã, conforme dissera a Nélson, não usaria o carro. Estava precisando mesmo tirar uma folga para ajeitar umas coisas em casa, e não seria problema algum, garantiu, que fosse no dia do nascimento do filho de seu companheiro e amigo. Uma boa alma o Alceu, desde os tempos em que voltavam juntos lá do Boqueirão. Não podia aprontar com ele.

Afastou a fome de seus pensamentos. Apoiou-se no berço enquanto observava Edna sentada na cama, preparando-se para dar o peito. A sogra intervinha na cena a cada segundo com pequenos gestos, tais como dobrar as mangas do quimono da filha, puxar as pontas da manta que cobria a neta e aproximar a mão espalmada da sua cabeça, como que para protegê-la. O sogro estava de pé também, mas desviava o olhar.

Nélson pensava no muito que havia por fazer. Ainda não conversara o bastante com os sogros e achava que merecia ser cumprimentado de maneira mais enfática, se possível com abraços apertados, inequívocos. Queria trocar ideias com eles e com a mulher sobre a beleza da filha, a delicadeza de seus traços, e, mais que tudo, queria contemplá-la sozinho por alguns minutos, encantar-se com seu sono tranquilo, e então fumar um cigarro na sala, olhando pela janela. Ao mesmo tempo, precisava estar atento, à espreita de uma oportunidade para estar a sós com Edna, de preferência trancados (ainda que simbolicamente, pois a porta não tinha chave) no quarto que lhes pertencia.

De repente, a mãe saiu do quarto e Edna afastou o cabelo que lhe caía no rosto, restabelecendo o canal com o resto do mundo. Levantou-se com o bebê no colo e andou em direção ao berço, sendo recebida pelos braços largos de Nélson, que a ajudou a acomodar a menina. Afofados os travesseiros e alisadas as cobertas, os dois se viram de pé, cada qual de um lado do berço. Ele procurou os olhos dela. Não os vira mais desde o instante em que abriu a porta do carro e ela, segura de ter os dois pés bem firmes no chão, ergueu por um segundo o olhar da filha e fitou o marido com uma mescla de timidez, cansaço, carinho e medo. Entreolharam-se. Ele estava pensando se ela teria coragem. Achava que não. Abandonar o amor diário dos pais, ainda mais agora que tinham uma filha, e eles, uma neta. Além disso, Nélson estava desempregado, embora tivesse certeza de que as habilidades adquiridas no exército viriam mais uma vez em seu socorro: sabia dirigir automóvel, sabia dirigir caminhão, sabia consertar aparelhos eletrônicos, e tinha músculos que lhe permitiam carregar coisas. Mais dia menos dia, um trabalho haveria de surgir. Mas e ele, teria coragem de ir embora? Tinham tudo ali, os sogros eram bacanas. O velho poderia chamá-lo para colaborar no negócio dele, transportar as frutas e verduras do mercado para a loja, já que ele próprio não dirigia mais. Para isso, compraria um veículo, não um novo-novíssimo, claro, mas um de segunda mão – o que não deixaria de ser uma grande novidade para a família.

A mãe de Edna voltou trazendo um prato de comida na bandeja.

Venha, querida, ela disse. Você precisa almoçar. Não devia ter saído da cama.

Obediente, Edna se recostou na cabeceira, entre travesseiros e almofadas emprestadas do sofá da sala. Se por acaso cogitou dizer que não era preciso tanto cuidado, que já se sentia bem-disposta e que o parto natural permitia uma rápida recuperação, acabou engolindo cada um desses argumentos, como engoliria, em silêncio, o guisado restaurador.

Não vai almoçar, Nélson?

Não, senhora. Vou ter que sair. Depois como alguma coisa. Tenho que devolver o carro do Alceu.

Mas e a Edna e o neném?

Ah, eles estão ótimos aqui com vocês, respondeu com um sorriso. Eu vou lá e já volto. Vou num pé e volto no outro, brincou.

Você vai de carro, mas volta a pé, não é mesmo? Assim não vai ser tão rápido. De qualquer forma, eu vou deixar a comida no fogão.

Pode deixar que eu esquento depois, disse Edna.

O guisado escaldante a fizera suar em bicas. Parecia fraca, extenuada, o cabelo outra vez escondendo seu rosto.

A mãe retirou a bandeja do colo dela, procurando poupá-la do peso desnecessário agora que tinha terminado a refeição.

É tão ruim comida requentada, a mãe disse. Almoce antes, depois você vai. Esse rapaz não vai morrer se passar mais uma hora sem o carro. Você pode comer a sobremesa no caminho. Tem sagu e arroz doce.

Com a bandeja nas mãos, esperou que suas palavras surtissem efeito, mas Nélson não se mexia, nem relaxava nem partia de vez.

Embora agisse com determinação para ter a neta e a filha só para si, repelindo o genro e até mesmo o marido com sua presença maciça, a mulher agora se mostrava insegura diante da possibilidade de passar alguns minutos sem Nélson. Havia em sua atitude algo que estava além da mera compulsão para exercer controle sobre tudo e todos: havia medo.

Ela continuou:

Por que ele não vem buscar o carro aqui? A Edna deu à luz, não é bom você sair de casa assim sem mais nem menos enquanto ela está convalescendo. E se ela precisar do carro, ou a menina?

Nélson sentiu a mão do sogro tocar seu ombro e pressioná-lo suavemente em direção à porta.

Querida, eu vou mostrar pro Nélson uma coisa ali na sala.

Sem mais palavras, conduziu o genro para fora do quarto e, com um gesto generoso, propôs que ele se sentasse. Foi à cozinha e produziu sons desengonçados de quem não conhece o próprio território, voltando com dois copos transbordantes de sidra gelada. Deram um gole inicial para eliminar o excesso e depois brindaram, sorridentes.

À Fátima!

À saúde da pequerrucha!

Sentaram-se. Nélson respingou sidra no braço do sofá e se ajeitou de modo a esconder a mancha com a manga da japona.

Nós estamos muito felizes, Nélson.

Ele sorriu, à espera. Seus nervos estavam abalados por forças antagônicas: queria se afastar, sumir dali, ter sua própria vida ao lado de Edna e da filha, mas não podia negar o fato de que os sogros eram como pais para ele. Jamais tivera semelhante atenção da mãe e do pai verdadeiros, que se detestavam e viviam separados desde que ele se entendia por gente.

O berço coube direitinho no quarto de vocês e o guarda-roupa ficou bom daquele jeito, mais perto da porta.

É verdade, ficou muito bom, disse Nélson observando as mãos do sogro, a pele ao mesmo tempo calosa e fina, a velhice avançando.

Vocês vão ver que os choros de cólica passam rápido, dois ou três meses e acabou. Depois tudo fica mais fácil. Pra nós não é problema, a parede abafa bem o som. E além do mais, a menina tem jeito de ser tranquila; desde que chegou, só dorme.

No carro também, só dormiu.

Viu? Que maravilha. Vai dar tudo certo!

Nélson pensava que talvez não devesse dizer nada, a não ser que uma pergunta direta fosse feita, do tipo *O que você acha? Você quer isso? Quer isso ou aquilo?* Mas o silêncio era para ele algo difícil de suportar, uma situação em que o ar se rarefazia, as mãos umedeciam, mãos de um outro pareciam apertar seu pescoço. Ele olhava para a porta do quarto, tenteando para ver se a sogra saía de lá. Tinha que falar com Edna. Tinha que cair fora dali: o carro emprestado, o amigo furioso.

Depois nós vamos poder conversar com mais calma, prosseguiu o sogro tomando o último gole. Pensar juntos no que fazer.

E se reacomodou na poltrona, fazendo um barulho que encobriu a fala seguinte do genro (*Sim, claro,* foi o que ele disse).

Nélson sabia que "pensar juntos" dizia respeito à urgência que ele tinha de conseguir um emprego e à possibilidade de o sogro convidá-lo para trabalhar na quitanda, que, mesmo com um rendimento modesto, há tempos vinha garantindo a sobrevivência da família. O velho precisava de alguém para ajudá-lo. Passara os últimos quatro meses sozinho, vergando-se sob o peso de sacos e caixas, que tornaram lancinantes suas até então controladas dores nas costas.

De repente, a sogra apareceu na porta e anunciou o banho. Os homens estavam convidados. Retornaram então ao quarto, onde uma bacia de plástico cheia de água morna fora colocada sobre a cama de casal. Aromas infantis enfeitavam o ar e um raio de sol entrava pela veneziana agora semiaberta. Como aquela banheira tinha ido parar ali? De onde viera aquela água, e *quando*? Alguém saíra do quarto para providenciar tudo(as roupinhas, toalhas, óleos e sabonetes já estavam no aposento, acondicionados no guarda-roupa), e isso deve ter levado vários minutos. Como Nélson podia não tê-la visto? Distraído pela sidra? Um gole a mais, e lá se foi uma oportunidade de ouro de passar um tempo sozinho com Edna.

Quando Nélson chegava do trabalho, ou da busca por ele, o casal passava pelo menos meia hora fechado no quarto. Conversavam, às vezes se acalentavam, até que a mãe de Edna a chamasse para ajudá-la com o jantar. Depois de comer, ficavam algum tempo na cozinha, escutavam a novela no rádio, e só voltavam a estar sozinhos na hora de dormir, quando enfim podiam desfrutar da intimidade de marido e mulher, a luz apagada avisando por baixo da porta que não queriam ser importunados, o filho ou filha no ventre dela ocupando cada vez mais espaço entre os dois. Ao contrário do que tinham sonhado, os momentos íntimos não eram mais frequentes na vida matrimonial do que haviam sido nos tempos de namoro, quando o máximo de aventura que o dinheiro permitia era papear no portão da casa dela ou ir ao cinema e voltar assim que a sessão terminasse, sempre escoltados pela irmã de Nélson ou por um primo de Edna que estivesse de passagem. Como vigiados que também vigiam, viviam à espreita de uma ocasião para estar sozinhos. E ela veio numa fresca tarde de sábado, quando os pais de Edna haviam saído para visitar uma comadre que morava na Água Verde. Os dois jovens, enlouquecidos pela ausência tão cobiçada, irromperam sala adentro revirando tudo, os tapetes, o sofá, as gavetas internas onde o desejo vinha sendo guardado havia meses. Minutos mais tarde, um Nélson amarrotado e ainda ofegante teve que enfrentar, de pé no portão, o olhar duro daquele pai, dono absoluto de Edna, a revistá-lo como se ele fosse um ladrão.

Era o mesmo olhar que Nélson às vezes ainda sentia, sem saber se era real ou apenas a impressão de um homem em permanente estado de desconforto. Sentira-o na sala, enquanto bebiam, e sentia-o agora, assistindo à filha ser desempacotada à beira da água. O antigo olhar de censura ao namoro precipitado, à falta de perspectivas do pretendente e à gravidez ocultada até o penúltimo minuto. Só que dessa vez Nélson teve coragem. Levantou a cabeça e encarou-o, pensando nas mesmas cenas em que o outro devia estar pensando, mas preferindo sua própria versão dos fatos: a delícia de descobrir, chutando lata na rua, cabelo à escovinha a caminho da casa da irmã, a menina de vestido branco, cuja saia girava em torno dela como um carrossel; o prazer de se deitar e de se arriscar com ela aos caprichos da fertilidade; a decisão de esconder o filho debaixo do vestido até encontrarem as palavras que usariam para dizer a verdade (as palavras da mentira são sempre mais fáceis).

O contato com o ambiente líquido arrancou da criança tranquila as primeiras lágrimas em solo doméstico, um choro forte que o avô se apressou em qualificar de *determinado*. A avó era quem comandava o banho (Edna ainda era pouco experiente, ela dizia, e o bebê, uma menina, o que exigia técnicas especiais), e já não se dirigia mais aos adultos, mas somente à criança, colocando em sua boca palavras que exaltavam as maravilhas da água morna e a alegria de estar cercada pelas pessoas que amava, e advertiam sobre a conveniência de não apanhar um resfriado.

Cada vez mais agoniado, Nélson consultou novamente o relógio. Edna sentiu vontade de fumar um cigarro.

...

Ela acendeu um sem-filtro no com-filtro dele, único contato que tiveram na cozinha antes dele sair voando para devolver o Fusca. Depois, ela se trancou no banheiro, onde costumava fumar escondida dos pais. Uma luz desbotada entrava pela janela basculante. Quando ele voltasse, conversariam. À noite teriam o tempo necessário. A filha se anunciava serena, um bichinho dorminhoco que não lhes daria demasiado trabalho e os faria muito felizes, Edna tinha certeza.

Ela se apoiou na parede, entre a pia e o boxe do chuveiro, numa posição que lhe permitia soltar a fumaça pela janela e bater a cinza no vaso sanitário. Ouviu barulhos do pai entre a cozinha e a garagem, preparando-se para retomar o trabalho na manhã seguinte (interrompera-o naquela tarde "por motivo de força maior", conforme aviso colado na porta do estabelecimento). No quarto, o choro amainara sob o calor das cobertas e dos braços da avó, que agora a faria dormir com murmúrios lentos e sinuosos. Um choro estridente, desagradável da primeira vez que Edna o escutou. Poderia ter sido uma decepção diante da expectativa, alimentada ao longo de nove meses, de um encontro gentil e amoroso. Mas o berro zangado da filha fora crucial para espantar o medo que sufocava Edna. Durante toda a gestação, sofrera com a lembrança de um lamento pequeno, não mais que um fiapo de som, escasso, insuficiente, que emanava do berço de Fernando. Foram seus primeiros dias em casa, e também os últimos antes de ser levado para o Hospital das Crianças, onde deu entrada com tosse e febre alta, a pele coberta por vermelhões. O médico havia diagnosticado crupe. Edna lembrava das horas intermináveis entre salas de espera e corredores. Recusava-se a voltar para casa, mesmo depois de encerrado o horário de visitas. E quando fizeram a traqueostomia... Ela não podia suportar, mas tampouco aceitava ficar longe dele. Por duas noites e dois dias, conviveu com aquela angústia. Até que a tosse terminou. O choro. Tudo terminou.

Vieram os dias de luto. Edna nunca entendeu como teve forças para conceber o segundo filho quatro meses depois. Despia-se das roupas escuras e oferecia a Nélson sua nudez sombria, cheia de culpa e vergonha. A culpa a inundava só de imaginar que pudesse sentir algum prazer em meio àquela sensação de desalento; e a vergonha, que durante o namoro foi pouco a pouco sendo superada pela paixão, voltara sob a forma de um mal-estar crônico, como se tivesse se tornado um estorvo de si mesma. Mas, acima de tudo, estava o vazio, tão devastador que tudo o que podia fazer era se entregar, não a Nélson – embora se amassem com o amor robusto das criaturas fragilizadas –, mas ao novo filho, único projeto capaz de lhe restituir o pedaço que fora arrancado. No dia em que Fernando foi gerado, teve medo e pressa, em contraste com a serenidade de um ano depois, quando conceberam Fátima na cama, entre lençóis que ganharam de seus pais. Mas se não existia mais a angústia de correr contra o tempo, como naquela tarde do sofá, havia agora o embaraço de ter os velhos a poucos metros, contidos apenas por uma parede de madeira.

Quando soube que estava grávida pela segunda vez, Edna pediu a Deus que lhe desse forças para nunca compará-los. Mas logo percebeu que isso era impossível. Pensar em um era pensar no outro no instante seguinte, algo que fluía naturalmente, penetrando nas fissuras da sua vontade. Ali mesmo, no banheiro, enquanto já começava a se enfadar com o canto dos pássaros, que a impediria de ouvir a filha caso ela chorasse, Edna elucubrava se o medo que Fátima sentiria ao acordar sozinha no quarto era o mesmo que Fernando sentira quando estava morrendo – talvez, para um recém-nascido, a solidão mais passageira tivesse a dimensão do aniquilamento total; talvez tudo lhe chegasse filtrado por um medo maciço, indivisível, que não permitia distinguir as nuances do mundo. Ela tentou imaginar se pensamentos como esses passariam pela cabeça de Nélson, ou de seus pais. Será que a mãe estaria comparando os netos agora? Qual nariz era mais parecido com o de Edna? Quais olhos? E quais diferenças se deviam ao fato de Fernando ter nascido um pouco antes do tempo, ao contrário de Fátima, que nascera no tempo justo? Concluiu que a mãe estava encantada demais para se preocupar com diferenças, preferindo entregar-se de corpo e alma ao que havia de comum entre aqueles pequenos seres recém-colhidos de sua árvore genealógica, como a pele fresca, o cheiro inebriante e o atributo de serem, sob certo aspecto, substituíveis, peças de reposição capazes de manter uma mulher madura como ela em êxtase permanente.

Cansada da posição em que estava, Edna jogou a guimba dentro da privada e se acomodou no assento. A passarinhada da tarde entrava melodiosa pela janela, pardais na grama do quintal e periquitos-australianos nas gaiolas, ladrõezinhos de frutas aqueles, tristes comedores de alpiste estes. Depois de alguns minutos, pensando ter ouvido outra vez o choro de Fátima, levantou e saiu do banheiro, deixando que a água da descarga levasse embora os vestígios de seu único vício. Correu para o quarto e parou junto à porta.

...

Ela se deitou ao lado de Nélson depois de conversar com a mãe na cozinha. Foram os primeiros minutos dele sozinho com a filha, cerca de vinte, entre a saída e o retorno da mulher.

Você ajudou com a louça? ele perguntou.

Não, fiquei só sentada vendo ela enxugar.

Porque não é bom fazer esforço...

Eu sei, querido, não se preocupe.

Era preciso falar baixo para não acordar a menina nem despertar a curiosidade dos velhos, que ainda circulavam pela casa matraqueando e trancando portas e janelas, os ânimos acelerados após um dia esfuziante.

Sobre o que vocês conversaram na sala, você e o pai?, Edna perguntou.

Sobre nada. Ele disse apenas que tudo vai dar certo e que nós ainda vamos falar com calma sobre isso.

Ele vai propor que a gente fique aqui. E que você ajude na quitanda, pelo menos na parte da manhã. À tarde você continua procurando emprego. Quando conseguir, passa a ajudar só de manhã bem cedo, guiando o carro (ele quer comprar um, velhinho mesmo) e carregando os sacos de mercadorias. Ele quase não consegue mais, coitado, por causa das costas.

Nélson mirava o teto escuro. Era boa a cama que tinham ganhado dos pais dela. Colchão duro, como ele gostava. Seria traição imaginá-la sob outro teto, numa casa – não precisava ser longe, podia ser logo ali, virando a esquina – onde viveriam apenas os três? Os pais faziam tudo por eles, acolheram-nos quando eles mais precisavam, era o que ela sempre dizia. E Nélson não ousaria discordar da esposa, seu olhar terno desnudava sua condição de caçula intempestivo, aquele que surgira quando a família não existia mais, quando os pais já estavam desunidos, e os filhos criados não tinham tempo nem paciência para quem não era capaz de andar com as próprias pernas. Na família de Edna, ao contrário, Nélson estava atrelado a dois elementos valiosos: a própria Edna e, agora, sua mais jovem integrante. Ele iria a reboque aonde quer que elas fossem.

E o que você acha disso? ele perguntou.

Um barulho do outro lado da parede, rente à cabeceira da cama. Mãos buscando a pera para apagar a luz, ruído de objeto se chocando contra a madeira, arranhando, raspando, por segundos intermináveis.

Acho que seria bom pra nós. E pra ela, disse Edna referindo-se à filha.

O Alceu tem uma casa bem bacana. Fica ali na Pedro Colere. Todinha de alvenaria, com gramado na frente e nos lados, casinha de cachorro e balanço pras crianças. Nós podíamos ter um lugar pra nós. Não assim, mas menor, de madeira mesmo, uma meia-água.

Mas você está desempregado.

A gente combina que assim que eu arranjar um emprego e estiver estabilizado a gente encontra um lugar e se muda. Não precisa ser longe. Teus pais vão poder ir na nossa casa a pé.

Mas nesse tempo, até que a gente consiga se mudar, a mãe vai se apegar demais à bebê, disse Edna. E depois não vai aguentar quando tiver que se separar. Eu sei.

Nélson pensou em dizer que ela se apegara a Fernando também, e que a separação acabou acontecendo da pior maneira. Mas não disse nada.

Não é que eu não queira ter o nosso canto, ela disse. Você sabe que não é isso.

Receber os amigos, beber e jogar cartas até de madrugada, preparar um belo churrasco no domingo. Não, aos domingos visitariam os sogros, ou seriam visitados por eles, isso não seria problema, sonhou Nélson. E quando quisessem sair só os dois, bastaria andar uns quarteirões e deixar a pequena na casa dos avós. Eles adorariam, a menina também, seria bom para todos.

Teríamos que pagar nosso aluguel, argumentou Edna.

A gente dá um jeito. Eu posso trabalhar e ainda fazer uns biscates por fora nos fins de semana.

Eu também podia trabalhar.

Mas e quem iria cuidar dela?

A mãe podia cuidar. Aqui ou na nossa casa. Seria perfeito, e ela não sentiria falta da neta.

Nélson calou-se novamente, emburrado com a ideia que não tolerava. Nenhuma mulher da sua família, nenhuma entre as esposas dos amigos, nenhuma mulher que ele conhecia trabalhava fora.

Deixou que o silêncio se estendesse, perturbador. Do outro lado da fina lâmina de pinho, ainda se confabulava: sussurros, alguns risos, comprovando que os sogros estavam mesmo maravilhados.

E se tivermos um segundo filho? ele disse. Como você iria fazer? Começar pra logo depois parar seria bobagem.

Edna suspirou, exaurida pelo esforço dos últimos dois dias. Logo mais, teria que se levantar para amamentar a filha, enquanto Nélson precisava descansar para começar cedo a caça aos empregos que vira nos classificados do jornal.

Talvez você tenha razão, ele disse, arrumando o corpo na posição de dormir. Aqui ela vai ter muito amor. E segurança, isso é o mais importante. A gente pode ficar um pouco mais, e depois que eu tiver um emprego conversamos sobre a ideia de mudar. Gostei da ideia da tua mãe ajudar a cuidar dela todos os dias, aqui ou na nossa casa.

Nélson tocou de leve os cabelos de Edna, que já dormia. A filha, sem fazer ruído, talvez sonhasse com algum acontecimento de seu passado intrauterino. Era preciso arrumar uma hora para ir ao cartório registrá-la. Era preciso voltar a conversar sobre aquilo tudo. Um lugar só para eles. A felicidade de todos. A pera se chocando outra vez contra a parede, arranhando seus ouvidos.

13 DE FEVEREIRO DE 2006

Olívia

Assim que chegou ao local combinado, Olívia viu um Monza parar do outro lado da rua e deixar na calçada uma garota que poderia ser Adriane. Mas não era, e isso acabou com suas esperanças de que a amiga tivesse conseguido uma carona do pai e não atrasasse dessa vez. Já Olívia percorrera a pé, e pelo visto mais rápido que o necessário, as seis quadras entre o seu ponto de ônibus e o ponto onde encontraria a amiga para uma tarde de afazeres no centro da cidade. Precisava ir a uma loja de departamentos, onde estavam oferecendo um emprego de vendedora. Mas antes devia tirar fotos três por quatro e fotocópias do RG e do CPF, necessárias para anexar ao formulário que teria de preencher, e também para dar entrada na carteira de trabalho, que ainda não providenciara, mas que ficaria pronta, segundo explicaria lá na loja, bem a tempo de ser apresentada na segunda etapa da seleção.

A fila ainda pequena dentro da estação-tubo indicava que o Ligeirinho acabara de passar. Seriam pelo menos quinze minutos até o próximo. Olívia resolveu então ajustar o foco na paisagem ao redor. Levantou os olhos acima do teto da estação e se deparou com o prédio imenso; mais de vinte andares ela imaginou, antes de contá-los. Inclinou bem a cabeça para trás, como uma menina pequena faria ao olhar para um adulto, e contou até quarenta. A fachada era composta por grandes janelas de vidros escuros, emolduradas por esquadrias também escuras que davam a impressão de uma janela única e gigantesca, como um rosto coberto por óculos de sol, que à falta

59

de expressão própria reproduzia o céu nublado do início da tarde. Ou aquele prédio fora erguido depressa demais, ou ela não dera atenção ao que estava sendo gestado atrás dos tapumes nas vezes – não muitas – em que transitou pela Brigadeiro Franco. A verdade é que a construção tinha sido iniciada em 2002 e prosseguido pelos três anos seguintes, período em que Olívia passou a frequentar o Centro sem a companhia dos pais. Assim que terminou a oitava série, sentindo que um passo importante fora dado em direção à idade adulta, ela começou a sair com colegas de escola, com namorados, ou mesmo sozinha. Mas o hábito de esperar por Adriane naquele ponto de ônibus era mais recente, e era possível que nas vezes anteriores ela tivesse mantido o olhar fixo no horizonte, sem se aventurar além de seu metro e sessenta e dois de altura, limitando-se a observar o movimento dos veículos que vinham pela Brigadeiro e dobravam à esquerda, descendo a Comendador Araújo.

O prédio se erguia acima de tudo, das copas das árvores mais altas e também das demais construções, humildes diante dele, de modo que era impossível saber o que havia no topo. Talvez fossem antenas parabólicas ou um campo de pouso para helicópteros, alguma coisa que ela jamais descobriria, ainda que circundasse o quarteirão em busca de um ângulo melhor.

Olívia deu três passos para trás, afastando-se da estação, e contemplou o edifício em toda sua extensão, numa viagem ao mesmo tempo lenta e vertiginosa do olhar, passando por fragmentos de céu e de outros prédios refletidos no vidro, até chegar à entrada principal, que fitou como a um igual. Por ali, um número reduzido de pessoas entrava e saía, como se aquela arquitetura prodigiosa fosse destinada ao deleite de poucos, um latifúndio expresso em metros cúbicos. *Clientes* é como os chamam. *Fregueses* é como chamam as pessoas que moram na sua rua e nas ruas adjacentes, e que fazem compras na venda do seu Zé Domakoski. *Quem é esse Macosque a quem pertence o seu Zé?*, ou, *Onde fica Macosque?*, eram as perguntas que ela, criança, se fazia quando alguém pronunciava o nome do dono da mercearia mais próxima da sua casa.

De repente, diante daquele arranha-céu, qualquer opressão que tivesse sofrido em casa lhe pareceu tola e insignificante, e ela pensou no dia em que, ainda pequena, descobriu uma clareira no meio da intrincada cabeleira do pai, antes inacessível. E em como o mero ato de se colocar na ponta dos pés ou de subir numa cadeira podia revelar todo um universo de segredos domésticos. O mundo familiar, com seus objetos simples e pessoas de carne e osso, há muito deixara de ser um desafio para ela, ao passo que a montanha de aço e vidro, ao mesmo tempo em que a fascinava, a fazia sentir-se impotente.

Na Brigadeiro, um ônibus passou e a fila se desfez dentro do tubo de acrílico transparente. Mesmo sem relógio, Olívia sentiu que um tempo considerável transcorrera desde a sua chegada. Esperava que a ida à loja de departamentos não lhe tomasse a tarde toda. Haveria uma multidão lá, mas tudo o que ela tinha que fazer nessa fase preliminar do processo de seleção era preencher uma ficha. Não precisaria mofar na fila, apenas apanhar o papel com um funcionário de cara amarrada e escrever seus dados pessoais sentada numa carteira escolar. Se tivesse a sorte de ser pré-selecionada, então deveria comparecer a uma entrevista, mas só outro dia. Aí sim, teria que estar totalmente concentrada.

Mas onde havia se metido Adriane? A fila voltara a engrossar dentro do tubo e Olívia se distraía imaginando que a estação era uma artéria e os passageiros camadas de gordura que se acumulavam num processo de arteriosclerose. Não tinha interesse em medicina, mas conhecia a experiência da família com doenças. O avô materno morrera jovem em razão de placas armazenadas nas artérias. O que significaria então a chegada do ônibus? Uma angioplastia, pensou, indecisa entre achar graça e reprimir-se em respeito ao avô que se submetera a pelo menos duas delas.

Olívia viu o ônibus se aproximar e atravessou novamente a rua. Numa comunicação fluida, veículo e tubo intercambiaram conteúdos. Adriane estava lá. Olívia acenou da porta de saída e esperou a amiga transpor a catraca.

Vamos lá?

Vamos.

Além da loja onde havia vagas para vendedores, Olívia pretendia ir a uma escola de inglês que estava oferecendo bolsas de estudo de até oitenta por cento para pessoas de baixa renda. Ela era uma dessas privilegiadas.

Eu preciso ir num foto, disse.

Em todo lugar tem, disse Adriane. A gente acha um no caminho do shopping.

Estão dando bolsas de estudo de inglês. Tenho que passar lá depois. Eles vão precisar de um comprovante de renda do meu pai, que eu até já pedi, mas ele ainda não me entregou. Pelo menos fico conhecendo a escola. E tenho que dar entrada na minha carteira de trabalho.

Onde é?

Fica ali na Pedro Ivo.

Um itinerário começava a surgir na cabeça de Adriane, na forma de um traçado imaginário sobre o mapa da cidade. O desenho, semelhante à letra A em itálico, a fez entender que andariam muito. Estariam exaustas às seis e meia, quando se sentassem para beber cerveja com o pessoal, entre eles, Alexandre, namorado de Olívia. Adriane não tinha namorado, mas gostava de Ronaldo, que também estaria no bar logo mais. Durante a caminhada, ela era movida em grande parte pelo senso de humor de Olívia, pelo seu riso frequente e desabotoado, e pela disposição para remexer os CDs nos balcões das lojas especializadas. Resistiram a duas na Praça Osório. O emprego da amiga era o motivo de estarem ali.

Na Saldanha Marinho, entraram por uma porta estreita, emoldurada por rostos sorridentes de crianças, noivos e formandos. Adriane esperou encostada no balcão enquanto Olívia, sentada num banquinho, se esforçava para endireitar a coluna. Observada pela lente, uniu as mãos sobre as coxas, ajeitou os ombros, esticou o pescoço, ergueu o queixo, numa coreografia que parecia exagerada para o fim a que se destinava. Depois de tudo pronto, em apneia, aguardou o clique. Tentou se concentrar para compor a cara que o patrão gostaria de ver quando manuseasse o documento: determinada, leal, ambiciosa. Os olhos, porém, ardiam, pediam uma lágrima. Cooperativa, pontual, dotada de grande capacidade de trabalho. Enfim, foi obrigada a piscar. Por sorte, a câmera piscou antes e tudo terminou ali mesmo, sem necessidade de repetição. A cara ficou tão desenxabida quanto era de se esperar – a soma perfeita de músculos tensos, postura antinatural, olhos fixos e paredes vazias (nem um pôster).

Subiram pela Dr. Muricy até o Largo da Ordem, onde um músico de rua tocava sax para os passantes. Era um caminho agradável até o shopping, justamente por não se parecer em nada com ele. Nas Lojas Americanas, Adriane também esperou, numa sala única e abafada, apertada para tantos candidatos. Ela permaneceu de pé ao lado de Olívia, vendo-a preencher o formulário que pedia até uma breve dissertação, na qual o pretendente deveria descrever suas habilidades e a forma como tencionava contribuir para que a empresa continuasse a cumprir sua missão. Adriane podia ter saído para fazer hora nas lojas vizinhas, Olívia pensou, mas ela era uma amiga fiel. Ou talvez não estivesse precisando de nada, ela que tinha tanto, roupas, sapatos, bijuterias.

Naquela primeira etapa do processo seletivo, Olívia livrou-se rapidamente da redação, tomando cuidado para não revelar a verdade nua e crua: que apenas precisava de um emprego, qualquer um, e que não pretendia passar mais do que alguns meses naquela empresa de merda. Aliás, não queria passar mais do que uma hora naquele antro insalubre, pois tinha claro que o que realmente importava para suas ambições era conseguir a bolsa de inglês.

E agora? quis saber Adriane.

Carteira de trabalho ou curso de inglês? O curso também funcionava em período noturno, e assim seria mais lógico irem à agência do Ministério do Trabalho antes que o expediente encerrasse.

Mas decidiram entrar em dois sebos que havia pelo caminho. Dedilharam o dorso das caixinhas de CDs dispostas nas bancadas, procurando por pechinchas ou por discos de que gostavam só para apreciar as capas, ler pela milésima vez os nomes dos músicos da banda e a lista de canções. De repente, ficou tarde para o Ministério do Trabalho e o roteiro se reduziu à Cultura Inglesa – Olívia tinha em mente a escola da General Carneiro – e ao Chinaski, sem mais paradas.

Com o dia claro, ainda era sensato andar pelas praças, não havia tanto risco de assaltos. E assim elas atravessaram a Santos Andrade, repleta de moradores de rua que se misturavam a transeuntes, estudantes em horas de folga e passageiros à espera de condução. A primeira vez que Olívia viu mendigos deitados na calçada foi numa noite em que passeava no Centro com o pai e a mãe. Olhando para o alto, perguntou o que aqueles homens faziam ali, ao que a mãe se apressou em dizer que eles estavam apenas dormindo. A resposta tranquilizou seu coração, assediado por uma vaga ideia de morte. Que estivessem dormindo parecia justo, pois deviam estar cansados depois de um dia de trabalho. Anos mais tarde, indo sozinha ao cinema, ela os viu de novo, em muito maior número, espalhados por todos os passeios, estendidos em bancos e debaixo de marquises. Ela se deu conta de que seria mais aceitável se eles estivessem mesmo mortos, vítimas de uma calamidade qualquer, do que dormindo, como estavam, com os ossos amontoados sobre o chão duro. Aquilo lhe dava a sensação de algo pior do que a morte.

Naquela hora, já perto do cair da tarde, a maioria dos mendigos estava concentrada no miolo da praça. Restavam poucos junto ao meio-fio, pedindo esmolas nos pontos de ônibus, e menos ainda na outra margem das ruas circundantes, tentando aproveitar os últimos minutos do expediente comercial para conseguir alguns trocados. O entorno da praça era pobre em termos de comércio: uma livraria, uma papelaria, uma pastelaria e, de resto, bancos, repartições públicas, prédios residenciais e hotéis com porteiros prontos para lidar com quem ousasse perturbar o sossego dos hóspedes. Assim, os pedintes eram obrigados a se deslocar para longe em busca de auxílios mais polpudos, e passavam o dia em áreas de comércio efervescente, entre cartazes multicoloridos e anúncios berrados em alto-falantes, aspirando uma inundação de fragrâncias provenientes de desodorantes, óleos hidratantes, óleos para cozinhar, especiarias e frituras de mil restaurantes e lanchonetes de portas sempre abertas para jamais recebê-los. No shopping, pelo menos, isso tudo ficava escondido dentro da caixa de concreto gigante, pensou Olívia, que se apiedava daqueles miseráveis e tinha sede de entender os porquês das coisas, os problemas do mundo. Gostava de livros, já havia lido muitos, que tomava emprestado da Biblioteca Pública. Ela e Alexandre. Flanavam entre as prateleiras, atraídos por títulos intrigantes e autores de quem já tinham ouvido falar. Se interessavam por artes, moda, publicidade. No início do ano, Olívia fez sua primeira tentativa no vestibular para Comunicação Social. Não passou, mas iria tentar de novo. Muitas vezes. Quantas vezes fosse necessário. A simples ideia de cursar uma faculdade já era novidade na família, principalmente entre as mulheres, que por gerações apostavam na aparição de um homem frondoso, pobre que fosse, para suprir suas necessidades fundamentais.

A caminho da Cultura Inglesa, Olívia colocou os óculos escuros.

Agora que vai começar a anoitecer? perguntou Adriane.

Pesquisas afirmam que pessoas usando óculos escuros têm mais chance de conseguir o que desejam, respondeu Olívia.

Adriane riu.

Até mesmo uma cara redonda fica mais esperta atrás de um belo par de óculos. E se a cara for quadrada demais, é só usar uma armação redonda. Escondendo os olhos, você fica parecendo mais inteligente do que é. Fica atraente e ao mesmo tempo se preserva. As pessoas gostam de mistério.

Adriane ria do que lhe parecia um surto de ideias muito loucas, e isso encorajou Olívia a fazer mais de suas gracinhas, que podiam soar ingênuas, mas que refletiam a distância cada vez maior entre ela e a família, os pais, os avós – pouca diferença faria se estivessem vivos –, tios, tias, primos. Todos esmorecidos, inertes em suas poltronas na sala, enquanto ela ia, progredia pelas ruas, recebendo na cara o vento quente na esquina da XV com a Tibagi, respirando a fumaça dos canos de escape na Mariano, subindo valentemente a Benjamin, atravessando o pátio da Cultura Inglesa, e então voltando, descendo a General Carneiro, sentindo o hálito dos lírios do brejo por entre as grades dos portões, até o bar onde ela e Adriane, sua boa amiga, que conquistara graças a sua vitalidade e presença de espírito, enfim encontrariam a turma.

Assim que as duas se sentaram, em cadeiras brancas de ferro, Alexandre surgiu por trás de Olívia e a abraçou. Era como se ele já estivesse ali, à espreita, e isso a fazia pensar que ele sempre estava onde ela estava, observando-a de algum esconderijo ou de uma dimensão ainda não compreendida pela ciência, mal podendo esperar o momento de tocá-la, de falar com ela de perto.

Ele se sentou ao lado dela e eles trocaram um longo beijo, que logo derivou para uma conversinha miúda e arrulhada, tudo bem tolerado por Adriane, que fingia distrair-se com a arrumação dos objetos dentro da sua bolsa. Aos poucos os outros foram chegando e novas mesas foram juntadas à mesa original. Ronaldo contou histórias sobre o pai, que trabalhou por trinta anos ao lado da mãe na Prefeitura, sempre na mesma seção, e que ao se aposentar entrou em depressão profunda, pois tinha a sensação de que o casamento havia acabado. Sérgio falou sobre a avó que o havia criado, e que anunciava todos os dias que não era feliz, parecendo ser esse o ápice da sua felicidade. Os relatos provocavam piadas e discussões sérias na mesa. Olívia contribuiu falando do vizinho, que a qualquer hora podia ser visto com os braços cruzados sobre a mureta na frente de casa, feita sob medida para as suas necessidades de aposentado. Seu Hildebrando, seu Brando para os íntimos, calças jeans e camisa de mangas compridas sempre arregaçadas. Mas sobre sua própria família Olívia não disse nada.

...

Se você só o encontrasse naquela hora, seria capaz de pensar que ele não fazia outra coisa senão ver televisão. Mas isso não era verdade, pois do começo da manhã ao fim da tarde, ele estava ocupado consertando carros na oficina mecânica que abrira há dois anos, num puxadinho de madeira ao lado de casa. A pequena área que restara para a circulação entre o puxado e a porta da sala se oferecia aos fregueses que esperavam ser atendidos, e poucos resistiam à oferta, não raro se sentando no gramado ou nos degraus que levavam ao alpendre. Tendo chegado a esse ponto, não se intimidavam em dar uma espiada pela porta entreaberta, observando com vagar a mobília, a televisão ligada e quem quer que estivesse lá dentro.

Em noites de portas e janelas arreganhadas, o pai podia ser visto por quem passasse na rua após o horário do expediente entregue aos cuidados da TV. Olívia detestava voltar para casa e encontrá-lo ali, com ar de apodrecendo, ainda que tivesse dedicado seu dia aos afazeres mais dignos.

Eram nove e meia quando ela entrou pela porta da frente, que estava aberta.

Oi, pai.

Num segundo, ela reconheceu a melodia de uma canção que ouvira várias vezes ao longo do dia, no ônibus, em frente às lojas de discos, assobiada por alguém.

O pai emergiu de um cochilo. Recompôs a respiração, reorganizou os fluidos do nariz e da garganta, apertou as pálpebras com força, numa maneira de esfregar os olhos sem usar as mãos. Ela não conteve um suspiro.

Oi, filha. Eu não estava dormindo, só cochilando.

Tá bom.

Que horas são?

Não sei. Meu relógio está quebrado. Mas acho que já passa das nove.

Tua mãe está na cozinha.

O jantar ainda envolvia a casa com suas fragrâncias: cebola, batata cozida, carne assada – umas das prediletas de Olívia. Mas nem isso foi capaz de seduzi-la, já alimentada pelo sanduíche que comera com Alexandre no bar depois que os outros foram embora. O sabor da mostarda era agressivo, mas lhe pareceu naquele momento mais autêntico, mais verdadeiro que o gosto ameno dos guisados e sopas que a mãe preparava anos a fio, um fluxo incessante e cremoso de comida que a acalentava desde a infância.

Olívia ficou ali parada algum tempo, olhando para a TV que despejava sons e imagens com um ímpeto e a uma velocidade que nada tinham a ver com quem a assistia. Mirou o aparelho sem registrar o que dizia e se deu conta de que tinha bebido cervejas demais antes de comer o sanduíche. Estava enjoada, a bexiga cheia.

Já comi, ela disse, e continuou de pé, com sua bolsa a tira-
colo, como se não tivesse aonde ir. Escutava agora o ruído de
louças e panelas, que se somava ao desassossego da televisão.
Melhorou da gripe?

Já estou melhor, ele disse, e fungou e pigarreou.

As manifestações sonoras do aparelho respiratório incomo-
davam Olívia mais do que tudo na vida. Ela entendeu que tinha
motivos para deixar a sala e deu três passos firmes, que fizeram
tilintar os objetos sobre as prateleiras da estante, e dois passos
mais por conta da raiva que sentia daqueles estúpidos bibelôs,
numa escalada de irritação que a levou à entrada do corredor.
Então parou e se voltou com um quase sorriso, *Que bom que melhorou, pai*, e sumiu atrás da cortina, constrangida com a sua
tentativa inábil de anular a ação anterior.

Os barulhos da louça e da TV chegavam ao corredor e ao
quarto, onde ela largou a bolsa. E lá estavam eles também no
banheiro, como se fossem representantes do pai e da mãe
em lugares onde estes não podiam estar, tornando a solidão
impossível.

Ela se sentou para urinar e o alívio lhe trouxe sensações da
rua, a brisa em cada esquina, o cheiro de cerveja, o rebuliço do
tráfego, com suas buzinas e músicas da moda que irrompiam a
todo instante de sofisticados sistemas automotivos.

Na cozinha, Olívia encontrou a mãe. O processo de tirar a
mesa, guardar a comida e lavar a louça costumava levar horas.
Horas ao longo de anos, resultando num tempo imenso que
não valia a pena calcular.

Tem um prato pra você.

Estou sem fome, mãe.

Ela ainda se amparava no sanduíche com batatas fritas
e nos instantes passados com o namorado e os amigos no
bar. Queria que aquelas sensações não se dissipassem nunca. Quando estava lá, a atmosfera do local a envolvia totalmente, apoderava-se dos seus sentidos de tal forma que ela se

percebia outra pessoa. Enquanto Adriane relatava a viagem que fizera ao Nordeste, e enquanto ela própria sonhava com o que poderia ser seu futuro, pensou nas brigas de todos os dias, realizadas ou apenas imaginadas, as críticas expressas e tácitas à maneira como os pais viviam. Então Adriane mencionou as praias margeadas por coqueiros, e ela se sentiu cruel e ridícula. Por que não os deixava em paz? Combatia-os como se fossem leões, mas quando estava distante de casa descobria que eles eram apenas cordeirinhos. Ou mosquitos.

Vou deixar na geladeira, depois você esquenta.

Olívia reconheceu a bondade da mãe e sorriu sem mostrar os dentes. Não era fácil demonstrar gratidão por um gesto tantas vezes repetido, uma gentileza roída pelo hábito.

Precisava aceitar algo dela, um produto que fosse natural da cozinha, dos seus domínios de dona de casa. Então bebeu um copo d'água e sentiu as coisas mais equilibradas. Encostou-se na pia. A mãe estava encostada na geladeira.

Tirei as fotos pra carteira de trabalho.

Ah, deixa eu ver.

Estavam no bolso da calça.

Ainda não mandei fazer a carteira, não deu tempo, ela disse, mostrando-as dentro do albunzinho de plástico. Faço semana que vem.

Ficaram bonitas, a mãe disse, sorrindo para o rosto sério que flutuava no fundo infinito.

Quando Olívia chegava na casa onde morava, espaçosa, mas carente de manutenção, comprada e parcialmente reformada pelo pai antes dela nascer – *A gente começa a morar e depois vai vendo o que falta* –, o baque era imediato. Até mesmo o gramado e o fiapo de calçada entre o portão e a oficina já continham todas as características da casa, eram a casa em toda sua plenitude. E quando ela estava dentro, estava dentro. Não conseguia manter vivas as impressões da rua. Se conseguisse transpor o limiar da porta sem que o encantamento com o mundo se quebrasse, poderia olhar para os pais e simplesmente gostar deles, perdoá-los por tudo, o que quer que fosse. Mas o cheiro do jantar flutuando nos cômodos tinha o poder de confiscar as coisas que ela trouxera de fora – seus *pertences*, assim os chamava –, a fumaça dos canos de escape, a gordura do sanduíche, a vontade de estar com Alexandre sob os coqueiros de que Adriane falara. Era como se o aroma dos velhos temperos apagasse os vestígios do contato com o mundo externo.

Ela viu a mãe separar uma das fotografias, dedos úmidos contra o plástico grudento.

Você sabe de quantas fotos eu preciso pra carteira de trabalho?

Vai precisar de todas?

Não, pode ficar com essa. Mas você nem perguntou. Tinha que ter perguntado, mãe. E se eu fico sem fotos?

A mãe não respondeu, apenas andou até o guarda-louça onde apoiou sobre um pires o papel com a imagem da filha.

Olívia percebeu o quanto era frágil a trégua que estabelecera com os pais sem que eles ao menos soubessem que havia uma guerra. Para ela, a atitude da mãe – mais preocupada em preencher com uma imagem o próprio vazio existencial do que com as chances de a filha conseguir o primeiro emprego – era a prova de que não ligava para o seu futuro. Era uma atitude egoísta, afinal. E que grande demonstração de amor havia em guardar uma foto três por quatro dentro de um armário de vidro embaçado? Era melhor vê-la ali, congelada numa pose sem expressão, do que feliz, gastando o dinheiro que ganharia com seu próprio esforço?

Olívia estava arrependida. Mas desta vez não de ter sido ríspida com a mãe. Estava arrependida de ter se arrependido por ter sido ríspida há pouco e em todas as vezes anteriores. De ter se sentido culpada e pensado neles com ternura sempre que se viu diante da vida real, da vida em movimento. Quando via os carros passarem velozes, concluía: eles lá com o jeito deles. Levantando o copo para brindar com os amigos, decretava: eles são assim mesmo, são meus pais. Beijando Alexandre: eles são uma parte importante e até mesmo divertida da minha vida. Dignos de todo respeito e afeto. Mas isso de nada adiantava porque ela sabia que quando voltasse para casa o mundo ficaria lá fora, e ela seria derrotada pela apatia e pela inércia.

Olívia ficou ainda um instante na cozinha, vendo a mãe secar a pia com um pedaço de pano, até que sentiu outra vez vontade de urinar. Preciso ir ao banheiro, disse, e saiu enquanto a mãe esfregava as bocas do fogão. Ouvindo o líquido deixar seu corpo, ela pensava que talvez tivesse bebido mais do que de costume, talvez mais do que Alexandre ou qualquer um dos rapazes. Mas isso era bom para evitar as preocupações que costumavam se insinuar naquele breve espaço entre o fim da euforia e o começo do sono. Quando bebia ou quando transava com Alexandre era possível passar do estado de euforia diretamente para o reino dos sonhos. Era por isso que ela o amava e por isso tinham planos. Era cedo demais para ter encontrado o amor da sua vida? Não importava. Ele ajudava a abrir o mundo à sua frente.

Sem fome e sem assunto, Olívia decidiu dormir. Mas antes, passou pela sala e deu uma espiada na janela: seu Brando ainda estava lá, agora com as mangas da camisa desarregaçadas e a cabeça coberta por uma boina. Mas a postura era a mesma de quando passou por ele ao chegar em casa, por volta das nove. No bar, depois que os amigos foram embora, ela e Alexandre pediram cheeseburgers. Comeram, pagaram, e ele então resolveu acompanhá-la até o Novo Mundo. Saíram abraçados e tomaram o ônibus. Desceram na parada mais próxima da casa dela, a um quilômetro de distância, e pegaram a rua comprida que os deixaria quase lá. Asfaltada e com meio-fio nos primeiros trezentos metros do trajeto, a rua logo dava lugar a outro tipo de pavimentação, de qualidade inferior, repleta de saliências e buracos produzidos pelo sol e pela chuva. O calçamento da margem desaparecia, obrigando os pedestres a andarem rentes aos muros das casas. Mas Olívia e Alexandre preferiam caminhar pelo meio da rua, enveredando para a margem quando um automóvel passava. Sob o céu cor-de-rosa que quase tocava as cabeças, iam trocando pernas e palavras. Olívia falou sobre sua família – fechar-se sobre o assunto significaria ser como eles. Quando tinha oito anos, o pai a convidou para acompanhá-lo a uma oficina, na República Argentina, onde levaria o carro velho para fazer alguns reparos. Quando Olívia tinha oito anos, a Avenida República Argentina era tão distante para ela quanto a própria Argentina nesse momento. Um lugar que ela sabia existir, mas onde não poria os pés enquanto não crescesse, agora não mais no sentido de ganhar corpo, mas de ganhar coragem, coragem para se aventurar. Na oficina, o pai explicava como funcionava cada coisa, o motor, as bobinas, o carburador, as ferramentas. Ora se curvava, ora se acocorava, e a ensinava baixinho sobre a função do alternador e das velas e sobre a maneira de usar o macaco-jacaré, nome que ela achou engraçado por reunir dois bichos em algo que não era um bicho. Depois de alguns minutos, um homem de macacão se aproximou e o pai ficou de pé. Os dois adultos deram alguns passos para longe dela, que se distraía observando um par de havaianas imundas que saía debaixo de um carro. O pai e o homem se deram salves, vivas, apertos de mão e tapas nos ombros, e então foi como se tivessem desligado um botão no pai e ligado outro, ou virado uma chave dentro dele, porque em menos de um segundo ele era outra pessoa, falando outra linguagem. Abandonou a fala de tatibitates, diminutivos e palavras mutiladas por frases consistentes e objetivas, que soavam naturais na boca de um homem de mais de trinta anos. E tudo sem intervalo, sem que ele tivesse sequer renovado o fôlego. Olívia acreditou que o pai não era ele mesmo quando estava com ela, mas alguém inventado. Ou estava apenas sendo condescendente, o que significava que se considerava superior a ela, mas fingia que não. As duas hipóteses fizeram com que Olívia se sentisse traída, mas ela abafou a decepção no aconchego do colo paterno, no caminho silencioso até o ponto de ônibus, vendo formar-se nos intervalos do amor a ideia de que grandes e pequenos viviam em mundos separados, e assim continuavam mesmo quando próximos fisicamente. Talvez, ela pensou, fosse o próprio ato de abaixar e erguer o corpo que fazia a chave girar dentro dos adultos.

Alexandre sorriu sob a luz do poste.

Que ideia maluca, ele disse. Adoravelmente maluca.

O pai disse, *Acho que é um problema no carburador*, e havia acabado de dizer, *Olha o macaco-jacaré abrindo o bocão*, disse Olívia. Ele não estava sendo autêntico comigo.

Eu entendo, disse Alexandre. E a maioria das crianças não percebe esse truque. Elas não percebem que estão sendo enganadas e continuam felizes.

Mas eu percebia, disse Olívia. Aos oito anos eu já percebia.

Alexandre sorriu, dessa vez sob o neon desbotado do hotel *Aladdin,* que se situava a meio caminho entre a parada de ônibus e a casa de Olívia. Num daqueles quartos, aos dezessete anos, ela passara uma tarde inteira com ele, memória que agora compartilhava escorregando os dedos frios por dentro da gola do seu casaco. Um arrepio. Desejo enorme de fazer de novo, naquele exato instante. Mas não podia. Só podia lembrar, do gozo e da intensa alegria, que contrariava tudo o que lera e o que lhe haviam dito sobre o assunto – gemidos que pareciam de sufocamento, espasmos que se confundiam com convulsões.

De sua habitual sentinela, seu Brando moveu a cabeça o suficiente para que o casal entrasse no seu campo de visão. Lá vinham eles, na esquina, difícil discerni-los dentro do abraço apaixonado. Olívia sabia que estavam sendo esmiuçados.

Sentiu o calor das máquinas funcionando quando passaram perto do homem. Tinha pena dele, dos fios de barba espalhados entre cicatrizes, como mato crescendo no meio de escombros. Cumprimentaram-se.

No sofá, o pai voltara a dormir. Seu ronco e o clarão da TV, sincronizados, produziam um efeito inquietante. Como o de uma tempestade se armando no horizonte.

16 DE SETEMBRO DE 2007

Aline, Inácia

Aline atravessou o pátio em direção à entrada principal da Santa Casa. Grama verde e flores ofereciam a ela a última visão da natureza antes que a matéria árida tomasse conta do chão, primeiro na forma de degraus que conduziam à porta, e em seguida na forma de lajotas de cerâmica quadriculada que revestiam o piso da sala de recepção. Ali, apoiando sobre o balcão a sacola pesada, ela recebeu seu crachá azul de acompanhante, e, contente com a distinção (o crachá de um mero visitante era verde), grudou-o na camiseta, um pouco acima do seio esquerdo.

Nos primeiros dias, não foi necessário pernoitar no hospital. Sua avó ficou na enfermaria, à espera de um quarto individual, e, durante aquele breve tempo, conviveu com uma senhora de idade avançada (embora, soube, menos que a dela), ocupante da cama ao lado, que convalescia de uma intervenção para a retirada de pólipos do cólon. Inácia, a avó de Aline, não sabia medir a gravidade de pólipos no cólon, mas não se lembrava de ter ouvido a palavra "tumor" em nenhuma ocasião. Não era impossível, porém, que a tivesse apagado da memória, fosse pela idade ou pelo fato de que um assunto como esse merecia mesmo ser esquecido. De todo modo, se fosse um tumor a doença da companheira, este poderia ser benigno ou maligno, o que tornava tudo ainda mais complicado. E a avó não queria pensar em nada, apenas se distrair com as proezas do passado e as trivialidades do presente, que se misturavam na sua cabeça como imagens sobrepostas, fotografias tiradas uma sobre a outra por um fotógrafo inábil.

As duas senhoras se fizeram companhia por três dias, até que Inácia foi transferida para um quarto modesto, na ala de quartos modestos do hospital. O aposento possuía cama, mesinha de cabeceira, uma cadeira e uma poltrona verde-água manchada e desbotada. Como eram inóspitas aquelas camas! Sempre a mesma estrutura frágil, um esqueleto de aço que travesseiros, lençóis e cobertores não conseguiam engordar. A poltrona verde-água era onde Aline dormiria, já prevendo uma noite de cochilos cerzidos uns nos outros. Aproveitara a manhã para dar uma boa arrumada na casa, fazer o almoço dela e da filha e reunir as coisas de que a avó precisava.

Aline entrou no quarto e observou a avó sobre o leito. Já não era sem tempo, depois de décadas de um vigor que espantava toda a família. Agora estava fragilizada, à mercê de todas as porcarias que quisessem invadir seu corpo, vírus, larvas, bactérias. Ao capricho do vento gelado que ululava nos corredores e entrava pelas frestas da porta. E particularmente indefesa após a morte de sua única filha, acontecida há três meses. Inácia percebia-se mais abalada do que a neta, que perdera a mãe, mas que ainda era uma moça, forte e capaz, com a vida pela frente.

Fora uma morte precoce, como seria considerada qualquer morte testemunhada por pai ou mãe. Inácia sentia-se culpada por não ter partido em seu lugar. Que Deus tivesse me levado antes!, era o seu estribilho. Conhecendo o apego da avó pela vida, Aline duvidava em silêncio. Mas não desacreditava de seu sofrimento, traduzido num choro contínuo, manso e irritante, que parecia nutrir-se de algo que estava muito além do momento presente, em arquivos secretos aos quais nenhum dos que ainda estavam vivos tinha acesso.

Inácia tinha convicção de que adoecera poucos dias após a morte da filha, numa tarde de aragem fria em que não estava suficientemente agasalhada. Fora levada à casa de uma sobrinha para espairecer. A perna esquerda doendo, roxa.

A panturrilha soltando lascas de pele, pequenas feridas que iam do calcanhar à região anterior do joelho, tudo escondido debaixo das meias compridas de lã.

Eu devia ter posto uma meia mais quente, ela disse assim que viu a neta.

Aline largou a sacola no chão e a bolsa sobre a cadeira.

O vento estava muito forte naquele dia. E eu já tinha arranhado minha perna no banco do carro. Quando sentei, não vi que tinha um rasgão bem embaixo, no estofado.

Eu vou ao banheiro, disse Aline. Inácia continuou:

E depois tinha muito mosquitinho lá, daqueles mosquitinhos de jardim. Eles picaram minha perna várias vezes e eu cocei. Esse foi o erro, não devia ter coçado.

Aline voltou do banheiro com uma expressão exagerada de alívio.

Estava apurada. Fiquei um tempão no ponto e depois o ônibus veio bem devagar.

Percebeu que as palavras saíram amontoadas. Fez uma pausa, tentando conter a ansiedade que não sabia de onde vinha. E continuou:

Nos domingos, quando as ruas estão vazias e o ônibus podia vir mais rápido, ele vem feito uma lesma, deixa todos os sinais fecharem só pra perder mais tempo.

Foi tudo muito rápido, prosseguiu Inácia. Como se o mosquito tivesse me cumprimentado e eu respondido. Tudo bem? Tudo bem. A picada e a coçada. Tudo muito rápido, automático.

Não, vó. A perna já estava machucada, é problema de circulação. Mas eu arranhei mesmo a batata da perna naquele banco rasgado.

Eu sei, mas é porque a perna não estava boa, por causa das varizes. Isso pode virar flebite, ou trombose.

Aline não sabia a diferença entre as duas enfermidades que correspondiam àquelas palavras tão sonoras.

Mas eu sempre tive a perna azul, por causa das veias. Sempre tive e nunca aconteceu nada. Desde os dezoito anos pelo menos.

Mas agora tem uma ferida ali, vó. Tem que tratar. O médico vai dizer se está melhorando. Está doendo?

Os tratamentos, muito mais que as doenças, inspiravam medo. Nenhum deles devia nada ao outro em termos de complexidade terminológica – cortisona, amoxilina, hemodiálise, rickéttsia, meningococo, septicemia –, mas pelo menos as doenças tinham apelidos, o que as tornavam menos assustadoras.

A velha não respondeu. Aline tinha esperança de uma resposta negativa que lhe tirasse o peso dos ombros. Se a perna não estivesse doendo, poderia pensar em outro assunto. Mas se estivesse, teria trabalho pela frente: remover as cobertas, examinar as pernas enfaixadas, tocar a campainha para chamar a enfermeira. Ou sair para buscá-la. Fugir da visão da avó na horizontal, buscando o teto com a boca arreganhada pela dor. Espairecer. Os corredores limpos, recendendo a substâncias capazes de curar qualquer mal, um rabicho de liberdade em que se agarrar.

O Moacir devia mandar arrumar o estofamento daquele carro, disse Inácia.

A senhora ficou muito tempo sem ir ao médico. O machucado foi piorando, infeccionou.

Mas não estava incomodando muito, ela disse, referindo-se à dor moderada que sentia havia meses, anos talvez. É tanta coisa, minha filha. Será que não estão fazendo algum trabalho contra mim? Contra nós? Eu já ouvi dizer.

Aline tentou mudar de assunto.

Sabe o que o Moacir me contou? Que tentaram roubar a motocicleta do homem da banca de jornal. Entraram no quintal da casa de madrugada e já iam saindo com a moto quando os dois filhos dele apareceram, pegaram o ladrão, um rapaz de dezenove anos, e deram uma surra, amarraram, deram uma surra,

79

quebraram um joelho, deixaram ele lá, sangrando, e depois entregaram pra polícia. Um rapaz de dezenove anos.

Fez uma pausa, esforçando-se para lembrar de cada detalhe na sequência exata.

Antes de bater, amordaçaram pra que os vizinhos não escutassem os gritos, e quando a polícia veio, disseram que o ladrão tinha se machucado tentando fugir.

Inácia pareceu se indignar com as primeiras frases do relato, mas logo se distraiu, olhar fixo na parede, como se nada daquilo a interessasse. Aline, por sua vez, usava as piores palavras, as mais cruas, e ainda assim parecia distante da história que narrava, incapaz de se envolver com a tragédia. Havia, contudo, vibração na sua voz, esmero na escolha das expressões que podiam causar maior impacto.

Apesar do calor abafado, Inácia mantinha as pernas cobertas pelo lençol cinzento da Santa Casa. De vez em quando, erguia uma pontinha para contemplar as pernas embrulhadas em gaze e esparadrapos. Quando um dos enfermeiros aparecia para trocar os curativos (que envolviam toda a perna esquerda, do joelho ao calcanhar, e uma pequena área na panturrilha direita), ela evitava olhar para os ferimentos que pomadas e líquidos coloridos tentavam cicatrizar. Mantinha a cabeça ereta até sentir a pressão das novas ataduras sobre a carne, e então baixava os olhos e começava a bombardear o enfermeiro com perguntas sobre o sucesso do tratamento e a possibilidade de receber alta ainda naquele dia.

Sabe quem morreu? perguntou Aline.

Inácia franziu a testa. O assunto era demasiado grave para que ela continuasse alheia.

Quem?

A mãe do Jorginho.

Mesmo sem compreender imediatamente de quem se tratava, Inácia soltou uma exclamação de pena dirigida àquele ser humano perecível como ela. Então lembrou: Jorginho era o rapaz que um dia dormiu no sofá da sala. Amigo da sua única bisneta, filha de Aline. Era tarde para tomar o ônibus de volta para casa e ele teve que pousar ali. Naquela noite, Inácia chegou a falar por telefone com a mãe dele, a agora falecida.

Do que ela morreu?

Ela estava em casa fazendo o serviço quando se sentiu mal, uma forte dor de cabeça. Disse pro Jorginho, eu estou com muita dor de cabeça, e desmaiou ali mesmo. Levaram ela pro hospital, mas ela nem falou mais, não teve mais consciência.

Foi derrame?

Aneurisma. Ainda durou dois dias, em coma, e depois morreu.

Aneurisma é derrame?

Não tenho certeza.

E o que é isquemia? E AVC?

Não sei. Sei que são doenças que afetam o cérebro, mas não sei bem as diferenças. Ah, mas que importância tem isso? Todas matam, ou se não matam deixam aleijado pra sempre. Ou em estado vegetativo, respirando por aparelhos, anos e anos na UTI do hospital. Custa milhões. Ouvi dizer que o SUS não paga isso e a pessoa tem que ir pra casa, montar um tipo de UTI domiciliar, com equipamentos, enfermeiros vinte e quatro horas. Custa milhões também. Lá em casa nem teria lugar pra isso.

As frases aterradoras eram amortecidas pelo tom corriqueiro da voz de Aline. No começo, pesaram como chumbo no espírito de Inácia, mas logo se diluíram no turbilhão de palavras pronunciadas a esmo. A menção à casa, contudo, capturou a atenção da avó.

Como está o Chiquinho? Você arrumou a comida dele?

Arrumei, vó. E a cumbuca transbordando de água. Tudo certo.

Já está na hora de cortar a grama de novo, disse Inácia. O mato faz aparecer tudo quanto é tipo de bicho, aranha, marandová, barata. Tem que afiar a lâmina da máquina, que está cega. A lima está na caixa de ferramentas, no porão.

Aferrar-se aos assuntos domésticos fazia com que Inácia esquecesse a situação calamitosa de suas pernas. Gostava de se imaginar correndo atrás do cão quando este roubava os pães endurecidos que ela guardava num saco atrás do bujão de gás, para o homem maltrapilho que vinha toda terça. Octogenária, incapaz de alcançar o animal, ainda assim simulava uma perseguição que durava até a porta da cozinha, onde, com a vista incapacitada pela catarata, acreditava vê-lo desaparecer em meio a um mundo de objetos desfocados: gaiola de passarinho sem passarinho, xaxins suspensos na varanda, regador esquecido sobre a grama do jardim.

Com grande esforço e ignorando os recursos mecânicos da cama hospitalar, Inácia moveu o corpo até conseguir se sentar, apoiando as costas na cabeceira. Velha teimosa, era o que dizia o balançar de cabeça de Aline, ao mesmo tempo afetuoso e implacável. Em seguida, arrastou-se para a beirada da cama e deixou cair uma perna, depois a outra. Com o impacto, uma careta de dor e um gemido baixo, que trouxe Aline definitivamente para a cena.

Ai!, disse Aline, num impulso de solidariedade.

Eu preciso ir ao banheiro, anunciou Inácia com os pés a meio metro do chão. Não se tratava de um pedido de licença, mas de auxílio. Aline, porém, permaneceu sentada na poltrona, a bolsa no colo e a sacola com provisões entre as pernas, no chão. Esperava que a avó descesse da cama por conta própria, como sempre fizera, frustrando a intenção das outras pessoas de lhe oferecer ajuda. Mas Inácia continuou imóvel e soltou um segundo gemido, mais agudo que o primeiro, enquanto levava a mão à barriga. Aline levantou-se, hesitante, e deu um passo em direção a ela. Lembrou-se do botão da campainha acima da cabeceira e pousou a mão no ombro da avó, que de imediato cedeu à oferta e começou a escorregar para fora do leito. Em questão de segundos, Aline viu-se com o corpo lânguido nas mãos – o peso da responsabilidade, pensou, consolando-se com a piada óbvia enquanto se acostumava ao contato com a carne adiposa e quente embrulhada na umidade do dia mormacento.

Ficaram um tempo paradas, Aline com os braços sob as axilas de Inácia e esta com as mãos na cintura da neta, joelho esquerdo flexionado para que o pé não tocasse o chão. Recusava-se a usar a bengala deixada pelo marido – triste herança de velhos –, que guardava envolta no mesmo papel de presente em que fora dada pelo outro neto, irmão mais novo de Aline. Seria bem útil agora.

De repente, a mais jovem deu um passo, e a mais velha, um pulo.

Vamos, vó, ela disse. E avançaram aos solavancos em direção à porta do banheiro.

Os banheiros daquela ala do hospital não tinham as facilidades dos toaletes para deficientes que se viam nos shoppings (Aline já entrara num deles por engano), com barras e corrimãos para a pessoa se apoiar, piso antiderrapante e distâncias milimetricamente calculadas entre os objetos. Assim, com toda a dificuldade do mundo, Aline posicionou Inácia diante do vaso sanitário e, em seguida, num movimento arrojado, girou o corpo atarracado e o descarregou sobre o assento. Então, saiu e fechou a porta, pensando nas humilhações impostas pela velhice. O fim dos anos que pareciam eternos, de acesso exclusivo às próprias intimidades e nudez revelada somente a quem se quer revelar. A velhice marcava o retorno da falta de privacidade da infância, só que agora com o pudor que antes não existia. O resultado era ter que se deixar limpar por outro adulto, familiar ou não, às vezes nem querido, às vezes nem mesmo conhecido.

Aline ouviu o som da descarga e em seguida ouviu seu nome. Não respondeu à primeira chamada, mas se aproximou da porta. A voz soou uma segunda e uma terceira vez, e ela então girou a maçaneta devagar. Sentiu o cheiro das fezes e viu a avó imóvel sobre a privada; limpa, como indicavam os papéis no cesto de lixo sem tampa, mas sem nenhuma intenção de tentar sair dali sozinha.

Levanta, vó! disse com voz vigorosa, estimulante, mesmo sabendo que a velha sucumbiria se tentasse, e sabendo também que não deixaria de acudi-la, como vinha fazendo desde que a fragilidade mudara de lado entre as duas.

Vamos. Eu ajudo a senhora a ficar de pé e a senhora continua sozinha.

Inácia olhou para ela com olhos desamparados.

Não se preocupe, eu vou estar do seu lado. Venha.

E puxou o corpo desobediente. A teimosia que por toda a vida fora a marca registrada do seu caráter agora era um traço do seu corpo, com a diferença que não afetava mais ninguém além dela própria. Ao pensar nessa terrível vingança do tempo, Aline provou uma vaga sensação de prazer misturado com culpa, de tal modo que se deixou castigar sob o peso da avó, aceitando sem reclamar as unhas que ela, com medo de cair, cravou nas suas costas. Na porta do banheiro, retirou o apoio.

Pronto. Agora é só segurar no umbral da porta e depois nos pés da cama e depois no colchão. Aí eu ajudo a senhora a se deitar. Já vou até arrumar os travesseiros que estão uma bagunça!

Aline se afastou e Inácia olhou para frente. Às pressas, traçou um plano: saltar e cair sobre a perna direita, evitando que o pé mais dolorido tocasse o solo, e então compensar o desequilíbrio do corpo agarrando-se firme à grade da cama. Sem pensar duas vezes, ela se entregou ao seu propósito. Alguma coisa, no entanto, deu errado e Inácia se estatelou no chão, soltando um grito encorpado, diferente dos gemidos miúdos habituais. Aline veio correndo. Uma enfermeira que estava passando entrou correndo. Puseram-na sentada na poltrona.

A enfermeira começou a examiná-la em busca de ferimentos. Bateu a cabeça, vó? perguntou, enquanto a fazia arregalar os olhos. Inácia fez que não. Mãos e cotovelos estavam vermelhos e inchados.

Foi só o susto, disse Aline.

Eu não enxerguei a grade onde tinha que segurar, justificou-se, a vergonha sobrepondo-se à dor física.

Já está na hora de trocarmos esses curativos, disse a moça. E se levantou. No jaleco, Aline leu "Claudiane", e começou a abanar a avó com uma revista. A respiração voltara ao normal, mas o rosto ainda estava pálido.

Praga! Eu não devia ter me levantado sem os óculos. Eu não enxerguei a grade.

É que suas pernas ainda estão fracas, vó.

Não, as pernas já estão melhores. Mas eu não vi a grade por causa da minha catarata.

Quer um copo d'água?

Quero. Fiquei meio cansada, por causa do susto.

Aline tirou da bolsa uma garrafa plástica de água mineral e encheu o copo que estava sobre a mesinha de cabeceira. Inácia bebeu tudo num longo e único gole. Perigo. Engasgava facilmente com qualquer alimento, sólido ou líquido, e até mesmo com o ar. Quando terminou, ambas respiraram aliviadas.

Da próxima vez eu vou sozinha ao banheiro, disse a velha, com uma entonação ambígua que tanto podia significar confiança na cura de suas pernas como ressentimento por não ter recebido da neta o apoio que esperava. Se entendesse que a avó estava fazendo pirraça, Aline poderia partir para a ironia (*Puxa, que ótimo, vó, agora a senhora já pode fazer tudo sozinha!*). Mas se preferisse pensar que Inácia acreditava mesmo na recuperação, poderia atiçar ainda mais suas esperanças, ou desenganá-la com a dura realidade da doença, ou ainda tentar distraí-la com outros assuntos. Uma profusão de caminhos, todos tortuosos, todos ruins.

Com a expressão repentinamente desanuviada, Inácia enveredou pelo caminho das antigas histórias, contadas sempre em tom jovial, acontecimentos familiares muitas vezes desastrosos, capazes de arruinar vidas inteiras, mas que ao serem narrados pareciam ter saído de um anedotário. Os protagonistas eram tios remotos, vizinhos há muito desaparecidos ou ela própria, sempre acompanhada do marido em suas aventuras. As histórias se passavam num tempo de inocência em que não havia criminalidade, nem atropelamentos, nem depressão que levasse alguém ao suicídio, uma época em que a atitude mais drástica que uma pessoa poderia tomar era sair e esquecer de voltar para casa. *Naquele tempo* – ela sempre usava essa expressão, acreditando que o tempo sozinho esgotasse a ideia de circunstância. Naquele tempo era difícil estudar – por isso não estudaram. Naquele tempo era difícil ganhar dinheiro – por isso não ganharam.

O tio saiu pra comprar sal e nunca mais voltou! ela disse, terminando uma de suas favoritas, que Aline já escutara dezenas de vezes (variava a mercadoria: sal, açúcar, manteiga, tecido), contada pela avó, pelo avô, pela mãe e por tios diversos.

Agora estava relaxada, com as pernas estendidas sobre um pufe improvisado, feito de travesseiros empilhados sobre o estribo da cama. Exibia uma expressão otimista, como se acreditasse que a volta de seu corpo à normalidade fosse apenas questão de tempo. O pior novamente evitado, a morte adiada para o futuro distante, tornada ainda mais irreal pela cerração que lhe cobria os olhos e os pensamentos. Diante da mais leve sensação de conforto, ela se sentia rejuvenescer. Parecia não notar que as tarefas que executava eram cada vez mais modestas e exigiam esforço cada vez maior.

Aline padecia o desconforto da cadeira. Doíam-lhe as costas no ponto onde a espalda terminava e a madeira áspera mordia a pele. Mexia-se, tentando fazer coincidir o limite da madeira com a alça do sutiã, mas logo o corpo escorregava e o castigo começava outra vez. Então inclinou-se para frente, apoiando os cotovelos nas coxas e o queixo nas mãos, como nos tempos de escola, quando tentava se sentar como as meninas que achava legais, com as pernas cruzadas em posição de lótus, fracassando sempre por causa das coxas rechonchudas, com dobras que assavam debaixo das calças jeans. Até que um dia desistiu de tudo, da escola, da posição acrobática, e principalmente de ser aquele tipo de garota legal. Uma adolescência gorda e infeliz que mais tarde evoluiria para uma vida adulta magra e infeliz.

Tão magra que os cotovelos pareciam perfurar suas coxas, e isso fez com que ela se mexesse mais uma vez na cadeira, girando o corpo até ficar praticamente de lado em relação a Inácia. À sua frente agora estava o armário embutido, com suas portas e puxadores brancos, e uma fechadura prateada que quebrava a monotonia. Já era hora de pensar em guardar as coisas que trouxera, adaptar àquelas prateleiras assépticas as roupas que colhera no guarda-roupa empoeirado da avó.

Aconteceu então o que sempre acontecia quando Aline se via diante de portas fechadas: a sensação de que do outro lado havia muito mais espaço do que seria razoável supor. Como se alguém pudesse passar correndo por aquelas portas e seguir em disparada por uma estrada sem fim. Era absurda, ela sabia, essa percepção que não levava em conta a arquitetura do local nem a realidade das paredes impondo limites ao espaço. A mesma impressão ela tivera momentos antes de abrir a porta do banheiro para que Inácia pudesse evacuar, e embora tenha comprovado que não havia nada ali além de um lavabo acanhado, ela voltou a imaginar dimensões improváveis minutos mais tarde, até a hora de abrir a porta para atender ao novo chamado da avó.

Eram três e meia da tarde e o estômago de Aline começava a emitir sinais de irritação. Queimação – assim as pessoas costumavam descrever o que para ela pareciam beliscões, arranhões internos, como se um animal de garras afiadas (pensou num rato) tentasse escalar as paredes do seu tubo digestivo. Quando a criatura chegava ao topo, vinha a náusea, as mãos úmidas e a vista turva. Então ela respirava fundo, e o bicho escorregava lentamente de volta ao poço, sempre arranhando. O entojo diminuía, mas a dor continuava.

Em quarenta e quatro anos de vida, aprendera a conviver com muitos mal-estares: o esmorecimento causado pela gripe, que ia embora após dois dias de repouso; as cãibras nos dedos dos pés, no mais rigoroso do inverno, que se perdiam debaixo do cobertor de lã; as dores nos flancos, provenientes de gases acumulados, que diminuíam quando ela se deitava e abraçava os joelhos; a enxaqueca de após uma discussão, que sossegava com meia hora de cochilo ou quarenta gotas de Novalgina; o formigamento nos ombros causado pelo bico de papagaio, que se dissipava com uma automassagem. Mas o atual incômodo estomacal a preocupava mais do que qualquer outra indisposição; não cedia com remédios caseiros e menos ainda com a mera passagem do tempo.

A única solução era comer algo depressa. Achou que seria uma boa ideia dar um pulo na lanchonete que vira na entrada do hospital, à esquerda da recepção – a avó certamente iria querer algo de lá, um bombom, ou as balas azedinhas que apreciava tanto. Ao olhar para ela, porém, viu que dormia boquiaberta, o ar atravessando a custo o corredor das narinas, enroscando-se na garganta numa ameaça constante de engasgo.

Levantou-se e escancarou as portas do armário. Abriu a sacola sobre a cadeira e começou a retirar os objetos: um diminuto ventilador que colocou sobre a mesinha; calcinhas e meias que espalhou pelas gavetas em montinhos miúdos; uma camisola fresca; um pijama reforçado – pois, embora fosse quase primavera, no clima leviano de Curitiba não se podia confiar.

O armário tinha um cheiro de mofo que acentuava seu enjoo, mas ela estava decidida a prosseguir com a arrumação das roupas. A lanchonete ficaria para depois.

Um chinelo fechado e um chinelo de dedo; um casaquinho de tricô; um vestido estampado para os domingos e um azul para o dia em que recebesse alta. Pendurou-os juntos no único cabide disponível – melhor assim, não se dava bem com cabides, tudo se enroscava neles.

Décadas e décadas vestindo sempre azul, como se as outras cores lhe trouxessem azar. Aline tinha jogado fora dois vestidos que encontrara no guarda-roupa carrancudo de madeira escura. Roídos pelo tempo. Mas não os atirou no lixo, apenas separou-os para dar aos pobres. Quando a avó voltasse para casa, a briga ia ser feia.

Por fim, tirou da sacola um cobertor grosso, para que ela própria pudesse enfrentar as madrugadas geladas do hospital.

Aline contemplou o resultado de seu trabalho. Lembrou-se que três meses após a morte da mãe ainda não sabia o que fazer com seu minguado espólio têxtil. Não gostava de guardar coisas, a não ser na memória, e ainda assim só aquelas que se fixavam naturalmente nela. Quanto às roupas, preferia deixar que fossem embora, e então se distraía imaginando qual teria sido seu destino. Onde estaria a jaqueta jeans que usava na foto com os avós no dia do passeio em Vila Velha? Tinha doze anos. A mãe se desfez dela antes de Aline se tornar adulta – não teve paciência de conservá-la para quando viessem os netos –, e a jaqueta foi parar no corpo de uma menina desconhecida do orfanato. Mas o que teria acontecido com ela depois que a menina do orfanato cresceu? Às vezes, chegava a imaginar o destino das roupas dos artistas que via nas revistas, nas capas dos discos. As calças que o Roberto Carlos vestia naquele elepê de 1969, por exemplo. Sujas de areia, elas devem ter sido doadas a uma pessoa pobre e comum depois que a foto foi tirada. E onde estariam hoje? Será que alguém ainda as usava, orgulhoso de ostentar as calças que haviam pertencido ao Rei? Ou talvez as vestisse sem saber a quem haviam pertencido? E se tivessem se desfigurado a ponto de não parecerem mais com calças? E se tivessem se desfigurado a ponto de não parecerem mais com tecido? Seria possível conceber o desaparecimento total de um objeto?

Ela ainda se entretinha em imaginar o futuro das roupas quando teve a impressão de estar sendo observada. Virou-se e deparou com os olhos remelados de Inácia. A senhora está com fome? Quer que eu vá comprar um lanche?

Pensou na boa compra que faria na lanchonete: empadas, rissoles, balas de goma. E aquele doce de abóbora vermelho em forma de coração que cabia inteiro na boca.

A velha esfregou os olhos sem tirar os óculos, dedos inchados atrás das lentes.

Onde?

Tem uma lanchonete aqui no hospital, disse Aline, enquanto tomava-lhe os óculos e se punha a limpar as impressões digitais com uma ponta do lençol. Eu vou lá.

Traga umas balas sortidas, disse Inácia, olhando para cima com olhos indefesos. Estou com a boca meio amarga.

E apontando para o armário, onde sua vista identificara tons mais escuros do que havia antes:

Você está guardando minhas roupas?

Já guardei, vó.

Mas eu preciso dizer como eu quero que arrume. Trouxe a camisola azul?

Trouxe, a camisola e o pijama de inverno.

Inácia fez uma pausa, pensativa.

Eu preciso dizer como eu quero que elas fiquem no armário.

Aline andou até o armário e fechou-o, segurando os óculos pelas hastes como se quisesse expor as lentes ao contato com o ar, que imaginava puro graças a tantos remédios borrifados ao longo dos anos.

Inácia apertou os olhos tentando adivinhar que parte do grande borrão à sua frente correspondia aos óculos, e por que eles não retornavam logo ao seu nariz. Sentia-se perdida, vulnerável. Como Aline se atrevia a arrumar as roupas do seu próprio jeito? Só porque era ela quem iria manuseá-las no dia a dia? Inácia detestava que bagunçassem suas peças íntimas e fazia questão de cada meia bem esticada, em vez de embolada com o seu par. Seu corpo doía de raiva e frustração.

Merda!

O que foi, vó?

A resposta ajudou Inácia a reaver a neta na imensidão do quarto. Nenhuma delas, porém, notou a enfermeira que entrava.

Praga! Quintos dos infernos!

As pernas cada vez melhores. As feridas praticamente cicatrizadas. Em breve, o regresso a casa, onde retomaria o controle de tudo: da comida na geladeira às tranqueiras no porão; dos papéis nas gavetas às plantas no quintal. A morte da filha três meses antes havia sido um duro revés, mas todos sabiam que há muito ela não gozava de boa saúde. Deixara de sofrer, a pobrezinha. As coisas, portanto, iam aos poucos voltando à normalidade. Mesmo assim, Inácia praguejava. Eram insultos que pareciam vir de muito longe, como uma gravação antiga soando em meio a riscos e chiados. Aline lembrava-se dos palavrões (os primeiros que ouvira na vida) vociferados contra a louça quebrada, ou contra o leite que sempre se derramava sobre os intrincados relevos da superfície do fogão. Tinham origem numa amargura profunda, que não era aplacada nem mesmo pela dádiva da longevidade. Pelo contrário, esta era sua sina mais cruel: a maldição do sofrimento renovado.

Aline se aproximou com os óculos e os encaixou cuidadosamente no rosto da avó. Os olhos emoldurados se arregalaram e viram Claudiane bem ao lado, substituindo a bolsa de soro.

Pronto! Estavam imundos.

A velha não se alegrou, continuou remoendo sua mágoa. Os dedos grossos, largados sobre o colo, se acariciavam. Até que finalmente cuspiu o que a queimava por dentro:

Você deixou tua mãe sozinha no hospital e foi dormir em casa.

Inácia sabia disso desde o dia em que encontrou a neta na sala de casa, de volta do hospital antes do anoitecer. Naquele instante, Inácia dissera as mesmas palavras, só que embebidas num tom lamentoso. Agora a frase endurecera, enchera-se de espinhos.

Foi só uma noite, vó.

Fico pensando na pobrezinha tendo que ir sozinha ao banheiro.

Mas naquele hospital havia várias enfermeiras, mais do que aqui. Elas ajudaram a mãe, não se preocupe.

Não se preocupe, você diz.

A verdade nunca admitida é que a mãe de Aline era mais feliz sozinha, ainda que internada num hospital. O quarto todo para ela, a TV com controle remoto, as revistas de palavras cruzadas, a comadre ao alcance, se precisasse. E quando a enfermeira aparecia, ela não via isso como um estorvo. Muito pelo contrário, sentia prazer em especular sobre a vida da moça e em lhe revelar uma ou duas coisas sobre o seu passado. De tal forma que Aline entendeu ser desnecessária sua presença ali e resolveu voltar para casa.

Ela deve ter se sentido muito sozinha, disse Inácia, navegando por não se sabe que correntes de pensamentos distantes. E então, por cerca de meia hora, dedicou-se a escarafunchar o passado, com o objetivo de mostrar a Aline o quanto a mãe fora boa para ela, merecendo, portanto, mais carinho e atenção em seus momentos finais.

Depois que as palavras acabaram, Aline apanhou a bolsa sobre a cadeira.

Eu vou lá então, disse.

É muito ruim no hospital, disse Inácia, como um refrão que se repete enquanto a música vai morrendo.

Vou trazer refrigerante também.

E saiu logo atrás da enfermeira, desacelerando o passo para não alcançá-la no corredor.

Aline manteve o passo lento mesmo depois que a enfermeira sumiu atrás de uma porta. Passavam por ela figuras de avental, azuis, brancos, verde-água, e ela tentou entender se aquela variedade de cores dizia respeito à hierarquia ou à função. Médicos costumavam vestir-se de branco, mas na última cirurgia da mãe eles estavam de verde. Isso foi em outro hospital, o Nossa Senhora das Graças, de corredores mais amplos e arejados do que este por onde ela se movia agora, aspirando cheiros que lhe davam comichões no nariz. Aromas adstringentes num espaço apertado. O médico que deu a notícia do falecimento disse que a mãe se comportara com valentia e serenidade, quase com alegria, e que enquanto tinha durado a internação fizera amizade com pacientes e funcionários. Disse que ela sorria sempre, contava piadas e fazia palavras cruzadas. Aline fantasiava que um hospital, tirando as doenças, era igual a um hotel, e que a mãe devia ter se sentido ao mesmo tempo livre e cercada de atenção.

No fim do corredor, vendo que à esquerda havia outra ala de dormitórios, ela virou à direita, num caminho ainda mais estreito, margeado por placas com nomes de terapias e especialidades médicas. Embora não tivesse nenhuma certeza de estar indo na direção certa, ela esperava em algum momento avistar a luz do dia entrando pela porta principal, e então saberia que a lanchonete estava próxima. Pensou que uma criança poderia se divertir naqueles labirintos depois que dominasse o medo inicial, como ela própria fez numa ocasião em que o pai estava hospitalizado, há muitos anos, brincando de contar os ladrilhos do chão e de se esconder das pessoas que passavam.

O ruído constante de máquinas aumentava a sensação de isolamento do mundo exterior. Ela viu uma mulher empurrando um cesto transbordante de lençóis e se lembrou das roupas da mãe. Três meses. Era preciso decidir o que fazer com elas. Algumas peças iriam para Augusto, seu irmão, isso era certo, e o resto talvez para a caridade. A avó iria querer guardar tudo, por séculos e séculos. Será que tinha falado sério quando disse que ela era uma pessoa má – sem usar essas palavras, mas contando histórias de uma mãe amorosa abandonada pela filha na última noite da sua vida? E se ela fosse mesmo má, deveria lutar contra isso ou aceitar sua natureza? Os anos de convivência difícil, o cansaço, o amor que vai perdendo o gume. A mãe também não era uma pessoa fácil. Sempre tão calada, distante. Um dia, Aline se viu transformada na mulher de meia-idade que a mãe havia sido quando ela mesma ainda era uma adolescente. Aquele era o momento de tentar compreendê-la melhor. Uma grande chance para ambas. Mas foi então que Aline a viu partir, depois de uma semana trocando confidências com as enfermeiras. Quem afinal tinha o direito de se sentir abandonada senão ela própria?

A avó podia estar caduca, não seria surpresa na sua idade. Sempre fora manipuladora, cheia de artimanhas, mas agora estava reduzida à criatura que Aline vira dormindo minutos antes: a face cavada, a boca murcha, apartada dos dentes que repousavam ao lado como o primeiro fragmento que se desagrega do todo. Será que as visitas a veriam assim? Já estava na hora delas chegarem, a tia, que estaria sentada na cadeira quando Aline voltasse, e a prima, de pé com as mãos cruzadas nas costas.

O caminho terminou numa porta de vidro fosco onde se lia RESSONÂNCIA MAGNÉTICA, o que obrigou Aline a parar, despejada do abrigo de seus pensamentos. Envergonhada, perguntou a alguém pela lanchonete e teve de refazer todo o caminho de volta, até desembocar num corredor comprido, em cuja extremidade finalmente viu brilhar a luz da rua.

Embora o estômago a incomodasse, ela não se apressou. Alegrava-se por estar jogando fora parte do tempo que deveria passar com os parentes. Dezenas de minutos arremessados no lixo. Não imaginava que o desperdício pudesse ser tão produtivo. A avó, se quisesse, poderia escapar também, dormindo ou fingindo dormir, e ainda deixaria sua irmã feliz ao ver que descansava – o sono é um poderoso fortificante, a irmã dizia –, recuperando-se para voltar logo para casa.

A lanchonete ficava à direita, e Aline seguiu para lá depois de margear a recepção, onde uma única mulher de uniforme lutava para domar uma fila de visitantes. De uma distância que impedia a moça do balcão de lhe dirigir a palavra, ela observou a oferta de guloseimas atrás da vitrine – chicletes, amendoins, chocolates, empadas, quibes e coxinhas – e na lista fixada na parede – vitaminas, sucos e sanduíches.

Um misto-quente, ela pediu. Pra comer aqui, e uma coca.

Sentou-se perto de uma mulher gorda que se debruçava sobre uma quantidade enorme de sorvete, não mais mensurável em bolas. Por alguns segundos, assistiu às colheradas descendo como pás devastadoras que em segundos transformaram o prato num charco açucarado. Será que a avó podia? Uma bola só, de morango, que era seu sabor preferido. Aline concluiu que o melhor seria evitar problemas para a garganta velha e estreita. Pensou em empadas, mas estas lhe trouxeram a imagem de farelos em fuga pelo lençol. Voltou ao balcão e pediu à moça que embrulhasse dois quibes, balas sortidas, um pacote de amendoim – para a noite – e uma vitamina. Depois, dando-se conta do trabalho que teria para administrar o líquido saltitante dentro do copo plástico, trocou-o por uma lata de guaraná light.

A superfície áspera e reluzente de uma coxinha prometeu sensações crocantes, e ela pediu para consumi-la ali mesmo, de pé no balcão, enquanto acompanhava o declínio do ponteiro no relógio de parede. Dia abafado. Lugar horrível para atravessar uma tarde de domingo. Imaginou o que faria se estivesse em casa naquele momento. Sozinha – a filha na rua, entregue às mil e uma possibilidades da juventude –, talvez encontrasse uma brecha entre as tarefas caseiras e a programação de TV para instalar uma cadeira no jardim e ficar vendo as sombras se alongarem até serem engolidas pela grama escura. Igual melancolia. Quando era criança, acordava cedo e partia com os pais e o irmão rumo ao litoral. Fascinada pelo ermo das estradas, grandes espaços vazios que atenuavam a sensação opressiva do domingo.

A recepção era sua bússola e por ela Aline passou carregando os saquinhos com o lanche. Logo no primeiro cruzamento, hesitou. Era uma pessoa que se perdia facilmente. Se alguém a mandasse fechar os olhos e girasse seu corpo até voltar ao ponto de partida, não saberia para que lado ir. Lembrou-se da piada: *Minha vida deu uma guinada de trezentos e sessenta graus.* Mas para ela não era piada.

Escolheu uma direção e seguiu. Passou por placas que não tinha visto antes – ORTOPEDIA, PEDIATRIA – e foi parar no campo de refugiados da emergência, lugar onde muitos passeios de domingo chegavam ao fim. Ali era possível ver o sangue surgir espontaneamente, e não mediante provocação, como nas enfermarias e salas de coleta. Os corpos não se deterioravam aos poucos; viviam a perplexidade da ruína instantânea.

No salão amplo havia dezenas de cadeiras, todas ocupadas, e filas diante dos guichês de atendimento. A máquina que cuspia as senhas estava estragada e os atendentes tentavam adivinhar quem era o paciente da vez. Os que aguardavam na fila da triagem se misturavam aos que já haviam vencido essa etapa e apenas esperavam ser chamados pelos médicos. Mãos segurando cabeças, troncos inflando em busca do ar que faltava. Horas de espera. Aline viu crianças de colo que choravam assustadas e fixou sua atenção nelas, mas ao cabo de alguns segundos virou-se e saiu, retomando seu itinerário incerto.

Por vários minutos ainda, pensou em crianças. Vinham-lhe à mente ideias terríveis como a de cabelos que caem logo após terem nascido e primeiras palavras que acabam por se revelar as últimas. Morte na alvorada, ela pensou, ecoando alguma coisa lida ou ouvida, e continuou pelos corredores estreitos até descobrir que aquele trajeto também conduzia aos apartamentos, embora pelo lado oposto. Antes disso, passou pela porta da UTI e, aproximando o ouvido, escutou um rumor contínuo que sua imaginação identificou como a respiração aflita dos doentes terminais, reunidos num espaço que já não pertencia mais a este mundo. Imaginou espíritos flutuando em direção ao teto, vários ao mesmo tempo, numa cena impressionante até para quem não acreditava.

Quando avistou os primeiros quartos, as portas abertas e o burburinho das conversas deram-lhe a sensação de volta à normalidade. Verificou a temperatura do lanche: morno. Apressou o passo. Havia doentes e visitantes observando dos umbrais, movendo-se pelos corredores, todos de algum modo desamparados; uns pelo medo da morte, outros pelo medo da morte de pessoas que amavam. Eu podia ser um deles, Aline pensou, ao cumprimentar uma mulher parada ao lado do suporte com a bolsa de soro. E aquele homem em cadeira de rodas com a cabeça enfaixada, podia ser eu também. E dois outros homens, estes visitantes, cabisbaixos, cochichando sobre o que fazer diante das notícias desanimadoras. E uma menina de seus dez anos, acocorada ao lado da porta, lutando contra o tédio da tarde domingueira enquanto tentava não ouvir os gemidos que vinham do quarto: eu podia ser aquele que geme, ela pensou. Eles eram iguais a ela, e ela sofria por eles. No instante seguinte, porém, a certeza de que poderia estar no lugar do homem que gemia evoluiu para uma percepção nova: a de que ela só não ocupava o lugar dele porque *ele* o ocupava. Era como se houvesse uma quantidade fixa de sofrimento no mundo e aqueles infelizes a dividissem quase toda entre si, diminuindo as chances de que ela tivesse que arcar com uma parte – por outro lado, se um deles sarasse, suas chances aumentariam. Assim, Aline foi invadida por uma poderosa sensação de alívio, e viu desaparecer de um só golpe a dor da sua solidariedade. Antes ela do que eu, foi o que sentiu ao ver a enfermeira entrar correndo no quarto de uma mulher que tossia convulsivamente.

Era ao mesmo tempo curioso e assustador o que acabara de lhe acontecer: ao seguir adiante na tentativa de compreender o próximo, seus sentimentos tomaram a direção oposta. No limite da empatia pelo sofrimento alheio, sentiu-se aliviada por ser outro, e não ela, quem sofria.

As meditações se dissiparam quando ela dobrou a última esquina e enfim pisou no corredor que levava ao quarto da avó. Apartamento 25. Já se preparava para estender a mão para a tia. Na prima, dois beijinhos.

Ela viu então dois vultos saírem do quarto e andarem na sua direção. Logo reconheceu a enfermeira Claudiane. O outro, alto e calvo, devia ser o médico. Moviam-se devagar, circunspectos, e conversavam. Claudiane a viu se aproximar.

Boa tarde, disse Aline. O senhor é o médico da minha avó?

O homem não respondeu, apenas a encarou por cima dos óculos, com a cabeça baixa e inclinada para o lado.

Eu queria saber como ela está. Quero dizer, se é grave e o que vai acontecer agora...

Não vai acontecer nada, atalhou o médico, impaciente. E continuou sua marcha, obrigando Aline a acompanhá-lo.

Quero dizer, quando ela vai poder ir pra casa. Se vai...

O médico interrompeu o passo, com a enfermeira em anexo, trazendo à memória de Aline um fascículo da velha coleção *Os Bichos*: a rêmora, que aderia ao corpo dos peixes maiores, alimentando-se de sobras de comida.

Aline olhou para cima e esperou resignada que o doutor coçasse a testa antes do oráculo:

Não há previsão de alta, ele disse. Temos um caso de tromboflebite profunda que evoluiu para ulceração severa do tecido epitelial com exposição do tecido conjuntivo subjacente. Não está afastado risco de embolia pulmonar. É preciso continuar com os procedimentos terapêuticos. Controle da pressão arterial, monitoramento das taxas de glicose e medicação tópica. Houve uma breve pausa. A enfermeira, da mesma estatura de Aline, mirava o horizonte. Ele prosseguiu:

Uma cirurgia será necessária para restauração de vasos e também, possivelmente, enxerto de pele para estimular a cicatrização.

Depois do ponto final, o médico começou a se mover, empurrando os óculos nariz acima e retomando a caminhada.

Doutor, ela também sente uma dor terrível nos joelhos.

Ela sofre de artrose progressiva severa, disse o médico sem olhar para trás, enquanto a pequena figura de branco, apensa a ele, voltava a olhar para o alto reiniciando o diálogo interrompido.

O doutor era um homem experiente, acostumado a lidar com todo tipo de gente. Sabia como funcionavam por dentro e, mais que isso, conhecia os labirintos da alma. No imaginário de pessoas como Inácia – disse ele a uma atenta Claudiane –, o desfecho de qualquer processo de doença, entre os inúmeros desfechos possíveis, será sempre o mais favorável. E os sintomas, por mais debilitantes que sejam, serão vistos como resultado de uma corriqueira indisposição estomacal, algo que desaparecerá com um chá bem quente de ervas colhidas no quintal ou com o comprimido que sobrou do último tratamento. E para que o mal não volte a ocorrer, bastará ter mais cuidado com o que se come fora de casa, evitar o que pareça malcozido ou que tenha ultrapassado o prazo de validade. Quanto aos membros mais jovens da família, não há esperança de que possam ir muito além. Não será o mero curso dos anos que os fará melhores que seus ancestrais. A história do mal-estar – ele continuou, agora falando aos seus botões enquanto apanhava a maleta e dava por encerrado o expediente – causado por comida estragada, que se dissipará com uma xícara de chá ou com a pílula que a espera no armário do banheiro, todo esse enredo já vivido no passado e no qual ela opta por acreditar em razão de seu final feliz, corresponde agora a uma narrativa mítica, fundadora de todas as crenças e determinante do modo como essas pessoas se comportam diante das oscilações de seu estado de saúde. Por isso, nenhum deles está imune, nem os mais jovens, nem a criança que nasceu ontem, bombardeada por conselhos e histórias contadas pelos que a cercam.

...

Que médico mais estúpido, nossa! resmungou Aline antes mesmo de cumprimentar a tia, que para sua surpresa viera sozinha. Os meninos queriam vir, ela explicou, mas não puderam por causa do trabalho. Trabalham até aos domingos!

Um grosso, insistiu Aline. Quer um lanche, tia? Eu saí pra comprar pra vó.

Não, obrigada. Faz pouco tempo que eu almocei. Mas quem você disse que é estúpido?

Aline abriu sobre a mesinha o embrulho que a gordura tornara transparente.

Você demorou, disse Inácia.

Ela estava cochilando quando eu cheguei, disse a tia. Eu procurei a televisão pra ligar. Ela disse que você trouxe a pequena que fica no quarto dela. A enfermeira disse que eles logo vão servir o jantar.

O médico, disse Aline. Encontrei com ele no corredor, foi por isso também que eu demorei. Não queria me dizer nada sobre a saúde da vó. Eu tive que correr atrás dele e daquela enfermeira antipática.

O que é isso que você trouxe? perguntou Inácia.

Quibe, amendoim, refrigerante, e as balinhas que a senhora gosta!

Inácia estava na cama, e a tia na poltrona. Os cabelos desta talvez estivessem tão brancos quanto os da irmã mais velha, mas ela os tingia. Segurava no colo uma bolsa pequena, que Aline considerou ofensivamente elegante.

O doutor esteve aqui um pouco antes de você chegar. Disse que ela teve uma tromboflebite profunda que evoluiu para uma úlcera. Ela está sendo submetida à terapia adequada, mas é preciso tomar muito cuidado com a pressão arterial e os pulmões. Depois vai ter que operar. Por isso vai ter que ficar internada mais tempo, não se sabe ainda quanto.

E voltando-se para Inácia, traduziu da linguagem científica para o idioma amoroso-familiar:

Vai precisar de muito repouso, o médico falou. Mas vai ficar boa. Eu acho que já melhorou muito desde que chegou. Ela estava esmorecida naquele dia, coitadinha, mas agora está até mais corada. Fiquei feliz quando entrei e te vi tirando uma soneca. O repouso fortifica.

As palavras da irmã eram persuasivas e animadoras, mas o que Inácia vira minutos antes, ao acordar em meio às névoas da catarata, fora uma expressão de desolação na cara amarfanhada à sua frente (Parecida com ela – seria um espelho? Alguém querendo lhe pregar uma peça? A neta seria capaz disso?). Então, espremeu os olhos e teve certeza de que era a irmã quem estava ali, debruçada sobre ela, a examiná-la enquanto dormia. Viu os cantos de sua boca correrem para longe, deixando no meio um sorriso – como a terra se abrindo em *Os Últimos Dias de Pompeia*, primeiro e último filme que viu num cinema de Curitiba, décadas atrás, ela e o marido recém-chegados do interior. Um sorriso bondoso e de dentadura perfeita, mas que não conseguiu desfazer a má impressão do instante anterior. O ar de preocupação se manteria durante toda a visita, de tal modo que, quando Inácia parecia se convencer de que sua doença não era grave, a pena mal disfarçada no rosto da irmã sugeria que ela estava à beira da morte. O que era pior, afinal? Ser objeto de piedade ou de otimismo fingido? Como ficar alegre quando as pessoas que tentam lhe alegrar estão com cara de enterro?

A vó é forte, completou Aline, oferecendo a Inácia meio quibe embrulhado num guardanapo.

A enfermeira falou que já vão servir o jantar, recordou a tia.

Desligue o ventilador pra mim, Inácia pediu à neta. E feche a janela, por favor.

Só então Aline se deu conta de que o pequeno ventilador giratório que trouxera fora ligado pela tia. Era dele que provinha o sopro intermitente que arrepiava seu braço. A noite se aproximava. Lá fora o chão vertia sombras, mas no quarto as lâmpadas fluorescentes mantinham a paisagem inalterada.

Você trouxe a televisão pequena? perguntou Inácia. A que fica no meu quarto?

Trouxe, vó.

Faz dias que não vejo. Gosto de jantar vendo televisão.

Mas eu gostei do médico, disse a tia. É um senhor, ao que parece, muito sério e competente. Não gosto de médico novinho, eles não sabem nada. Como é mesmo o nome dele?

Estava escrito no crachá, mas eu não me lembro, disse Aline. Ele falou que tem um remédio que ela vai tomar pra sempre, pra melhorar a circulação.

Sim, é verdade, disse Aline. Tem um nome complicado.

Aline retirou da sacola a TV de dez polegadas, colocou-a sobre a mesinha, arrastou-a até o pé da cama. Quando ligou, sintonizando num programa de auditório, a conversa das três mulheres se reduziu a comentários esporádicos sobre o que assistiam.

O jantar foi servido. Aline ajudou a avó a comer, ignorando suas queixas pela falta de sal. Quando o apresentador do programa anunciou uma nova atração, a tia olhou para o relógio de pulso – pulseira fina de couro marrom.

Já está na hora de ir.

Ainda é cedo, disse Inácia, tentando esconder na frase gentil o tom de súplica.

No meio da semana, eu peço ao Tato pra me trazer. Ele vai estar de férias. Ele trocou de carro. Parece que é Fox o nome do que ele comprou.

As irmãs se despediram. Cheiros de batom e ruge se apegaram ao rosto lavado da enferma.

Se não der, eu venho no domingo que vem.

Acho que domingo eu já vou estar em casa, confidenciou Inácia.

...

A poltrona verde-água ainda estava morna quando Aline se aconchegou sobre ela, enrolada no cobertor que trouxera de casa. Eram dez horas. Dera cabo dos dois quibes restantes que Inácia recusara, assim como do guaraná e de duas balas de café. A TV permanecia em atividade desde que fora ligada. O *Fantástico* caminhava para o fim com a reportagem mais séria da noite: as denúncias de maus tratos contra animais de circo. Avó e neta ouviam a reportagem num silêncio respeitoso. Um trapezista que fora demitido dizia que o elefante chegava a ficar três dias sem comer e sem tomar banho, preso numa jaula onde mal cabiam suas orelhas.

De repente, Aline ouviu um ronco: Inácia dormia. Havia lido em algum lugar que o ronco do ser humano tinha a função de manter afastados os outros animais para que ele pudesse repousar em segurança. Não sabia se lera aquilo ou se inventara. Talvez tivesse sido numa reportagem daquele mesmo *Fantástico*, que existia desde que ela era menina. De todo modo, já refugiada sob as cobertas, decidiu que não faria nada para deter o grunhido da avó. Em poucos minutos já não o ouviria mais, habituada que estava a dormir em condições adversas. Até gostava. Agora mesmo, na poltrona que nem era assim tão apertada, deixava-se levar pelo prazer do desconforto: pé esmagado sob a coxa, maçã do rosto apoiada sobre o punho fechado.

O estômago voltara a se manifestar na forma de uma azia aguda, uma labareda que avançava até a garganta e recuava, como uma maré de fogo. Às vezes ela pensava que seu estômago era como certas pessoas que quando estão ociosas só fazem besteira. Por isso, tinha que mantê-lo ocupado com qualquer migalha que fosse. Levantou-se e vasculhou a gaveta do criado-mudo atrás de uma bala de hortelã. Em seguida, girou o botão da TV para um lado e para o outro até encontrar um filme de terror, do jeito que ela gostava e a avó não. Uma jovem mulher andava entre os jazigos de um cemitério, atravessando jatos de neblina e vento que faziam esvoaçar suas vestes e cabelos. Morta de medo. Almas penadas poderiam surgir a qualquer momento. Aline não acreditava em almas do outro mundo, apesar de adorar os filmes. Neles, o medo vinha sempre da possibilidade de contato entre os que estão do lado de cá e os que estão do lado de lá. Mas o que ela mais temia era que não houvesse ninguém do lado de lá. Nem ela mesma.

Aline assistiu ao filme até o fim, de pé, com o nariz colado à tela e o som no volume mínimo – assim não incomodaria a avó. Depois voltou à poltrona, orgulhosa por não sentir medo, aninhou-se nas cobertas e dormiu.

Parte Dois

28 DE JUNHO DE 1988

A Visita

Úrsula tinha acabado de completar trinta e oito anos naquela tarde em que estacionou o carro diante casa da tia. A mãe ao seu lado reclamava de enjoo. Se soubesse dirigir, poderia ela mesma sentar-se ao volante, e então enjoaria menos, mas nenhuma das mulheres da sua geração jamais se arriscara a ter o controle de um automóvel. E agora, passada dos sessenta, ela achava que era tarde demais.

Não havia campainha. Abriram o portão de ferro e entraram sem se preocupar em bater palmas, atitude de quem desfrutava da intimidade dos donos da casa. A visita fora marcada há duas semanas, uma vaga promessa feita pelo telefone: *Nicinha, sem ser nesta semana, na outra, acho que daremos um pulo aí*, disse a mãe à mais velha dos oito irmãos, dos quais cinco eram mulheres. E nada mais foi dito depois.

Desde a infância, a mãe de Úrsula tratava por Nicinha a irmã seis anos mais velha, forma carinhosa que era imitada por seus filhos e agora também pelos netos. Os outros irmãos não a chamavam assim. O diminutivo vinha de um tempo em que as duas haviam estado muito próximas, durante boa parte da infância de Marli, quando era comum a mãe de ambas, avó materna de Úrsula, ser internada para tratamento das várias doenças que a acometiam. Dentro do núcleo familiar da irmã mais velha, contudo, entre seus próprios filhos e netos, a forma diminutiva era ignorada, e ela era conhecida apenas por seu nome: Inácia.

Diante da porta fechada, Úrsula se antecipou à mãe e bateu três vezes. Como de costume, haviam se enrolado com os preparativos para a saída e só não demoraram mais para chegar graças ao Fiat 147, que Úrsula adquirira há poucos meses – os dias de mofar na fila do ônibus haviam terminado. Praga! – foi a exclamação que ouviram antes que a própria Inácia viesse atender, enxugando as mãos no avental. Já ia longe a hora do almoço, mas ela ainda parecia estar às voltas com os assuntos da cozinha. As visitantes sorriram ao rever o velho hábito de secar as mãos no avental se antecipar a qualquer outro gesto.

Oi Marli, oi Úrsula! Vamos entrar?

Entraram na sala e sentaram-se no sofá por um breve momento antes de passarem à cozinha, onde se puseram à vontade ao redor do fogão, acomodadas em cadeiras duras e assistindo ao abrir e fechar da porta da geladeira. No curto caminho entre os dois cômodos, passando pela sala de jantar onde nunca se jantava (embora uma mesa ocupasse quase todo o espaço disponível), Úrsula tentou captar o máximo de elementos: a cortina encardida, uma porta de quarto fechada, ruídos no corredor, a máquina de lavar chacoalhando na área de serviço. Num segundo, porém, tudo ficou para trás e ela se viu descendo o degrau que levava à cozinha, mas não sem antes varrer com os olhos a superfície do velho aparador, sobre a qual repousavam os mesmos velhos objetos: a fruteira de vidro espesso que Inácia e Frederico ganharam de presente de casamento há mais de quarenta anos; um vaso com avencas; o porta-retratos com a fotografia marrom e amarela dos pais de Inácia; um isqueiro de plástico branco – único item que não pertencia ao acervo permanente daquele móvel.

A existência de um degrau entre a sala e a cozinha se devia à irregularidade do terreno onde fora erguida a casa, não terraplenado por falta de tempo e dinheiro. Havia um declive de quase dois metros da área da frente até os fundos, o que obrigou a colocação de pilares para sustentar a construção. Adolescente, Úrsula viera com a mãe e Francisquinho conhecer a casa, ainda na fase de instalação do assoalho. Havia um homem que ajudava o tio Frederico. Às vezes interrompiam o trabalho, sentavam e bebiam café, acompanhado de pão e bolachas.

Marli ocupou um lugar na mesa onde a família fazia suas refeições e ficou de frente para a irmã, que continuava manipulando utensílios no fogão e na pia. Úrsula sentou-se numa cadeira avulsa, junto da janela, numa posição que lhe oferecia uma vista panorâmica de toda a cozinha, de parte da sala de jantar e da porta que dava acesso ao corredor. Virando a cabeça para trás, via também o quintal lateral da casa, a seção mais vasta daquele terreno desengonçado, com seus pés de laranja, ameixa, figo, limão e tangerina. Lembrou-se da única vez em que voltou ao Rio Grande do Sul depois de estar morando em Curitiba e foi caçoada por chamar de *mimosa* a fruta que lá é conhecida como bergamota, e em outros lugares como tangerina ou mexerica. Mimosa é mesmo ridículo, pensou, e não era o único exemplo de vocabulário adquirido nos mais de vinte anos vivendo naquela cidade. Sua sorte é que a faculdade e a leitura de muitos livros lhe haviam fornecido as armas para se manter a uma distância segura dos regionalismos, tanto de lá como de cá. Graças a elas, era capaz de conversar com interlocutores instruídos, e causava espanto nos familiares que se situavam num patamar mais modesto de conhecimento.

Inácia botou a água para ferver, e Úrsula reconheceu de imediato o bule esmaltado dos primeiros cafés, quando ela e a família estavam recém-chegados de Porto Alegre. O bule reapareceria diante de seus olhos anos depois, no dia em que viu a casa sendo construída. Quem era aquele homem que ajudava o tio? Um parente dele, talvez, alguém que ela não conhecia. O pai teria contribuído para a empreitada se não tivesse se indisposto com o tio logo nos primeiros meses da estada em Curitiba.

As xícaras tampouco eram novas e a que foi parar nas mãos de Úrsula tinha o esboço de uma rachadura debaixo da asa. Ela segurou-a com cuidado e pensou no conjunto que tinha em casa: boas peças de porcelana com figuras delicadas pintadas sobre um fundo branco.

Obrigada, tia, ela disse, e bebeu um gole do café fraco e açucarado.

A única novidade perceptível na casa era um filtro de barro disposto sobre o inox da pia. Úrsula acreditava ter visto uma pia de mármore em algum lugar que visitara antes, mas não tinha certeza se fora numa das casas anteriores de Inácia, na casa de outra tia ou na de algum parente do Amauri.

Enquanto Úrsula se dividia entre recordar o passado e observar os objetos ao seu redor, Inácia e Marli tocavam adiante a conversa inconsútil que tivera início na sala e que continuou casa adentro.

É bom esse café, disse Marli. É Pilão?

É. Eu gosto mais do Das Oito, mas estava em falta na mercearia. Quando o Nestor era pequeno ele sempre dizia que queria tomar café Das Oito. Ele dizia, quero tomar café Das Oito, mas não pode ser nem às sete nem às nove.

Marli riu. Falar dos irmãos era inevitável e sempre reconfortante. Inácia deixou de lado o pano com que secava a pia e, pela primeira vez, dedicou atenção exclusiva às visitas. Mas não se sentou. Limitou-se a apoiar o quadril na pia, com uma mão na cintura e a outra cofiando a fina penugem branca sob o queixo. Pela primeira vez, as linhas de seu rosto se distenderam e iluminaram, conectadas a uma fonte de energia remota no tempo e no espaço, nas alegrias da infância vivida na fartura, não de bens, mas de pessoas. Para as duas mulheres, não havia nada mais valioso do que a família, que ia se desdobrando através dos anos em filhos, sobrinhos, netos e bisnetos, todos de algum modo devedores da índole e da fisionomia do casal eternizado no porta-retratos sobre o aparador.

Inácia retornou ao pano, ainda molhado. Em Curitiba, o contato de um objeto com a água ou com o ar parecia ter o mesmo efeito. E as roupas então? Podia esquecê-las. Nunca secavam. Tinha que usar o ferro de passar para secar as mais urgentes, os uniformes das crianças, o guarda-pó do velho. Frederico nos últimos meses só ia ao trabalho à tarde. Gastava as manhãs descansando, lendo o jornal no sofá, fazendo uma coisa ou outra no jardim, enquanto o estabelecimento – uma portinha na Iguaçu, que vendia carnes e hortifrúti – ficava por conta do sócio e de um rapazinho que auxiliava apenas ele, Frederico, com a venda de frutas e verduras. Frederico pagava sozinho o salário do funcionário, situação se traduzia em menos dinheiro em casa todo mês. Inácia resmungava.

O Nestor ligou no dia do meu aniversário, disse Marli. A Vivi é que não anda muito bem por causa das enxaquecas. O Diogo está morando em Itajaí agora – parece que arranjou um empregão lá.

Pois é. Ele me contou quando eles vieram aqui no mês passado.

Úrsula examinava pela janela o jardim descuidado, com água esquecida em vasilhas e frutas caídas sobre a grama alta. Quando ouviu a menção à visita dos tios, virou-se num movimento brusco.

Mas não me diga que eles vieram a Curitiba e não deram uma passadinha lá em casa! disse Marli ofendida.

Eles estavam com muita pressa, desculpou-se Inácia. Dormiram aqui uma noite só.

Dormiram? perguntou Úrsula com indignação.

Nossa, faz anos que o Nestor e a Vivi não aparecem lá em casa!

Eles estão sempre correndo. Nós nem conseguimos conversar direito.

Marli pareceu aceitar a justificativa, mas Úrsula prosseguiu, zangada:

Isso é uma falta de atenção com a mãe!

Não, não é, disse Inácia, abandonando de vez o trapo encharcado e enxugando as mãos nervosas no avental.

Não fale assim, Úrsula, disse Marli. Da próxima vez eles irão, quando tiverem mais tempo.

Quando um irmão ou cunhado vinha de Santa Catarina, a passeio ou a negócio, tinha na casa de Inácia ponto de parada obrigatório, ainda que fosse para um rápido café com bolinhos no meio da tarde. Mas quando esse irmão ou cunhado se dispunha a ir à casa de Marli, cuidava para que a chegada acontecesse já perto da hora de ir embora, usando a necessidade de partir como desculpa para evitar delongas. E não raro recusava sem remorsos mesas fartas, com sucos, refrigerantes, bolos, geleias, pernis e frangos assados, que custavam uma fortuna para os anfitriões e os deixavam falidos até o início do mês seguinte. Alegavam os tios que a residência de Inácia, localizada em Santa Quitéria, era mais acessível para quem vinha do sul, ao passo que para chegar à de Marli, sempre em bairros da região norte, precisavam atravessar a cidade.

Úrsula voltou a fitar o quintal desmazelado, onde o mato já invadia a estreita faixa de calçada e se preparava para escalar as paredes da casa. Pensou com satisfação que em breve ele entraria pela janela, e que da próxima vez que tio Nestor viesse eles tomariam café sentados à sombra de frondosas plantas daninhas.

As irmãs retomaram a conversa alegre e à prova de rusgas, visitando o acervo imenso de seu passado compartilhado, homenageando com uma lembrança cada época vivida, sobretudo aquelas anteriores à entrada de forasteiros no território familiar zelosamente vigiado. Antes que viessem os maridos e antes que parissem os filhos. A felicidade entre irmãos parecia ser a mais pura, um paraíso de igualdade e solidariedade, com todos obedecendo à mesma mãe e ao mesmo pai. Elas falavam de um passado que a nostalgia faria ressurgir sempre, como se o tempo bom pudesse ser desdobrado, estendido sobre a superfície da vida nunca sem perder a profundidade. Das histórias de infância e juventude ficavam de fora qualquer menção à hierarquia entre consanguíneos, embora o esforço para impor sua autoridade fosse um traço marcante da personalidade de Inácia. Talvez essa característica só tivesse começado a se manifestar na vida adulta, ou mesmo na velhice, ou estivesse circunscrita às relações com a prole indefesa, sempre pronta a se inclinar aos seus desejos, sobretudo depois da tragédia que a fez mergulhar num estado tão deplorável que todos à sua volta concordaram que seria melhor não contrariá-la.

Os últimos a visitarem a mãe haviam sido os tios Clóvis e Verônica, calculava Úrsula com o nariz enfiado na vidraça. A partir de uma vaga promessa de que ficariam para dormir após o jantar, a mãe preparou o quarto de Francisco para o casal, deslocando o rapaz para o sofá da sala. Enquanto isso, na casa de Úrsula, ainda mais distante e fora de mão para os visitantes do sul, colchonetes foram espalhados na sala para acolher os primos. À mesa, limpando os lábios no guardanapo, Clóvis declarou que não poderiam pernoitar. Tinham que partir de imediato, ainda que isso significasse encarar a BR na noite escura. Úrsula não fazia questão de que os parentes pousassem na sua casa – embora nunca deixasse de convidá-los para um café –, mas achava que a moradia da mãe era como um santuário familiar, que devia ser frequentado por aqueles que dividiram com ela as primeiras etapas da vida. Depois de se despedir dos tios, desejou que uma tempestade os apanhasse na estrada. Que morressem? Não se lembrava de ter chegado a tanto, mas imaginou como seria engraçado se eles tivessem que dormir num hotel mequetrefe em algum cu de judas na beira da rodovia, sabendo que podiam estar quentinhos na casa da irmã querida. Se morressem, o enterro seria em Curitiba, onde havia melhor estrutura, grandes cemitérios, espaço. Ela e os irmãos se encarregariam de tudo, ligar para os parentes, comprar flores, providenciar sanduíches para garantir o sustento de todos durante o velório.

Ela esperou duas vezes, historiava Inácia, de pé e ainda de avental. Por dois anos seguidos, no casamento das duas irmãs.

Úrsula esqueceu por alguns segundos a raiva do irmão desnaturado da mãe. Levantou-se.

Posso pegar água, tia?

Pode. Ela se arrumou toda – disse Inácia, prosseguindo com o relato –, sentou no sofá da sala e ficou esperando não sei quem que viria buscá-la para levá-la à cerimônia. Mas ninguém apareceu. Duas vezes.

Inácia narrava a desgraça de alguém, possivelmente de uma prima, ludibriada por um homem que prometera levá-la a duas festas de casamento, por dois anos seguidos.

As horas passando e a coitadinha não conseguia tirar do pensamento o salão de festas lotado, os casais rodopiando, o bolo sendo cortado...

Podia ser a velha história da prima Inês, pensou Úrsula. Mas podia ser também uma história nova, ouvida recentemente pela tia, e que ela se sentia no dever de passar adiante para que mais pessoas tivessem histórias para contar em situações sociais como aquela.

... o buquê atirado para o alto. E enquanto isso, na sala de casa, os sapatos maltratavam os pés da pobre, até que ela enfim os tirou e estendeu as pernas inchadas sobre o sofá, entregando os pontos.

Marli suspirava, fazendo que não com a cabeça.

Imagine, e o sujeito ainda ter a cara de pau de dizer que não teve tempo de ir buscá-la!, disse Inácia recolhendo as duas xicarazinhas, colocando-as na pia, abrindo a torneira e borrifando detergente na esponja.

Úrsula bebeu a água de pé, lavou e enxugou o copo. A tia fazia tudo sozinha. Onde estavam aquelas duas? Voltou à sua cadeira e cruzou as pernas cobertas de jeans. Contemplou o ambiente. As panelas penduradas nas paredes, o quadro com o Sagrado Coração, as toalhinhas bordadas debaixo de cada objeto. Como em todas as casas anteriores, nenhuma fotografia além daquela dos patriarcas no móvel da sala. Nenhuma recordação – talvez no quarto de Inácia houvesse – do pequeno Lucas. Quando morreu, ele tinha cinco anos, a mesma idade de Úrsula. Deles, diziam que se davam bem e brincavam juntos quando as famílias se reuniam. Naquela época, Frederico e Inácia viviam com os dois filhos em São Joaquim, e foi a perda do menino que fez com que decidissem mudar para outra cidade. Recomeçar. Da casa onde a tragédia aconteceu, Úrsula guardava apenas memórias inventadas, extraídas das histórias que a mãe contava. A mais impactante delas era a de Inácia fazendo o almoço para mais de vinte pessoas antes de ir ao enterro. A mesa posta, o sofá posto, cada canto da casa e até mesmo o jardim servindo de refeitório aos familiares que acudiram. Ela imaginava a tia amarrada ao fogão, tentando ganhar tempo, sem coragem de enfrentar o caixão, assisti-lo em sua viagem de sete palmos.

Mas onde afinal tinham se metido aquelas duas? meditava Úrsula, quando viu mexer a cortina que separava a sala do corredor. De repente, o movimento cessou, sugerindo que quem estivesse para aparecer tinha mudado de ideia, mas então recomeçou, e Úrsula concentrou ali seu olhar.

Caminhando com dificuldade, com uma mão no quadril e a outra apoiada na mobília, Aline assomou à porta da cozinha.

Oi, disse atrás da barriga imensa, enquanto escorregava as mãos pelas ombreiras da porta até vencer o degrau.

Quer ajuda, minha filha? perguntou Inácia tocando seu braço. A neta não respondeu. Moveu-se resfolegante até uma cadeira, o ventre profícuo antecipando as intenções do corpo, e deixou-se cair. Oito, ela disse, como se aquela fosse a expressão numérica do seu desabamento, como graus na escala Richter. Oito meses. Depois de amanhã entro no nono.

E começou a tossir, colhendo a tosse no punho fechado. Então, deu um espirro violento, que tingiu de vermelho suas narinas. Tapou o sangue que escorria com um lencinho ralo que retirou do bolso. Inácia se aproximou com ar assustado.

Você não devia ter saído na friagem sem casaco, disse a avó, culpando-a pela tosse.

Aline respondeu com mais secreções; desta vez muco – o sangue havia estancado.

Nós trouxemos uma lembrancinha pro neném, disse Marli, e tirou um embrulho de sua enorme bolsa, alguma coisa mole envolta numa fina camada de papel colorido. Aline abriu-o, e um macacãozinho de algodão cor-de-rosa veio à luz.

A mãe que fez, disse Úrsula.

É lindo. Obrigada, tia.

Aline admirou a peça segurando-a pelos ombros, seu rosto aceso por um sorriso que parecia antever a carne e os ossos dentro dela. Sem ser ostensiva, procurou sentir o calor e o cheiro da lã. Eram bons antes mesmo de se misturarem ao calor e ao cheiro do bebê, que em poucas semanas tomariam conta de tudo, impregnando os objetos à sua volta a ponto de não se dissociarem mais deles. Tanto o cheiro da madeira do berço como o da borracha da chupeta perderiam para sempre sua autonomia, tornando-se não mais do que variações do perfume da filha, dia após dia, enquanto Aline vivesse.

É muito bonito, disse Inácia, fazendo questão de provar com os dedos a textura delicada. Após um instante de muda contemplação, Aline devolveu o presente ao papel barulhento e entregou-o à avó, que o colocou sobre a mesa da sala.

Era da Inês que vocês estavam falando? perguntou Aline com voz bem-humorada. Pois eu, se fosse ela, teria pegado um táxi e ido ao casamento, e depois mandava a conta pro cara, esse que deu o cano. Ou pagava eu mesma, ela tem dinheiro e, além do mais, não tem com quem gastar, só com ela mesma. Mas sabem como é, pão-dura que só. Agora, muito engraçado, qualquer parente podia ter levado ela. Não levaram ela ao casamento e depois tiveram que levá-la várias vezes ao médico e ao hospital pra tratar da artrite. Bom, pelo menos disso não esqueceram.

Havia certa indolência nos modos de Aline que irritava Úrsula. A maneira como as palavras espirravam da sua boca. Um descuido deliberado? Difícil saber se havia método por trás daquele aparente desleixo. A dicção era ruim, as sílabas se chocavam, como num engavetamento de veículos. Tudo soava como saído de um rádio mal sintonizado, sempre um milímetro para cá ou para lá da estação. Úrsula olhou para os calcanhares estragados da moça, para as palmas de suas mãos vermelhas, causticadas por sabões e detergentes. Pensou na aspereza do Bombril e da palha de aço – talvez de tanto usá-los, Aline tivesse se tornado como eles. Daqui a um mês terá que lidar com algo pequeno e delicado, ela pensou, enquanto transferia o olhar abelhudo para as mãos de Inácia – maltratadas como as de Aline, só que pelo triplo do tempo –, que retiravam do forno a fôrma com o bolo que acabara de assar.

Cuidado, tia, deve estar pelando.

Retirou-a enrolada num pano de prato, colocou-a sobre o fogão, testou a consistência da massa com o dedo indicador.

Não parava quieta um minuto e nunca ficava doente. Mas a coluna sofria, as pernas sofriam. Úrsula notou as varizes na panturrilha, mais pronunciadas do que da última vez em que a viu. Semelhantes a raízes expostas no chão, daquelas que destroem as calçadas. Nunca ia ao médico, dizia que não precisava. Morria de medo de tomar injeção, mas duvidava da existência de vírus e bactérias. Talvez porque, como qualquer pessoa, já tivesse tido que enfrentar agulhas, mas jamais tivesse visto um micro-organismo. O que faltava à tia, concluiu Úrsula, era alguém capaz de convencê-la, com jeito e carinho, a cuidar de si. Como ela fazia com a mãe. Pois a verdade é que bastava Marli se queixar de dor de cabeça para que lá fossem as duas ao clínico geral, do INPS, ou, quando era possível, particular. O primo de Amauri, que era um médico conhecido, às vezes conseguia até consulta de graça. Poderia tentar marcar uma para Inácia dar uma olhada naquelas varizes, ver como andava a tireoide. Anotou: falar com Amauri.

A senhora precisa ir ao médico, tia, dar uma olhada nessas varizes.

Não, ela respondeu, acompanhando a recusa com um movimento firme de cabeça, e em seguida sorriu, procurando não ofender.

Ou então para verificar o nível dos hormônios, Úrsula pensou em dizer. Mas não disse. Não adiantaria. Não, obrigada, seria a resposta, polida e definitiva. Será que alguma vez Inácia foi ao ginecologista? Mesmo depois dos sessenta é importante, o útero continua lá, o velho ninho, o lar primordial, ela devaneou, orgulhosa de saber muitas coisas. Aline é quem deveria levá-la, mas não era capaz de cuidar nem de si mesma. E agora botaria uma filha no mundo.

...

Úrsula levantou-se para ir ao banheiro. Passou pela sala e reviu os objetos sobre o aparador, os quadros nas paredes, os sofás e a televisão. Afastou do caminho a cortina esquálida e entrou no corredor de paredes nuas, interrompidas por três portas: a primeira era do quarto dos tios; a segunda (única fechada), do quarto que Edna passara a ocupar depois da viuvez; e a terceira, do quarto que pertencera a Augusto, seu caçula de Edna, e que agora abrigava uma porção de cacarecos. Úrsula tentou adivinhar em qual deles estariam os travesseiros e cobertores que a haviam acolhido vinte e cinco anos atrás, no sótão do Alto da XV, na noite do casamento da prima. Parou diante do aposento das tralhas: talvez ali, embolorados dentro do guarda-roupa. Mas a escassez de objetos novos na casa a fez deduzir que alguma coisa precisaria estar realmente em péssimo estado para que fosse considerada imprestável.

Observou a porta fechada. Será que Dininha – como Úrsula chamava Edna quando criança – estava ali? Será que não iria sair do esconderijo para falar com elas? Era impossível que não estivesse escutando a conversa alta, que atravessava as paredes. Como se quisesse desafiá-la, Úrsula aproximou-se da porta e a tocou de leve com os dedos. Está escondida, dormindo, fingindo dormir? Não gosta de nós? De repente, um estalido no assoalho fez com que ela se precipitasse para dentro do banheiro. Tratou então de trancar a porta e se concentrar no que tinha ido fazer ali.

Quando saiu, o quarto da prima continuava fechado, e ela voltou sua atenção para a porta dos fundos, que ficava na área de serviço contígua ao banheiro. Abriu-a e se deparou com a escada de doze degraus que ligava o piso da casa à terra. Desceu. Além de irregular na sua superfície, o terreno possuía o formato de um triângulo isósceles do qual o ângulo direito tivesse sido arrancado, resultando a casa numa edificação cercada por estranhas formas geométricas. Na parte de trás, onde há muitos anos Úrsula não punha os pés, a propriedade terminava num ângulo reto, delimitado por muros cinzentos e rugosos que serviam de amparo a uma vassoura, uma enxada e um pneu velho. Havia ali uma diminuta horta cultivada por Frederico, com algumas cabeças de alface e tufos de hortelã e manjerona. Nos fundos, ficava também a entrada do porão, que costumava enlouquecer as crianças com seus brinquedos velhos, ferramentas, vidros de remédio, aparelhos eletrônicos danificados e outras bugigangas que podiam simular desde equipamentos de laboratório a foguetes interplanetários.

Úrsula contornou a casa pelo lado dos quartos, a salvo de olhares curiosos. Olhou para a janela da prima à procura de um sinal, mas não avistou nada. Passou então pelo quarto de Inácia e chegou à esquina da fachada lateral com a frontal, onde se localizava o cômodo mais espaçoso da residência, antigo dormitório de Dininha e de Nélson, agora ocupado por Aline e sua crescente família. Quanto tempo ficariam? Era certo que não sairiam antes de o bebê completar dois meses de vida. Eles tinham a casa deles, não muito longe dali, onde viveram aparentemente felizes até o terceiro mês de gravidez, quando Aline começou a se queixar de calores e tonturas e a insinuar que não se sentia segura nas manhãs e tardes que passava sozinha enquanto Moacir trabalhava. E então vieram, com malas, mochilas e sacolas, que largaram pelos quatro cantos da casa. Em breve, o choro persistente da recém-nascida estaria presente em todos os lugares – um tormento que os dois idosos não mereciam.

Úrsula ficou de pé no meio do jardim, encarando a casa. Tinha dezesseis ou dezessete anos quando vira pela primeira vez aquele terreno esquisito, apenas com os alicerces de tijolos fincados e algumas tábuas do assoalho dispostas sobre eles. Era uma tarde fria de outono. Os tios os haviam convidado para conhecer, testemunhar a construção da primeira casa própria, motivo de grande orgulho. Ela lembrou que se divertira projetando cenas do futuro sobre aquela paisagem ainda em formação: Frederico fazia uma pausa no trabalho para beber um gole da garrafa térmica, e ela imaginava a cena se repetindo naquele mesmo lugar transformado em cozinha; Aline, então uma pirralha, mergulhava num monte de areia, e ela a imaginava se atirando na cama dos pais, entre pilhas de travesseiros. Viu à luz do dia a área mais deprimida do terreno, que mais tarde se tornaria o cobiçado porão, profundo e misterioso. Viu formigas circulando à vontade pelo ambiente, sem serem perseguidas pelas mulheres com borrifos de água avinagrada. Era a casa em sua nudez original, anterior aos segredos. O tio a erguera com as próprias mãos, ele e o ajudante que também era parente e de cujo nome ela não se recordava, ou jamais soubera. Realizaram a tarefa em dois meses e então a família se mudou, deixando para trás e para sempre a vida de inquilinos e a ameaça mensal de não terem dinheiro para pagar o aluguel.

Tivesse isso acontecido alguns anos antes, seria Aurélio o homem a auxiliar Frederico na obra. Mas os dois se desentenderam pouco tempo após a vinda do pai de Úrsula para Curitiba, acompanhado da mulher e dos filhos. Naquela época, Renato estava aprendendo a engatinhar, Francisquinho a ler, Úrsula já tivera a primeira menstruação, Célio se debatia com a equação de primeiro grau e José roubava a navalha do pai para fazer a barba. Assim que atracaram na cidade, Aurélio foi trabalhar na loja de ferragens do Natálio, um conhecido de Frederico. Mas o recém-chegado não gostava de receber ordens e muito menos de ser repreendido, e logo se enfastiou com o patrão, que foi se queixar a quem o havia recomendado. Frederico se aborreceu, mas não disse nada, até que um dia Aurélio se enfezou mais do que de costume e decidiu largar o emprego, disso não dando nenhuma satisfação ao cunhado, que, ressentido, cobrou dele um esclarecimento.

E foi então que tudo aconteceu. A briga. Das feias, pelo que dizia a mãe, pelo que se deduziria do silêncio do tio nas décadas seguintes e pelo que o próprio pai deixou escapar no calor do momento. Esbravejou por uma hora até se dar conta de que os filhos já tinham ouvido demais, e então mandou todo mundo para a cama mais cedo. Úrsula tentava recompor a cena, imaginar as coisas que haviam sido ditas. O pai já começando muito acima do zero, pois nunca esquecera a humilhação vivida um ano antes, quando ao visitar o cunhado para pedir socorro sofrera a tal *queda*. Por causa dela, chegara a Curitiba atravessado, oblíquo no olhar e até no sorrir (que, aliás, era raro).

A queda era certamente uma metáfora – ela refletia enquanto olhava a calçada malfeita, obra de um pedreiro amador. Não deve ter havido queda de fato, ossos chocando-se contra o cimento. Alguma coisa aconteceu, mas ela não sabia o quê. De todo modo, a visão da calçada bastava para evocar recordações amargas.

Era hora de voltar.

...

Ela decidiu voltar pelo mesmo caminho e, ao ladear o quarto de Aline, deteve-se novamente. Havia um princípio de pânico em algum lugar, no estômago, talvez, ou nos ouvidos, como um sussurro. Arrimou-se na parede de tábuas e examinou as solas dos sapatos: sujas. Aquela era a face oeste da casa, de onde se podia ver o sol descendo sobre os descampados do Cotolengo, Fazendinha e Campo Comprido. Não dava para saber onde terminava um bairro e começava o outro; tudo parecia um único e imenso subúrbio, dominado por construções baixas espalhadas sobre uma extensa área verde. Enquanto removia a grama que grudara nos sapatos, Úrsula sentiu o calor da madeira áspera sob a palma da mão. Quando chegasse o verão e o sol castigasse aquela parede por toda a tarde, a temperatura dentro dos quartos se tornaria sufocante. Durante o inverno, no entanto, fazia frio dentro de casa. Os tios, afinal, eram pobres, ou pelo menos – ela agora percebia – não eram nada do que pareciam ser em tempos remotos. Quando a mãe contou que se mudariam da casa com sótão para um nova, Úrsula os imaginou comprando móveis caros para combinar com o lugar, e quando, anos depois, soube que o tio estava construindo uma casa, achou que eles eram ainda mais chiques por serem *proprietários*. Os tios e a prima eram uma família e ela, seus pais e irmãos, outra. Mas ao mesmo tempo eram todos a mesma família. Como entender isso aos treze anos de idade? Ela os amava e os odiava.

Desceu a calçada até os fundos pensando em Aline, eternamente refém dos confortos familiares, que nunca a deixariam ser uma mulher independente. Fora criada para ser um estorvo e continuaria a sê-lo quando chegasse a hora da grande guinada, o momento em que os papéis se invertem e os mais jovens devem assumir sua responsabilidade para com os mais velhos, pois passa a ser destes o direito de estorvar. Frederico, Inácia, a mãe: quem teria mais direitos do que eles depois de tudo o que fizeram pelos filhos e pelos filhos dos filhos?

Úrsula sentiu sua angústia afrouxar. E pensou então em Dininha, enquanto subia a escada íngreme. Outra que teimava em não progredir! Achava que tinha direito a uma cota fixa de felicidade medida em anos, e que essa felicidade poderia iniciar quando ela bem entendesse. Se essa cota fosse, por exemplo, de vinte anos, e se somente aos setenta ela resolvesse começar a viver, após uma existência inteira de prostração e inércia, então viveria até os noventa para poder desfrutar do seu quinhão. Talvez por isso retardasse tanto o momento de começar: para viver mais. Mas isso era uma bobagem sem tamanho. A prima estava completamente iludida, e a maior evidência disso era o fato de que, naquele exato instante, enquanto se escondia em algum lugar, ela deixava de gozar o afeto proporcionado pela visita de pessoas da sua família.

Enquanto Úrsula se perguntava por Edna, Marli e Inácia se perguntavam por Úrsula, e Aline, com a bexiga asfixiada pelo útero enorme, desistia de esperar que o banheiro se desocupasse. Avançou como pôde pelo corredor, disposta a implorar para que a outra saísse, mas ao chegar encontrou o recinto vazio, aliviou-se e voltou à cozinha.

No topo da escada, Úrsula ouviu um ranger de dobradiças e, ao abrir a porta dos fundos, deu com o banheiro escancarado e o ruído da água enchendo a caixa de descarga.

Não tinha ninguém no banheiro, disse Aline à avó e à tia, que de imediato se inquietaram, como se aquela mulher adulta, de trinta e oito anos completos, pudesse ter se perdido no caminho de volta, ou decidido sumir no mundo, como o parente obscuro que um dia saiu para comprar alguma coisa e nunca mais regressou. Inácia, sobretudo, temia que seus queridos desaparecessem, fossem sugados por frestas nas paredes ou tragados por alçapões, e por isso achava que era preciso submetê-los a uma vigilância que nunca cedia, nem quando eles se tornavam adultos.

Úrsula fechou a porta e parou por alguns minutos na área de serviço, onde coexistiam a máquina de lavar, um varal de teto e prateleiras abarrotadas de alimentos, ferramentas e produtos de limpeza. Era naquele espaço exíguo, de pé sob lençóis e vestidos úmidos, que os aflitos procuravam exercer pressão sobre quem estivesse ocupando o único sanitário da casa, fungando e pigarreando para constrangê-lo. Ela avançou então para o corredor e, enquanto o atravessava, vendo a porta cerrada do quarto de Edna, formulou um pensamento que não a abandonaria pelas próximas duas décadas de sua vida, não apenas se fixando na sua mente – como os quadros com imagens de santos nas paredes da casa de Inácia, que resistiam aos caprichos do tempo e ao gosto das diferentes gerações – mas se convertendo pouco a pouco num plano, complexo e audacioso, que ela se dedicaria a elaborar em todos os seus pormenores. Naquele primeiro momento, enquanto pisava o chão com cuidado para que a madeira não rangesse, ela já tinha claro seu objetivo, mas não a forma de atingi-lo, ainda submersa num mar de ideias desconexas que iam surgindo ao longo do caminho entre o banheiro e a sala, e nos segundos em que lutou para se desvencilhar da cortina, a velha cortina que já estava presente na casa do Alto da XV, e cuja aparência imunda – ela percebia agora ao aspirar seu aroma de sabão em pó cítrico floral – devia-se não a falta de asseio, mas ao transcurso do tempo.

Mais um passo e Úrsula estava na sala, de onde já podia avistar os dois tufos de cabelos quase inteiramente brancos. Enquanto caminhava em direção à cozinha, notou um vaso com flores artificiais num canto perto da mesa de jantar. Não o vira antes, mas tinha certeza de que também era um remanescente de tempos idos – talvez até mesmo as flores o fossem.

Na sua casa, Úrsula cultivava um pequeno jardim, e era com sua bela produção de dálias e margaridas que ela enfeitava a sala de estar. Dias atrás, comprara vasos novos no Jumbo. Sentiu pena daquelas flores de plástico e, por conseguinte, das pessoas que estavam ligadas a elas – sua família. Menos das primas, mais dos tios, e da tia mais do que de ninguém. Sentiu-se mais embaraçada ainda por ter pensado de Frederico e Inácia coisas que não eram verdadeiras. Mas não foi culpa sua. Por certo fora induzida ao erro pela mania de grandeza da tia e pelo ressentimento da mãe. Se Inácia possuía dois, dizia possuir cinco, e a mãe, que em segredo desejava que a irmã possuísse apenas um, imaginando o pior, entendia sete, mas nada contava aos filhos, que julgava pequenos demais para compreender; e, assim, Úrsula, na vertigem da noite insone, sentia-se livre para fazer suas próprias contas e concluir que a tia possuía dez – *dez*, quando na verdade possuía apenas dois.

Quando entrou na cozinha, com os dois tufos de cabelos brancos agora emoldurando olhos que a investigavam, ela viu ressurgir com toda a força a ideia concebida no corredor, e imaginou que poderia revelá-la naquele exato instante por meio de uma pergunta direta, sem que fosse preciso perder tempo com planos intrincados e mirabolantes. Bastaria voltar à sua cadeira perto da janela e, olhando dentro dos olhos de Inácia, propor: tia, a senhora não gostaria de um dia ir morar com a mãe, na mesma casa? Seria assim, demasiado simples, e a expressão "um dia" serviria tanto para que Inácia não se sentisse pressionada como para demonstrar respeito a Frederico e também a Aurélio, que antes precisariam morrer para que esse desejo pudesse se realizar. Uma vez aceita a proposta, aqueles cabelos continuariam a embranquecer juntos, agora sob o mesmo teto.

Úrsula sentou-se na cadeira e olhou séria para Inácia. Ambas desejavam sorrir, a primeira, pela alegria da proposta que estava prestes a fazer, e a segunda, pelo alívio de ter a sobrinha de volta à cozinha. Mas nenhuma das duas sorriu, a primeira, nervosa pela importância do que tinha a dizer, e a segunda, porque julgava que era seu dever mostrar-se contrariada com o sumiço inesperado. Úrsula respirou fundo. Embora aquele não fosse ainda o momento da mudança, ela achava justo manifestar suas intenções. A ausência de Edna era oportuna. Sem a filha por perto, Inácia se sentiria mais à vontade para ouvir, pensar e, se quisesse, responder. Na casa da mãe, as duas viveriam sob cuidados dela, que sempre fora, ou pelo menos assim se considerava, a mais diligente dos cinco filhos de Marli e Aurélio. Lá, teriam uma à outra para se consolar da viuvez, temperando a velhice com os dramas do passado.

Ela inclinou-se para frente. Pernas afastadas (o que lhe era permitido pelas calças compridas), cotovelos e antebraços firmes sobre as coxas, mãos entrelaçadas. Concentrou-se. Esperava que a gravidade de suas feições e do seu silêncio lhe concedesse naturalmente o direito de falar primeiro. Mas foi Inácia, ainda aferrada a suas preocupações mesquinhas, quem tomou a palavra:

Úrsula, você não devia ter saído assim sem dizer aonde ia. Tua mãe já estava preocupada.

Desarmada pela introdução de um assunto diferente daquele que preenchia seus pensamentos, Úrsula viu a tia virar-se para Aline, que tricotava sobre a barriga:

Será que tua mãe vai demorar? Onde é que ela foi mesmo?

Embora atônita com a nova mudança de rumo da conversa, Úrsula também olhou para Aline, tentando agarrar-se ao tema da vez:

Era isso mesmo que eu ia perguntar. Onde está a Dininha?

Ela foi ao Centro, respondeu Aline, que sabia o quanto a mãe odiava ser chamada por esse diminutivo que jamais fizera parte da sua vida. Foi comprar umas coisas, mas já deve estar voltando.

Inácia deu então dois passos para o lado de Úrsula e estendeu-lhe o braço.

Olha, eu estava mostrando pra Marli. É o meu relógio que estragou. Você sabe de algum lugar pra consertar?

Úrsula olhou para o pulso que se oferecia a ela envolto numa pulseira azul. Atrás do visor embaçado, três ponteiros imóveis. Ela poderia: a) fazer a proposta sem rodeios; b) tentar conduzir a conversa numa direção que lhe permitisse fazer a proposta; c) pegar o relógio das mãos de Inácia.

Posso dar uma olhada?

Segurando as duas extremidades da pulseira, Úrsula examinou atentamente o relógio. Em seguida, acolheu-o na palma da mão esquerda e sentiu seu peso. O couro estava manchado, mas não se viam os sinais típicos de desgaste pelo uso. Isto porque Inácia, desde que o ganhara no dia das mães de 1981, mantinha-o numa gaveta em seu quarto, acondicionado sobre um chumaço de algodão, enquanto o estojo original – elegante, em veludo grená – jazia vazio e sem serventia dentro do guarda-roupa. Ela fixou sua atenção no ponteiro dos segundos, encurralado entre o X e o XI, avançando um milímetro e recuando outro, como se agonizasse antes da parada definitiva. Então, segurou o relógio com vigor e bateu-o cinco vezes contra a palma da mão, esperando que servisse de estímulo ao ponteiro em seu caminho horas acima, mas o procedimento não surtiu efeito.

Não adianta, disse Inácia. Todos nós já fizemos isso aqui em casa.

Ela nunca deu bola pra esse relógio, disse Aline sem tirar os olhos da trama de lã. Não sei por que resolveu usar agora.

Será que a Dininha não podia tê-lo levado pra consertar? perguntou Úrsula.

Ela esqueceu, disse Aline.

Deve ter esquecido, disse Inácia.

Ele só precisa de uma bateria nova, é fácil trocar.

Sim, lembrou Inácia, foi o que a Ana, namorada do Augusto, falou. Ela disse que é só levar a um relojoeiro que ele resolve tudo em cinco minutos. Disse que tem um perto de onde ela estuda. Até ficou de levar ele lá um dia, mas depois disso não veio mais aqui.

Veio uma vez, disse Aline.

Mas estava com muita pressa, emendou Inácia.

Úrsula ainda investigava o objeto, acariciando-o entre o polegar e o indicador.

Precisa de polimento também. Tem uma camada de zinabre nas bordas e atrás.

Deixe aí, vó, que eu levo, disse Aline.

Eu posso levar, retrucou Úrsula. Não custa. Trocar a bateria e polir. Vai ficar novinho em folha.

Ela olhou mais uma vez para o mostrador e culpou-se por não ter sido rápida o bastante para apresentar a Inácia sua proposta. Agora era tarde. Uma ótima oportunidade fora perdida. Mas haveria outras, disso ela tinha certeza. Poderia planejar tudo com calma, ainda era jovem, e as duas velhas, nem tão velhas assim.

Apesar de sua posição privilegiada ao lado da janela, Úrsula só percebeu que havia anoitecido quando Inácia acendeu a luz, uma lâmpada fraca oculta no interior de um globo de vidro opaco. Ela olhou para o teto e pensou no abajur da sala de sua casa, na elegância da luz indireta, que não fere os olhos e torna o ambiente mais acolhedor.

Será que a Dininha não volta antes da gente ir embora? perguntou Úrsula.

O frio que entrava através dos caixilhos prometia bancos gelados dentro do automóvel e uma longa espera para fazer pegar o motor a álcool.

Ela já deve estar chegando, garantiu Aline.

O rosto ansioso de Inácia voltou-se para a neta, querendo acreditar no que ela acabara de dizer. A comida aquecia sobre as bocas do fogão.

Vocês vão ficar pra jantar, não vão?

Acho que não, tia. Eu ainda tenho que deixar a mãe e depois ir pra casa cuidar dos meus pequenos. Eles estão sozinhos com o Amauri.

Mas é que o pessoal já, já vai chegar. Vamos jantar todos juntos.

"Já, já", Úrsula repetiu para si com ironia – o dobro de "jás" prometendo a metade do tempo. A noite se fechara por completo, delineando uma nítida fronteira entre a cena composta por quatro mulheres, uma lâmpada e quatro chamas de fogão, de um lado, e a escuridão, do outro. Ou talvez fosse melhor dizer que a noite as cercava – era a imagem que vinha ao espírito de Úrsula ao sentir o breu batendo na vidraça às suas costas. Uma bonita cena, ela achava, embora um pouco amedrontadora. Se fosse uma artista, gostaria de pintá-la. Ser artista era um antigo desejo, aos poucos sepultado pela opção realista de cursar Direito, que por sua vez foi abandonada quando vieram os filhos. Mas o Direito ela haveria de retomar, e esse dia estava cada vez mais próximo. Tivera o cuidado de trancar a matrícula do curso e nunca deixara de estudar, ou, no mínimo, de ler, aprender, observar o mundo que a cercava.

Em algum lugar da noite deviam estar Edna, Frederico e Moacir, o marido de Aline, que a acompanhara no patético regresso à casa materna. Por ele Úrsula nutria um desprezo ainda maior do que era capaz de sentir pelos da família. Os três vinham de pontos diferentes da cidade, o que poderia fazer com que o jantar demorasse a começar. Além disso, enquanto não estivessem todos ali, cada minuto seria de tensão e espera.

Aline, como vai ser o nome da neném? perguntou Marli com genuíno interesse.

Ela vai se chamar Olívia.

Que nome bonito: Olívia.

Esse nome ainda não existe na família, observou Úrsula.

É verdade.

Significa "azeitona".

Eu sei, disse Aline. Eu li num livro de nomes.

Acho que é por isso que ela comia tanto no começo da gravidez, arriscou Inácia, tentando fazer graça.

Não, é porque eu tenho gastrite. Por isso tive mais enjoos do que o normal. Aliás, no começo eu nem achava que estivesse grávida, achava era só a gastrite.

Engraçado, disse Úrsula enigmaticamente. E quando notou que a atenção das outras fora fisgada pelo que disse e pela pausa que se seguiu, começou uma história comprida:

Outro dia, o primo do Amauri, que é gastroenterologista, nos contou um caso impressionante. Uma senhora levou a filha ao consultório dele porque a moça estava sentindo fortes dores abdominais. Ela achava que era gastrite, mas temia que pudesse ser algo pior, como uma úlcera. O Paulo ouviu a descrição dos sintomas, fez alguns exames clínicos preliminares e pediu pra conversar em particular com a mãe da garota – a garota sozinha na sala de espera, imaginem a aflição. Então ele se virou pra mãe e foi logo abrindo o jogo: não há nada de errado com o aparelho digestivo da sua filha; o que acontece é que ela está grávida. A mãe se afligiu. Meu Deus, e agora o que eu vou fazer? O que é que os outros vão pensar? Dezesseis anos eu acho que a menina tinha. Então a mãe baixou o tom de voz e fez uma proposta indecorosa ao Paulo: que ele mentisse para a menina, dizendo que ela tinha uma úlcera profunda e que precisaria ser operada com urgência. Na mesa de cirurgia, ele faria o aborto. A moça jamais saberia a verdade. Pra todos os efeitos, teve uma úlcera, se operou e ficou curada.

A narrativa pareceu não causar qualquer efeito nas outras mulheres, que continuaram entretidas com seus afazeres. Mas Úrsula sabia que elas estavam constrangidas, intimidadas pela objetividade e ousadia de suas palavras. Sentia-se orgulhosa dos termos e expressões que utilizara. *Para todos os efeitos. Fortes dores abdominais*, quando o normal é dizer "uma grande dor de barriga". *Gastroenterologista,* palavra que poucos se arriscam a pronunciar, preferindo simplesmente "médico". *Exames clínicos preliminares.* E, por fim, *aborto*.

Depois de nada dizer, Inácia estendeu a toalha sobre a mesa e começou a retirar do guarda-louça os mesmos pratos e copos que lavara, secara e guardara há pouco. Quando o sexto prato foi colocado, Marli protestou: Não, Nicinha, nós temos que ir mesmo. Já é muito tarde.

Ah, vocês não vão ficar? disse Inácia, sem disfarçar um profundo desapontamento – talvez precisasse, mais que tudo, de apoio para enfrentar a espera. O jantar está quase pronto. Eles já, já vão chegar.

Não podemos, tia, interveio Úrsula, enquanto Marli se levantava com certa dificuldade. Abotoaram os casacos, que não haviam chegado a despir, e apertaram os cachecóis em torno do pescoço.

Mãe, não quer ir ao banheiro antes?

Não, eu vou em casa.

Quando se preparavam para sair, ouviram passos pesados na sala. As bochechas rosadas de Frederico apareceram na porta da cozinha. Cumprimentaram-se com apertos de mão. As mãos dele estavam geladas, ele se desculpou, trocaram impressões sobre aqueles dias frios. Ele nada perguntou sobre Aurélio e elas tampouco lhe transmitiram quaisquer recomendações.

...

Lá fora, viram Moacir despontar na esquina. Observaram-no caminhar até perto delas. Ele vestia menos roupas do que seria apropriado numa noite com aquela.

Ué? Cadê o carro? perguntou Inácia.

Deu um problema. Deixei ele com um amigo meu na oficina. Tudo bom, tia?

Mais cumprimentos gelados. Depois de umas poucas palavras, Moacir se desculpou e disse que tinha de entrar para ver como estava Aline. Marli e Úrsula se despediram e começaram a se acomodar dentro do pequeno veículo. Úrsula esfregou as mãos, Marli puxou para baixo a barra da saia – as meias compridas não eram suficientes para protegê-la do estofamento frio. O rosto de Inácia, como um enfeite na janela do carro, acompanhava todos os movimentos.

Enfim, partiram. Marli fitava a janela tentando encontrar o vulto da sobrinha na noite escura. Não queria que a irmã sofresse.

Acho que é ela ali, disse tão logo dobraram a esquina.

Mas Úrsula estava novamente distraída com a exumação do passado. Lembrava-se de outra noite, de verão, antípoda da noite de agora. Não seria capaz de precisar o ano, mas sabia que era uma jovem adulta, tinha namorado. Estavam com ela a mãe e o Célio. Chegaram à casa de Inácia por volta das nove e partiram logo depois das onze, sem nenhum problema resolvido, apenas mais angústia e desilusão. Naquela tarde, o pai passara dos limites e levantara a mão para a mãe. Dera-lhe um empurrão. Dera-lhe um empurrão depois de tocar seu pescoço, como se quisesse estrangulá-la. Talvez fosse essa sua intenção inicial, convertida em empurrão por algum resto de bom senso. Marli pegou os filhos que encontrou pelo caminho e saiu desorientada, num andar a esmo que pouco a pouco se transformou no trajeto que levava à casa de Inácia e Frederico. Primeiro, seguiram a pé, pois receavam ser alcançados pelo pai no ponto de ônibus e arrastados de volta para casa. Depois, quando já se encontravam a uma distância segura, embarcaram no coletivo que os deixou na Praça Carlos Gomes, onde a visão do nome "Santa Quitéria" no ônibus estacionado atrás terminou por definir o destino dos três fugitivos. Assim, rumaram para a casa dos tios, a recém-construída casa própria, que naquela época era para Úrsula um santuário de conforto e felicidade. Espremidos no sofá diante da poltrona de Frederico, comeram bolinhos de arroz oferecidos por uma atarantada Inácia, que após servi-los postou-se ao lado do marido com a bandeja debaixo do braço e o olhar desacorçoado. O tio ouviu o relato sem dizer nada. Fazia anos que brigara com Aurélio. Não se meteria naquele enredo por nada desse mundo, muito menos se disporia a falar com o cunhado mal-agradecido. Mas escutou tudo o que a mãe tinha a dizer e contemplou com benevolência o desalento úmido de seus olhos. Por fim, perguntou se eles gostariam de jantar e passar a noite ali, ao que Marli se levantou, desenganada, dizendo que precisavam se apressar para não perder o último ônibus. E quando Inácia argumentou que era possível que já o tivessem perdido – pois a tabela de horários não era confiável –, a mãe correu para o portão, num arroubo tão repentino que só restou aos filhos saírem em disparada para alcançá-la na rua.

A caminho do ponto, viram passar o último ônibus levantando poeira na escuridão. A noite estava aberta diante deles.

Continuaram andando como se nada tivesse acontecido, resignados. As luzes distantes do centro da cidade serviam de leme. A casa ficava do outro lado, para além das montanhas de concreto. Úrsula recordava-se de terem caminhado por mais de três horas e de terem se perdido duas vezes. A primeira quando a mãe, atraída pela visão de uma cruz, quis desviar-se da estrada para rezar diante da igreja de Santa Izabel, e a segunda, já saindo do Centro em direção ao Cabral, quando se confundiram nas vielas tortuosas e suspeitas dos arredores do Passeio Público. Passaram pelo cemitério da Água Verde, onde Marli dedicou um breve pensamento aos parentes mortos, e estiveram a poucas quadras do cemitério municipal, onde Célio disse estar sentindo *um sopro estranho e gelado que vinha do lado esquerdo.* Avançaram por becos sombrios, entre mendigos e maloqueiros, muitos dos quais ousavam dirigir-lhes a palavra, para pedir um cigarro, uma moeda ou ouvidos para suas histórias. Como se não bastasse a vergonha de regressar a pé para casa, sofriam a humilhação suprema de serem vistos como iguais pelos vagabundos que infestavam a madrugada, quando na verdade eram apenas uma família de bem que demorara um minuto a mais para chegar ao ponto do ônibus.

Assim como fizera na caminhada de anos atrás, Úrsula pensava no pai enquanto dirigia o Fiat 147 pelas ruas que ligavam o sudoeste ao nordeste de Curitiba. A vida dele era o resultado de uma sequência de desvios, como se ao longo do percurso tivesse recebido não uma, mas inúmeras informações erradas. Essas informações o fizeram entrar em ruas indevidas, uma após a outra, afastando-se cada vez mais de seu objetivo, de tal modo que não valia a pena especular se houve má-fé dos informantes ou incapacidade sua de interpretar os dados recebidos. O fato é que agora estava longe, perdera-se. E se de início era apenas um mapa que lhe faltava, a essa altura um mapa não serviria para nada, pois já não havia combustível suficiente para corrigir a rota. Úrsula ponderou se seria mais correto dizer que o pai andara em círculos ou se cada movimento o deixara mais distante do lugar aonde pretendia chegar.

Quando as rodas do automóvel enfim pararam de girar defronte à casa da mãe, esta se lembrou do relógio de Inácia:

Você leva o relógio pra consertar ou quer que eu peça pro teu irmão?

Úrsula abriu a boca e levou as mãos à cabeça, desconsolada. Mas no fim, teve que rir: deixou o relógio sobre a mesa da cozinha para não perdê-lo de vista e acabou esquecendo de colocá-lo na bolsa.

28 DE JUNHO DE 1988

O Passeio

Depois de passar o dia inteiro não sendo o que é, descobre ao cair da noite que quase nada resta de si. Esperava que fosse o contrário, que ao não se gastar sobrasse mais de cada um de seus traços distintivos, tanto físicos como psicológicos. Imaginava que a economia do ser funcionasse como a economia das coisas, da comida, do dinheiro, das roupas, da energia do corpo. Como era possível, tendo sido ela mesma por tão pouco tempo ao longo do dia, encontrar-se assim na hora do crepúsculo, feito um pneu careca ou uma gola de camisa puída? Ao contrário do que poderia imaginar, não havia ali as porções generosas de si mesma, que deveriam estar disponíveis nas horas folgadas após o expediente, quando, de pijama e chinelos, deixa-se cair no sofá da casa vazia (todos já foram dormir), murmurando em pensamento sua canção favorita. Mas se, seguindo a via oposta, ela tivesse abusado de ser ela mesma, desfrutando sem constrangimento de longos minutos de silêncio voluntário, revelando a uma nova amiga seus mais profundos segredos de infância, bebendo chope até ficar de pilequinho, escutando aquela música que à primeira audição lhe arrepiou a pele do braço, ou se tivesse tido coragem de dar as costas a quem a chateava, se tivesse realizado no correr do dia uma ou mais façanhas como estas, então seria compreensível que, pelo uso intensivo do seu ser, estivesse gasta como uma sola de sapato, desbotada como a cortina que separa a sala do corredor de casa, e, assim, se sentiria de tal modo alienada de si mesma que só uma noite de sono, um mergulho completo na fonte pura do inconsciente seria capaz de reabastecê-la, impedindo que desandasse a fazer coisas estranhas, incompatíveis com seus hábitos. Mas como a realidade é o contrário disso tudo, Edna concluiu que a falta de uso do ser não o conserva do mesmo modo que andar descalça conserva os sapatos, mas, pelo contrário, o atrofia, pois o ser é como um músculo, que só atinge seu máximo vigor à custa do exercício contínuo. Para conservar-se precisaria, portanto, exaurir-se, desperdiçar-se, *ser* com todas as forças para que pudesse dizer, fitando um espelho real ou metafórico, hoje eu fui tanto, e com tamanha intensidade, que agora, na quietude da noite, tenho-me em abundância, sou sem fazer esforço, facilmente, como os dedos do músico virtuoso correndo pelas cordas do seu instrumento.

...

Edna detestava ser chamada de Dininha. Um diminutivo idiota que jamais fizera parte da sua vida, e que fazia ainda menos sentido agora que ela beirava os quarenta e cinco anos. O fato de a tia tê-la batizado não lhe dava o direito de chamá-la assim. Muito pelo contrário, a tia deveria ser a guardiã do seu verdadeiro nome. Mas aquela gente adorava inventar moda, alteravam os nomes dos outros para criar intimidades que não existiam. Gostavam de aparecer de surpresa no meio da tarde, em horário sempre muito posterior ao combinado. Isso se não atrasavam mais de vinte e quatro horas, chegando só no dia seguinte, quando a visita já tinha sido dada por cancelada. Em 1988, a mãe de Edna ainda se relacionava timidamente com o telefone – embora possuíssem o aparelho havia quase cinco anos, comprado com o dinheiro recebido após a morte de Nélson –, de tal modo que, mesmo depois de passar horas à espera, ela preferia sofrer imaginando o que poderia ter acontecido em vez de simplesmente tirar o fone do gancho e perguntar à irmã o motivo pelo qual não viera na hora marcada.

Seria muito azar se acontecesse desta vez: passar a tarde fora de casa para escapar de visitas que só chegariam no dia seguinte. Melhor não pensar nisso, ela decidiu, enquanto girava a torneira para abrir o chuveiro. Deveria agir como se elas estivessem para chegar a qualquer momento, não perdendo um único minuto com divagações inúteis. Pela primeira vez, achava-se no direito de evitar pessoas com quem não se sentia à vontade. E não era pela tia Marli, a quem Edna dedicava um afeto verdadeiro, embora este fosse menos fruto de seu coração do que um sentimento colhido fora dele, numa espécie de fonte comum da família, um caldeirão imaginário de afeto ao qual todos tinham acesso. Era da prima, Úrsula, que ela pretendia fugir saindo depois o almoço e voltando ao anoitecer. Uma atitude de traquinagem extemporânea que a enchia de orgulho e que arrancou protestos da mãe. Edna procurou evitar o confronto, argumentando que tinha assuntos a resolver no centro da cidade. Incapaz de entender o que poderia ser assim tão urgente, Inácia assistiu da porta do quarto a filha escolher as roupas que vestiria e lembrou-a dos perigos do banho logo após o almoço.

Edna ajustou a torneira para que a água saísse bem quente, o que só acontecia quando a vazão do chuveiro era mínima. Assim, tinha água a uma temperatura adequada para o inverno, mas numa quantidade que mal dava para envolver todo o corpo, apesar de suas dimensões modestas. Com os dedos, ajudava os pingos a deslizarem sobre a pele, guiando-os até os locais menos acessíveis, e acumulava nas mãos em concha quantidades suficientes para dissolver a espuma que o gotejo vindo do alto não era capaz de dissolver.

Quando terminou de passar xampu nos cabelos, devolveu o frasco ao seu nicho sobre o parapeito da janela. Conseguia encontrar sempre o lugar exato de todas as coisas, e as arrumava com tal perfeição que pareciam jamais ter sido tocadas. Mas essa não era uma característica da qual devesse se orgulhar. Leve, delicada, cuidadosa demais para deixar marcas, o mundo seria exatamente o mesmo depois que ela tivesse passado por ele. Num outro contexto, talvez a aptidão para deixar as coisas intactas merecesse elogios. Se trabalhasse como camareira num hotel, por exemplo: *Nem parece que o quarto foi ocupado: a Edna deixou tudo direitinho no lugar!* Mas no espaço limitado do seu cotidiano, não havia chefe ou patrão para apreciar seu talento, apenas familiares que se dividiam entre não perceber e não se importar. O fato é que sua capacidade podia ser vista como uma incapacidade: incapaz de causar alterações significativas na realidade. De quanta terra precisaria depois que morresse?

Ela retornou o sabonete à saboneteira tomando cuidado para não resvalar no frasco de xampu "ultrarreparador", que vinha sendo usado por Aline desde que recebera a notícia da gravidez – filha queria evitar que as alterações hormonais danificassem seus cabelos. Edna tinha respeito pelas coisas alheias, talvez até mais do que pelas suas, num reflexo da consideração que dedicava aos outros. O mundo era para ela um quadro imóvel, fixo, uma imagem feita apenas para ser contemplada. Quando era criança e acompanhava os pais em visitas à casa de tios e compadres, a mãe a instruía de antemão sobre como se comportar: nunca mexer em nada, jamais tirar do lugar as coisas que ali tinham sido deixadas pelos outros, sob o risco de irritá-los ou magoá-los. Nenhuma das hipóteses era aceitável. Se acontecesse, os outros diriam que não era nada e fingiriam não estar nem irritados nem magoados, mas seria mentira. Mentiriam porque eram gentis. E a mãe se envergonharia. Foi em consequência de dezenas de visitas a casas limpas que o mundo se tornou para ela um lugar também limpo e ordenado, e que não lhe pertencia. O mundo era a casa dos outros.

Já vestida e com a toalha enrolada na cabeça, Edna entrou no quarto e sentou-se na cama, perto da cabeceira, onde havia uma réstia de sol. Ali, secou os pés, calçou as meias de lã e passou o pente nos cabelos sem olhar para o espelho – os fios curtos e o penteado sempre igual dispensavam seu uso. Em seguida, esticou a toalha magra sobre o encosto de uma cadeira, vestiu o casaco e saiu para o corredor, deixando a porta fechada.

Na cozinha, espiou o relógio: 13h25. O pai saíra para o seu trabalho em turno único vespertino e a mãe, embora Aline ainda almoçasse, já ensaboava as primeiras peças da louça reunida dentro da pia. O ar recendia a carne ensopada. Salsinha, alho, pimenta, tomilho. Cheiro quente e reconfortante. Pensou na panela generosa escancarada à sua frente. As cenouras e batatas não tinham cheiro, sua atração vinha da aparência macia. A maciez, uma qualidade tátil, percebida pelos olhos. Isso era possível? E o calor que exalavam, o que seria? Os sentidos pareciam se confundir, numa disputa para seduzir o apetite. Funcionava assim também entre as pessoas. Numa manhã de inverno, o casaco de lã do marido, a vertigem do abraço, o nariz úmido buscando refúgio na trama quente. O aroma da pele e o da lã, a maciez de ambas. Edna levou a mão ao nariz e sentiu o perfume do sabonete, diluído pela água insípida. As fragrâncias do banho e da comida não combinavam; se se misturassem, uma corromperia a outra. Eram duas boas coisas que não podiam coexistir, algo difícil de aceitar e até mesmo de compreender. Ela continuou pensando em Nélson com seu casaco de lã, e então com a japona azul que usava para trabalhar. Em seguida, as lembranças se dissiparam e ela se perguntou se tudo sairia conforme o planejado. Uma tarde diferente aquela, afastada das rotinas do dia a dia. Sentia um frio na barriga. Deu tchau e saiu.

...

Embora Úrsula e a tia estivessem sempre atrasadas, não valia a pena correr riscos. Por isso, Edna venceu com passadas largas o pedaço de rua até a primeira esquina e dobrou à direita rumo à parada de ônibus mais próxima, sentindo que começava a esquecer os objetos que a atormentavam, móveis, utensílios e também as miudezas inúteis, como vasos e bibelôs, que teimavam em sair de seus lugares, obrigando-a a lutar desesperadamente para controlá-los, ou pelo menos para mantê-los organizados, inventariados na sua mente. Não era preciso fazer nada com eles, bastava saber que estavam reunidos em seu pensamento, como crianças sob sua responsabilidade. A mesa da sala com cinco cadeiras (não esquecer que uma estava emprestada para o quarto de Aline), o tubo de pasta de dentes, a caneta que usava para fazer a lista de supermercado, o estojo dos brincos que ganhara de Augusto, as roupas que estavam nos cabides e gavetas, e as que aguardavam no cesto de roupa suja sua vez na máquina de lavar: tudo evaporou na primeira esquina, dando lugar à visão objetiva da rua de antipó que conduzia à Avenida Presidente Arthur Bernardes. E se por algum motivo ela olhasse para trás, veria apenas a vastidão do oeste, um imenso vão à espera de ser preenchido pelo sol poente.

O vento frio revistava seu corpo sob o casaco, fazendo subir o cheiro bom do sabonete: fresca, no fresco início da tarde. Quando saiu da sombra das árvores e parou à margem da avenida de duas pistas à espera de que o sinal abrisse, desfez o laço do cachecol, que ficou solto sobre seus ombros. Havia um ligeiro odor de mofo na peça de lã coberta de bolinhas, que ainda não fora usada naquele ano. Um rio de aço passava veloz diante de seu corpo franzino, ameaçando romper seu equilíbrio. A demora do sinal a fez pensar em desistir de cruzar a avenida. Apanharia o ônibus ali mesmo, do lado em que se encontrava, e iria para o sul, em vez de apanhá-lo do outro lado e ir para o norte. Não fazia grande diferença, pois o

Interbairros II é um ônibus circular e a intenção de Edna era realizar uma volta completa em torno da cidade. Assim, deu as costas para o tráfego e andou até o ponto. Não queria ir a nenhum lugar em especial, nada de pressa ou objetivos, nada de procurar a reta perfeita entre dois pontos, como pareciam estar fazendo, num cálculo incessante e irritante, todas as pessoas que via moverem-se pelas ruas, mesmo as que estavam a passeio. Para ela o que importava era estar fora, testemunhar cada minuto da tarde. As visitas que chegassem a hora que bem entendessem, ou que dessem o cano, como em tantas ocasiões em que a mãe as esperara com um bolo de laranja na fôrma, pronto para assar. E aonde é que foi a Dininha? Que perguntassem, que gastassem a tarde teorizando até ouvirem a explicação que as faria se sentir rejeitadas. Era o que desejavam, no fundo. Úrsula e sua insuportável máscara de espontaneidade.

Já era possível avistar o coletivo descendo o longo declive da avenida, onde pararia ainda duas vezes para renovar sua carga de passageiros, e duas ou três vezes nos semáforos, que pareciam estar sempre vermelhos, tanto para os pedestres como para os carros. Assim que Edna subiu, viu uma mulher deixar seu assento e dirigir-se para a porta de saída. Ela ocupou seu lugar, ao lado de um homem que, embora tivesse a janela toda para si, mantinha o olhar fixo no chão. Foram necessárias três paradas até que surgisse um lugar na metade direita do ônibus, onde se situava a fileira de bancos individuais. Ali ela se instalou, com o intuito de permanecer por toda a viagem. Apoiou os pés na barra de ferro soldada no chão e livrou-se de uma vez por todas do cachecol, que guardou dentro da bolsa. O cachecol protetor e macio, mas que podia ser sufocante se apertado demais ou quando a temperatura subia. Bem como os seus pais, ela pensou: protetores, mas também sufocantes pela insistência em proteger – e nem sempre macios. Em algum momento deveria ter dado um basta nisso, e a vida teria sido diferente. Não era justo arcar com toda a pressão sozinha. Lembrou-se da tia Norma, que tinha oito filhos, um rosário de criaturas que iam se sucedendo a intervalos de um ano (gravidez mais resguardo), formando uma fila comprida e engraçada de se imaginar, como bandeirinhas de São João ou elefantinhos de desenho animado caminhando de trombas dadas. E como os tios não tinham braços para agarrar tantos, havia sempre um que escapulia, e os que ficavam dividiam a pressão entre si. Mas para Edna a vida não fora tão fácil. Desde muito cedo, ou pelo menos desde que o irmão caçula morreu, ela estava sozinha. O irmão existiu por um breve período na sua vida, cinco anos durante os quais ela viveu a experiência do pertencimento compartilhado – ao ver Lucas a seu lado, automaticamente surgiam em seu pensamento as expressões "nosso pai", "nossa mãe". Com a morte dele, quando Edna tinha dez anos, a ideia de *nosso* foi aos poucos se dissipando até desaparecer por completo, e ela voltou a carregar sozinha o fardo do amor e das exigências dos pais. Não ir lá. Vestir o casaco. Não demorar. Dormir porque sim, porque era hora e a vontade do mais forte.

Sentia-se bem na altura privilegiada do ônibus, olhando de cima os motoristas dos carros de passeio. Outra coisa boa é que no Interbairros não encontraria conhecidos, pois seus vizinhos costumavam fazer o trajeto Bairro-Centro. Fascinava-a a possibilidade de se meter em ruas inexploradas, que viviam suas vidas à revelia do Centro, cercando-o sem nunca atacá-lo. Gostava de imaginar que se descesse do ônibus e andasse um pouco, afastando-se das avenidas, embrenhando-se nas ruas secundárias de regiões que eram também elas secundárias, poderia se perder para sempre. Cultivava a ideia romântica de que o mero ato de se deslocar a poria em contato com coisas nunca antes vistas.

Dietzsch, Wolff, Scotti, Kost, Frank, Rietmayer. Edna colecionava os nomes estrambólicos que via nas placas quando o ônibus reduzia a marcha. Placas azuis com letras brancas, suspensas nos postes sobre o fundo sempre cinzento do céu. Os bairros se sucediam: Portão, Novo Mundo, Capão Raso, Xaxim (onde já estivera algumas vezes), Hauer. Ela tentou imaginar como era feito aquele trabalho que deixava a cidade tão organizada: primeiro, definia-se onde acabava um bairro e começava o outro, depois, fazia-se uma lista com os nomes das ruas, e, por fim, anotava-se ao lado de cada uma o nome do bairro correspondente. Parecia uma forma prazerosa de passar o dia. Em seguida, alguém levava a lista ao local – uma gráfica ou fábrica – onde as placas eram produzidas. Alguns dias depois, as placas eram deixadas sobre a mesa da pessoa que havia elaborado a lista, e ela verificava se os nomes estavam escritos corretamente.

Empolgada com a imagem das placas aguardando ser revisadas, Edna viu uma nesga de sol surgir entre as nuvens, enquanto o ônibus, quase vazio àquela hora, batia-se contra ruas agrestes a caminho do terminal Capão da Imbuia. Ponteiros fugazes surgiram diante dela, no pulso de uma mulher que se apoiara na barra de ferro do seu assento: já passava das três da tarde.

Nélson jamais aprovara a ideia de que ela trabalhasse. Um pequeno deslize em meio a um comportamento predominantemente compreensivo e carinhoso. Mas quando Edna intuiu que a rabugice do marido podia ser motivada por ciúmes, passou a vê-la como manifestação – talvez um tanto desajeitada – do amor que ele sentia por ela. Agora, quatro anos depois da sua morte do companheiro, ela se divertia em fantasiar um trabalho que nunca faria. Imaginou-se conferindo com cuidado uma pilha de placas com o nome "Cel. Francisco H. dos Santos", metade das quais deveria estar acompanhada de "Jardim das Américas", e a outra metade de "Guabirotuba".

Ocupações mais próximas da realidade, como cabeleireira ou manicure (quando Aline e Augusto eram pequenos, ela pensou em montar um salão de beleza num puxadinho ao lado de casa), pareciam agora impossíveis. Sentia as mãos trêmulas. Lembrou-se de que quando tinha sete ou oito anos olhava para as pessoas de quarenta e as achava decrépitas, e agora que atingira essa idade via que estava certa. Por isso era melhor sonhar, sonhar logo com algo impossível e divertido. E se Dietzsch estivesse escrito sem o Z, e se Scotti viesse faltando um T, mandaria todo o material de volta à fábrica, ou gráfica, para que fosse refeito, e se mostraria furiosa com qualquer um num raio de cem metros, como fazem as pessoas que se dedicam a tarefas importantes quando se defrontam com um obstáculo.

O ônibus parou num ponto, mas logo partiu, voltando a frear metros adiante, desta vez no sinal vermelho. Era como se tudo fosse num único e longo solavanco, que pressionava os ossos contra os bancos duros e fazia tilintar as moedas dentro da caixa de madeira do cobrador. A seguir, uma curva fechada para a direita fez com que a folhagem das árvores arranhasse as janelas, produzindo um ruído que por alguns segundos superou o ronco do motor. Os passageiros se assustaram. Uma folha grande ficou enroscada no vidro ao lado de Edna – uma magnólia, ela reconheceu; as magnólias não perdem as folhas no outono. Ela girou o corpo, tentando alcançar a árvore com o olhar, mas o ônibus já avançava por outra via, de quadras curtas que o obrigavam a frear a cada instante. Um terremoto devia ser assim. O ritmo mais lento, contudo, permitia a ela apreciar cada uma das árvores que debruavam a rua. Bem de perto, viu uma resedá, de folhas vivas em pleno mês de junho. E uma pitangueira, a árvore das frutas azedinhas – que ela jamais provara, pois a mãe não gostava de sabores que não conhecia e desencorajava os filhos de experimentá-los.

O motorista freou mais uma vez e os pneus hesitaram sobre a brita, fazendo com que uma nuvem de poeira cercasse o veículo. Na rua perpendicular, Edna avistou um cinamomo, e lembrou-se das frutinhas amarelas que a mãe curtia no álcool antes de espalhar pelas gavetas e guarda-roupas em sua batalha contra as traças. Também havia árvores bonitas nos jardins das casas, mesmo das mais modestas. Uma quaresmeira, um ipê, um butiazeiro que se erguia acima do telhado. A quaresmeira era bonita, mas vivia pouco, tanto quanto um cachorro. E se em vez de elaborar listas com nomes de bairros e ruas, ela fosse encarregada de fazer a relação completa das árvores da cidade? Ou se tivesse o poder de decidir qual árvore iria em qual lugar? Edna sorriu, sem reflexo na vidraça empoeirada. Observar as plantas era uma alegria, ela as conhecia desde menina. A arruda. A losna. O eucalipto. O cedro. A canforeira. Tinha os nomes e os cheiros bem guardados.

Agora outra rua, esta também de muitos cruzamentos, porém larga, com duas pistas. Sobre ela o coletivo evoluía sem interrupções, aproximando-se velozmente do Capão da Imbuia. A parada nos terminais durava no mínimo dez minutos e Edna sentiu vontade de um bom cigarro sem filtro. Aproveitaria para esticar as pernas. Naquela hora da tarde, não havia perigo de que o ônibus lotasse e ela perdesse o lugar.

O motorista estacionou, desligou o motor, fazendo retornar à cena o silêncio, que andava esquecido. Ela lembrou-se de quando Augusto desligava a vitrola, depois de passar a manhã de sábado escutando seus discos preferidos – o filho adorado, que não vivia mais com ela e que raramente a visitava, limitando-se a observá-la de longe. O motorista e o cobrador saíram e se posicionaram ao lado da guarita de fiscalização. Acenderam cigarros. Um deles sacou um embrulho com um sanduíche. Ficaram conversando.

...

Edna desceu e andou até o fundo da estação, de onde podia ao mesmo tempo vigiar o ônibus e espiar o movimento das ruas desconhecidas através da parede de vidro. Encaixou um cigarro nos lábios e vasculhou a bolsa à procura do isqueiro. Inutilmente. É possível que o tivesse deixado sobre a mesa ou sobre o movelzinho da sala. Pediu emprestado a uma mulher que fumegava ao seu lado. Deu uma tragada vigorosa e as plantas voltaram: a macela, que usavam para encher travesseiros; a aroeira, cujas cavacas serviam para alimentar o fogo. Mas, se para Edna a natureza era uma amiga, o mesmo não se podia dizer das pessoas, de quem tinha medo. A mulher ao lado era mais jovem do que ela, tinha o pescoço mais espichado, o queixo mais erguido e lançava a fumaça mais alto, a uma grande velocidade, como se quisesse fazê-la perfurar a atmosfera e sair da órbita terrestre. A proximidade entre as duas e a coincidência de estarem ambas fumando à espera do ônibus sugeria que deveriam trocar impressões. Sobre o tempo? Sobre a vida? Talvez sobre filhos, um dos poucos assuntos a respeito dos quais Edna se julgava autorizada a falar. A gravidez de Aline, o trabalho de Augusto, que o absorvia cada vez mais. Ou histórias antigas, de quando eram crianças e voltavam da rua transbordantes de novidades, tempos em que a descoberta do mundo não se deixava aniquilar pela rotina sufocante da casa. Depois, tudo mudou, Augusto fugiu, Aline se conformou (como todas as mulheres da família, gerações que se sucediam dando origem a pássaros de voo cada vez mais curto), e a Edna só restou se fechar num silêncio solidário.

Ela se alimentava das aventuras vividas pelos filhos, das novidades que traziam para casa sobre amizades, lições aprendidas na escola, sucessos musicais recentes. Isso se explicava pela ausência na sua vida de histórias de que pudesse se orgulhar e com as quais pudesse entreter as plateias de colegas e primos. Na adolescência, não havia passeios exuberantes a serem descritos, nem grandes arrepios a serem confessados. Quando conheceu Nélson, contabilizava apenas um namorado, um rapaz que a acompanhara ao cinema duas vezes, conversara com ela no portão quatro vezes e no sofá da sala uma única vez. Mas ela achava que não seria um erro considerá-lo o *segundo*, ficando o título de primeiro com um rapaz de São Joaquim, com quem, aos catorze anos, sem permissão dos pais para desfrutar de companhia masculina no portão de casa, e não havendo no cinema da cidade nenhum filme próprio para sua faixa etária, ela trocou meia dúzia de palavras na esquina, numa manhã de dezembro. Anos mais tarde, sua imaginação fértil e a necessidade de ter uma boa reserva de peripécias para contar fizeram surgir o terceiro, o quarto e o quinto namorados, todos anteriores a Nélson. E para que sua consciência não tivesse de conviver com a mentira pura e simples, Edna compunha suas fantasias exclusivamente com elementos da realidade, retirando de corpos de carne e osso o material necessário para construir suas criaturas imaginárias, ou realizando deslocamentos sutis no tempo e no espaço. Assim, o único namorado que de fato existiu fragmentou-se em múltiplos pedaços. Dos de seus olhos cinzentos saíram os olhos azuis de um dos namorados inventados, do seu jeito peculiar de andar resultou o andar claudicante de outro, e de sua mania de tocar com o dedo indicador a ponta do nariz derivou a rinite alérgica de mais outro. O jovem simpático que em 1958 batera à sua porta para vender uma nova coleção de enciclopédias tornou-se o paquera que ela teria conhecido em 1959, e o louro de costas tostadas que ela vira nas areias de Matinhos, numa rara descida ao litoral nos primeiros tempos de vida em Curitiba, passou a ser, na sua fabulação, o homem com quem ela quase noivou, aquele com quem tivera mais intimidade antes de conhecer Nélson. Um deles afirmou, certa vez, que só teria filhos depois que arrumasse colocação numa firma sólida; outro, que gostaria de ter dois rebentos, de preferência um casal; e outro, que jamais levantaria a mão para bater numa criança, pois ele próprio sofrera castigos severos na infância. Mas o que só Edna sabia é que todas essas frases haviam sido ditas por um único homem: Humberto, o namorado verdadeiro, primeiro e último. A época que ela escolheu para situar os namorados fictícios, os que só existiam em seus devaneios, foi a época dos primeiros contatos com Nélson, o período entre o primeiro olhar trocado, na tarde em que ele passou em frente à casa dela, voltando do quartel, e o dia em que lhe revelou suas intenções – um preâmbulo talvez excessivamente longo, mas que proporcionou a ambos a satisfação de ver o desejo florescer, uma espécie de efeito colateral positivo da timidez.

...

A mulher continuava ali. Edna não lhe dirigira mais a palavra depois de agradecer o empréstimo do isqueiro. O movimento em torno do ônibus atraía a atenção de ambas. O motor agora estava ligado, e o motorista ajustava os espelhos retrovisores. Havia rostos em todas as janelas do lado direito. Só o cobrador permanecia do lado de fora, engatado numa conversa animada com o fiscal. Nada a obrigava a entrar naquele veículo. Podia esperar pelo seguinte, fumar outro cigarro, comprar um saco de batatas fritas no quiosque, tudo sem precisar pagar uma nova passagem.

O cobrador entrou. Era preciso tomar uma decisão.

Edna foi a última a embarcar e se acomodou no fundo, no meio, sem acesso às janelas. Achou que isso não seria problema, pois poderia se dedicar a continuar os pensamentos iniciados no terminal. A nicotina abrira caminho através dos pulmões e relaxara sua mente. Viu uma mulher da sua idade sentada num banco próximo e sentiu orgulho da atitude que sempre tivera, de guardar para si as proezas dos filhos, evitando se pavonear perante as outras mulheres. Não contava nem para as cunhadas. Tinha horror à ostentação frívola. Mas agora, pensando na maneira como agia, não conseguia deixar de se sentir um tanto ingênua. Achava que poderia ter se expressado de alguma forma, sem que isso significasse abandonar suas convicções e princípios. Não precisava ter ficado em silêncio enquanto ouvia as cunhadas vomitarem narrativas heroicas sobre o cotidiano de seus queridinhos. E nem eram tão gloriosos assim os feitos daqueles guris, notas apenas medianas, inferiores às de Augusto, e uma disposição para enfrentar a vida menor que a de Aline, que aos doze anos já era capaz de cozinhar arroz e feijão e de preparar uma salada. Ela procurava ser honesta sem ser afetada, discreta sem deixar de elogiar aqueles que lhe davam muito mais alegrias do que tristezas.

Mas este era mesmo um hábito seu, sentir-se sempre ingênua no dia seguinte, no tempo seguinte, e envergonhar-se disso. Desabava sobre ela como que uma ressaca em que a dor de cabeça era substituída pela vergonha de si mesma. E assim acontecia toda vez que sondava o passado: seus atos, então adequados, tornavam-se risíveis quando vistos em retrospectiva, bastando para isso que a Terra girasse. *Como fui boba ontem*, era o que estava condenada a pensar.

Edna sacudiu os pensamentos como um cachorro se livra do excesso de água após o banho, ou um bicho qualquer expulsa seus parasitas. Divisou um lugar vago na janela, pediu licença a um senhor de idade e sentou-se. O dia voltou ao seu campo de visão: passavam por uma região de espaços folgados, onde se podia ver, a oeste, uma extensa área de céu limpo entre as nuvens, algo como um sanduíche de recheio azul entre fatias de pão cinzento. Nas esquinas, novos nomes se ofereciam à sua coleção de nomes estrangeiros: Tschannerl, Leinig, Zanetti, Durski. Ela imaginou como teria sido aquela região no passado, antes mesmo de existirem as casas e as ruas, quando todos os lugares eram visíveis, mas a nenhum se podia ir. Exatamente o oposto do que acontece hoje, ela pensou, quando uma pessoa pode ir a todos os lugares mesmo sem enxergar um palmo adiante do nariz.

No terminal Campina do Siqueira, o relógio marcava 16h27. Edna acompanhou a evolução dos minutos até o 39, quando uma nova dupla de motorista e cobrador entrou no ônibus e o pôs em marcha. Dentro de alguns instantes, passariam pelo ponto onde ela embarcara, fechando o círculo em torno de dezenas de bairros da cidade. Mas ainda era cedo para dar a viagem por encerrada. A visita da tia e da prima estava longe de acabar, e Edna queria ver os locais que não vira quando estava longe das janelas.

Chegaram ao topo da Arthur Bernardes e começaram a descer. Agora acomodada num assento individual, Edna apreciava a descida em todo seu esplendor, enquanto lá embaixo, alguém na mesma posição que ela ocupara horas atrás devia estar observando o Interbairros em sua aproximação lenta e certa. O declive ondulado pelas lombadas lembrava um tobogã. O tobogã da Rua João Negrão, ela pensou, onde Nélson levou os meninos uma vez, há muito tempo. Ela assistiu tudo do chão, preferindo não se arriscar no brinquedo perigoso. Tinha medo de quase tudo que envolvia ação física.

Instalada mais de um metro acima do asfalto, numa posição de observadora do mundo, Edna avançava sobre a avenida que dividia os bairros de Vila Izabel e Santa Quitéria, onde passara os últimos vinte e quatro anos de sua vida. No primeiro, à esquerda, estava a casa onde nasceram Fernando, Aline e Augusto; e no segundo, à direita, a casa que fora construída pelo seu pai, para onde ela voltaria quando acabasse o passeio. Fernando jamais cruzara a avenida para se estabelecer na moradia nova, e Edna agora não conseguia deixar de se sentir estranha ao trilhar a via que separava, de certo modo, os filhos vivos do filho morto. Sobreveio-lhe a imagem de Fernando vendo os irmãos brincarem do outro lado da avenida, sua visão a cada segundo interrompida pelos veículos que passavam, entre eles o Interbairros II em que que ela própria viajava. Ela via o rosto do menino, frustrado por não poder brincar com os irmãos, mas seguia firme e resoluta, varrendo as memórias para a beira do caminho, embora seu destino fosse retornar sempre ao mesmo lugar.

Essa imagem remeteu-a mais uma vez à sua infância, quando um espirro mais forte ou um arranhão na garganta a punham em prisão domiciliar, agasalhada das orelhas ao dedão do pé e obrigada a assistir da janela do seu quarto as outras crianças explorarem o terreno ermo que havia junto de casa, entretidas por um repertório inesgotável de passatempos. Do seu lado da vidraça, porém, o tempo não passava, e ela se sentia como um fantasma – mas não um que vagasse por uma cidade fantasma, perfeitamente adaptado e enturmado, e sim um fantasma deslocado, perdido numa cidade de vivos.

Quase seis da tarde. Em casa, a mãe estaria se aprontando para escutar "A Hora do Angelus". Hora da reza e das manchas cor-de-rosa sobre a mesa, consequência do crepúsculo que se formava no horizonte. Por mais enfarruscado que o céu estivesse naquelas bandas da cidade, havia sempre uma fresta nas nuvens por onde as cores do poente se exibiam – lugar de nuvens curtas, que nunca cobriam o céu inteiro. Enquanto isso, a muitos quilômetros dali, Edna se encantava com as chuvas-de-ouro do canteiro central da Avenida Nossa Senhora da Luz, inflamadas pelos últimos raios de sol. Logo depois, na Augusto Stresser, esperou que o ônibus cruzasse a linha férrea e puxou a campainha. Desceu e saiu andando sem olhar para trás, ouvindo o barulho do motor se perder na zoada do tráfego intenso. Fazia bem exercitar as pernas. A mão dentro da bolsa localizou o maço de cigarros, em seguida a carteira, de onde uma nota áspera – provavelmente a de quinhentos cruzados – ameaçava sair. Lembrou que tinha deixado o isqueiro em casa. Atravessou a Rua Camões e seguiu até a Padre Germano Mayer, e depois até a Schiller – mais nomes para a sua lista –, onde se deparou com um outdoor que exibia um sanduíche gigante sorrindo seus dentes amarelos de queijo, sua língua de hambúrguer, suas gengivas de tomate.

Já tinha visto um igual perto de casa, numa das vias que conectam Santa Quitéria ao Centro. Era a nova lanchonete da cidade, que acabara de ser inaugurada, aliás, toda uma rede espalhada pelos bairros chiques. Mais uma razão para os pobres sentirem raiva e inveja.

Virou à esquerda e depois de alguns metros parou para observar as casas de madeira, ainda comuns naquela zona apesar da proximidade com o Centro. No jardim de uma delas, erguia-se uma quaresmeira, bem acima do telhado, adulta e, portanto, já perto de morrer. Edna sabia que elas não costumavam passar dos vinte anos, uma pena para quem dava flores de cores tão vivas. Pensou em Fernando. Pensou na neta que estava para nascer. Pensou na casa que a família alugou quando chegou de São Joaquim e onde ela viveu sua primeira gravidez. Ficava a poucos quarteirões dali, subindo em direção à ferrovia, mas há anos fora derrubada para dar lugar a um prédio de seis andares. Tinha árvores e arbustos no jardim, e um sótão, cuja escuridão misteriosa a fascinava e onde a mãe botava para dormir os primos pequenos quando eles os visitavam. Edna se ressentiu quando teve que mudar para a Vila Izabel, grávida de sete meses, e por um bom tempo chegou a acreditar que Fernando não teria morrido se ela tivesse dado à luz na mesma casa onde ele foi concebido.

Ela decidiu continuar andando. Precisava de fogo para o cigarro e, além do mais, alguém poderia desconfiar dela, parada ali, olhando para as casas como se estivesse estudando uma maneira de assaltá-las. Pressentiu que logo alguém se materializaria na sua frente e perguntaria quem ela era, o que fazia, onde morava. E ela, sem saber se seu interlocutor se referia à cidade, ao bairro ou à casa, se mostraria confusa, aumentando ainda mais as suspeitas sobre si. De fato, a pergunta não era clara, e ela teria receio de responder e errar, como já acontecera outras vezes, sendo muito comum nesses casos o inquiridor não ter paciência para lidar com a sua hesitação, nem humildade para admitir que a pergunta fora mal formulada, preferindo pensar logo que ela era uma idiota, ou até mesmo uma criminosa – e não apenas pensar, mas expressar seu pensamento de forma desagradável.

Assim, ela voltou à Augusto Stresser e percorreu mais alguns metros antes de dobrar à direita duas vezes e então à esquerda, até enxergar uma pequena panificadora numa esquina da Padre Germano Mayer. Durante todo o percurso, sobretudo nos cruzamentos, sentiu os carros zunindo às suas costas e teve medo. Sempre considerou frágil o pacto que mantinha os carros de um lado e os pedestres do outro. O que impedia um motorista de subir na calçada, ou de se lançar contra os carros que trafegavam em sentido contrário? Acreditava que desastres assim podiam ocorrer a qualquer momento, por inabilidade ou descuido, ou por um simples mal-estar que acometesse o motorista, ou até mesmo (menos provável) pela curiosidade mórbida de ver a máquina atingir o corpo delicado de um ser humano. Se isso não acontecia com frequência, só podia ser por milagre.

Agora zuniam a poucos centímetros dela, deixando-a num estado próximo ao pânico. Ao subir o último meio-fio para chegar à panificadora, imaginou que, se um carro invadisse a calçada naquele instante, do fundo de sua agonia sobre o chão sujo, ela perdoaria o motorista desastrado. De onde tiraria forças para isso? Da empatia que descobriria sentir por ele, tão inábil ao volante quanto ela própria, vítima das mesmas dificuldades que a haviam impedido de aprender a guiar. Seu assassino se revelaria alguém como ela, um semelhante perfeito, capaz de compreendê-la e perdoá-la, e ela se sentiria redimida de seus fracassos, sem mais motivos para se envergonhar das coisas que não sabia fazer, e assim, aliviada, poderia perdoá-lo também, e esse sentimento de compaixão mútua lhe permitiria morrer em paz.

Mas a verdade é que todas as pessoas sabiam dirigir. Uma vez ela tentou aprender, mas a aventura terminou com a Variant do Nélson atolada numa valeta a dois quarteirões de casa. O constrangimento por não saber fazer o que todos sabiam aumentou. E aumentava a cada dia, quanto mais ela se distanciava do que fora o momento propício para aprender. Se era uma vergonha não saber dirigir aos vinte anos, vergonha maior era não saber aos quarenta e quatro. E tudo ficaria ainda pior aos sessenta, agravado pelo arrependimento de não ter feito antes. E por que não fez? E por que não fazia agora? A vergonha a paralisava.

Entrou na panificadora.

Um dia, depois dos sessenta, poderá alegar que está velha demais para esse tipo de extravagância. A velhice, que costuma ser cruel, também pode ser generosa. Não precisará mais se debater entre fazer ou não fazer, tentar ou não tentar, medo e desejo, tolices da mente e da alma. O corpo, com suas limitações, acabará se sobrepondo a tudo.

Acercou-se do balcão e deu uma conferida nos doces e salgados. Tinha dinheiro, podia tomar outro ônibus, ainda que fora do terminal, pagando outra vez. E podia se refestelar com um lanche saboroso. Pediu um sanduíche de queijo e presunto e uma vitamina reforçada. Sentou-se num banco alto perto da estufa de salgadinhos. Restavam poucos nas bandejas. Apenas um quibe, duas esfihas e dois pães-de-queijo. A atendente começou a retirar as bandejas vazias para serem lavadas. Mais um trabalho que Edna gostava de observar, e que sem dúvida conhecia melhor do que o do funcionário da prefeitura que conferia as placas com nomes de ruas. Quando Lucas era bebê, a mãe a incumbiu de ir à mercearia. Foi sua primeira vez, tinha sete anos, e comprou uma lata de leite em pó Pelargon. A partir de então, passou a ir regularmente, sempre para ajudar a mãe, que tinha muito trabalho com o filho de saúde frágil. Numa das idas seguintes, a encomenda eram pães para o jantar. O pai fazia questão de acompanhar as refeições com pães fresquinhos, cuja casca devorava e o miolo punha de lado. Nanica, ficou na ponta dos pés e apoiou o queixo sobre o balcão, de modo a enxergar o homem dono da mercearia e o que havia atrás dele nas prateleiras. Enquanto ele se ocupava de outra freguesa, Edna esperou, descalça sobre um rastro de farinha esquecida no piso de vermelhão. Sentia o pó branco macio entre os dedos dos pés e torcia para que a freguesa fosse embora logo, e para que não entrasse mis ninguém na venda. Mas se a mulher demorasse um pouco mais, até que seria bom, pois ela teria tempo de escolher bem a frase com que faria o pedido. *Cinco pães, por favor*, pensava em dizer. O homem atrás do balcão tirou um lápis do bolso da camisa para as contas de praxe. Edna gostava de olhar as mercadorias dispostas nas prateleiras, as latas, os frascos, os potes, as caixas, tudo bem arrumadinho. Notou que a fileira de latas de massa de tomate fazia com que o talo do tomate desenhado na embalagem se convertesse numa extensa faixa verde. A frase, embora correta, encontrava resistência dentro dela, como se justamente por estar correta fosse inapropriada. Ela meditara sobre aquelas palavras por todo o caminho de casa até ali, desde o momento em que a mãe pediu que ela fosse ao armazém do seu Dirceu. Pensara pelo caminho e continuava pensando enquanto esperava. Sua grande dúvida era se deveria dizer "cinco pães" ou "cinco pão". A freguesa enfim apanhou as sacolas de compras e andou em direção à saída. Edna continuou mirando o dono do estabelecimento, como se tivesse medo de perdê-lo. Mas quando abriu a boca para fazer o pedido, foi a voz da freguesa que soou, vindo de fora, solicitando ao homem que fizesse a gentileza de avisar quando chegasse a outra marca de café. Edna repassou em silêncio a frase gramaticalmente perfeita. Deu-se conta de que era a primeira vez que entrava sozinha na mercearia do seu Dirceu, que já existia antes dela nascer, pintada de verde entre casas esmaecidas, quase um marco naquele território vasto, cujas fronteiras ela não alcançaria nem com uma centena de seus passos curtos, um mundo onde nem sempre o certo soava certo e do qual era impossível não se sentir parte. E quando, enfim, os dois olhos do comerciante baixaram sobre os seus, ela pediu, ansiosa, antecipando sobre o balcão um bolo barulhento de moedas: *Cinco pão, por favor.*

O sanduíche acabou antes da vitamina, que era mesmo densa, e ela pediu também um pedaço de bolo de chocolate. Esforçou-se para calcular o valor final da conta, pois não queria ser pega de surpresa, e concluiu que seria algo em torno de trezentos e cinquenta cruzados. Pediu café e um isqueiro, acendeu um cigarro e ajeitou-se na cadeira de modo que pudesse ver a rua enquanto fumava e bebericava devagar.

A velocidade dos movimentos de Edna contrastava com a dos automóveis lá fora, assim como a fumaça que ela soltava no ar, preguiçosa, espiralada, diferente do jato agressivo expelido pelo escapamento dos motores. A localização da panificadora permitia ver o trânsito correndo em todas as direções, e ela achou que não seria surpresa se um maluco daqueles enfiasse o carro porta adentro e liquidasse fregueses e funcionários. O Interbairros também passava por ali e fazia parte da ameaça. Mais alto do que a porta do estabelecimento, seu impacto afetaria a estrutura da construção e o teto desmoronaria sobre as cabeças, tal qual num terremoto. Notícia de jornal: *O Interbairros II que perdeu a direção quando trafegava pela Rua Padre Germano Mayer, no Hugo Lange, não chegou a atingir as pessoas que estavam dentro da panificadora* Cheirinho de Pão, *mas o impacto sobre as colunas de sustentação do edifício provocou um desabamento que matou a única cliente, uma mulher de quarenta e quatro anos, e os quatro funcionários que se encontravam no local.* Comentário de um vizinho ao saber do acidente: *A gente nunca vê ela sair de casa, e quando sai acontece uma coisa dessas. E nem na rua ela estava, estava num lugar que deveria ser seguro. Que tragédia!*

Edna continuou a observar a paisagem crepuscular, onde os objetos de aço colorido iam pouco a pouco sendo substituídos por velozes pontos de luz, e a pensar no que diriam os jornais se houvesse um acidente. E também no que diriam as pessoas comuns, parentes e vizinhos das vítimas, com suas manchetes orais, exclamações que correspondiam a versões caseiras das letras garrafais da imprensa. De repente, a possibilidade de que um veículo desgovernado invadisse a panificadora lhe pareceu ridiculamente pequena, mas, em compensação, a escuridão lá fora fazia aumentar a chance de que ela fosse atropelada quando estivesse indo para o ponto de ônibus. Nada de grandes catástrofes, dessas que comovem uma cidade inteira, mas apenas um atropelamento simples, uma mulher franzina andando na calçada, invisível no lusco-fusco, abalroada por um fusquinha ou até mesmo por uma bicicleta. Notícia de jornal: *Atropelada um minuto antes de pegar o ônibus.* Comentário de um parente: *Passou a tarde inteira dentro do ônibus e acabou morrendo nos poucos minutos em que esteve fora.* Comentário de outro parente, mais próximo: *Bem no dia em que saiu de casa em busca de liberdade.* Todos tentariam identificar as incontroláveis forças do destino por trás da cadeia de eventos que levou à tragédia. Explorariam a coincidência de ela ter saído para um passeio no exato momento em que sua vista começava a dar sinais de cansaço. Falariam da ironia de morrer no dia em que decidiu não mais aceitar coisas que lhe faziam mal, aquele que poderia ter sido o primeiro dia de uma nova vida. Lamentariam o acidente ocorrido justo quando ela estava tentando parar de fumar – chegara a esquecer o isqueiro em casa, de propósito –, e comentariam as informações divulgadas sobre o estômago da vítima, que, segundo a autópsia, continha restos de presunto e queijo, ingredientes do seu sanduíche favorito. Histórias capazes de perturbar os leitores e de extrair lágrimas copiosas da família, devastada pela ironia e perversidade do destino, pelo infortúnio de alguém ser confrontado com a morte quando maior era o seu empenho para que a vida desse certo. Mas quem determina o que será não são os homens, e sim alguém mais poderoso, que não se importa em tirar tudo deles na hora em que demonstram mais força de vontade. Texto no pé da página do jornalzinho da paróquia de Santa Quitéria: *Baixemos nossas cabeças. E tomemos cuidado para não parecer presunçosos, vangloriando-nos do poder que pensamos ter sobre nosso destino. O destino do homem é como o do animal. Como morre um, morre o outro. O homem não leva vantagem sobre o animal, porque tudo é vaidade.*

Edna pensou por alguns minutos nas incertezas do futuro, mas isso logo a transportou para cenas do passado. Uma manhã de outono em São Joaquim. Ela, com dez anos, olhando para o caderno aberto sobre sua carteira escolar. Desde que haviam aprendido a escrever, as alunas do educandário eram instruídas, a cada início de aula, a registrar a data em seus cadernos. A data, ao lado do nome da cidade, deveria abrir sempre uma página nova, na qual seria anotada a matéria do dia. Esse procedimento se tornara habitual a ponto de prescindir da ordem da professora, e foi seguido à risca por Edna durante os anos do curso primário. Um dia, porém, ela havia terminado de copiar do quadro-negro a lição de casa e esperava que as outras fizessem o mesmo para poder guardar seu material. O caderno repousava aberto à sua frente, página da direita em branco e página da esquerda finalizada por dois traços horizontais separados por um X.

Sem nada para fazer a não ser esperar, ela não resistiu à tentação e escreveu naquele mesmo instante a data futura. Desenhou-a olhando para o quadro, fingindo copiar a lição – a professora poderia considerar a antecipação da data uma falta grave e repreendê-la por isso. Escreveu "São" e olhou para a lousa, escreveu "Joaquim" e olhou de novo, "11", uma espiada, "de maio", mais outra, "de 1955", e ponto final. E foi para casa com o nome do dia de amanhã assentado sobre o papel, confiante, atrevendo-se a contar com o que ainda não existia. Na manhã seguinte, com as ruas alagadas pela chuva que caíra sem cessar durante a noite, a mãe não permitiu que ela saísse de casa, e Edna passou o dia inteiro em seu quarto, olhando para a mochila onde estava guardado o caderno com a data inutilmente antecipada.

De volta à escola, enquanto as colegas retardatárias terminavam de copiar a lição, ela olhava para o caderno aberto à sua frente. A página em branco, tentadora. Escrever ou não escrever? Teve medo. Achava que se escrevesse "São Joaquim, 13 de maio de 1955", alguma coisa, talvez grave, a impediria de estar ali no dia seguinte. Enquanto os minutos corriam, meditou. E por fim, não resistiu à provocação do vazio: valendo-se da mesma estratégia de dois dias atrás, anotou, com letra caprichada, a data que ainda não era sua, que não era de ninguém. Meia hora depois, ao chegar em casa, encontrou o irmão de cama, quarenta e dois graus, e a mãe apreensiva, tenteando todos os jeitos de fazer a febre baixar. A partir de então, Edna passou a acreditar que uma calamidade se abateria sobre ela – talvez até mesmo sua morte – se registrasse no alto de uma folha vazia a data de um dia futuro.

...

Edna pediu o último café, preto, forte, e bebeu-o mais rápido que os anteriores. Estava escuro agora e ela tinha que voltar. Bem que gostaria de explorar as redondezas, passar pela rua onde a casa velha existiu um dia, mas não estava segura de que conseguiria encontrá-la. Além do mais, a temperatura caíra muito depois do por do sol, ela não dispunha de energia para percorrer tantos quilômetros a pé, e, por fim, era perigoso para uma mulher andar sozinha à noite.

Ela começava a se preocupar com a preocupação da mãe, que àquela altura não sabia mais como responder às perguntas sobre a que horas Dininha voltaria.

Pediu a conta e torceu para que seus cálculos estivessem corretos. Tirou da bolsa a nota de quinhentos e recebeu de volta três moedas e duas balas de hortelã – pagaria o ônibus, refrescaria o hálito e ainda sobrariam uns trocados. Perguntou ao homem do caixa se podia ir ao banheiro e este lhe deu uma chave. Forrou o assento com papel higiênico. Urinou. Depois saiu, andou alguns passos e atravessou a rua, deixando cair o papel de bala na zebrura do asfalto. Quando alcançou o meio-fio, lembrou-se do atropelamento como algo distante, e achou até graça ao pensar que, na falta de histórias para contar, a do atropelamento seria das mais interessantes. O problema é que ela não poderia contá-la, pois estaria morta.

Mais um pouco e se refugiou sob a marquise do ponto do Inter II. O café circulava pelo corpo, irradiando calor, e o lanche ainda ocupava a barriga: pão crocante, bolo macio, queijo fresquinho, sensação de prazer e liberdade que a fez entreabrir um sorriso no escuro. Uma tarde memorável aquela, em que se deixara levar por recantos desconhecidos da cidade onde morava havia três décadas, interrompendo a viagem quando quis para fumar, comer e beber. E ainda restava algum dinheiro no bolso, com o qual ela pagaria o ônibus que não planejara tomar, numa concessão ao improviso própria das pessoas livres.

Foi da prima Úrsula que Edna ouviu certa vez uma história exemplar de prazer e liberdade, que agora lhe vinha à mente num jorro irrefreável de palavras, imagens e significados, muitos deles idealizados por ela: *Com os pés latejando dentro dos sapatos novos, comprados para que estivesse apresentável em seu primeiro dia de trabalho, e com a coluna arruinada pelas horas que passara em salas de espera à procura de um bom emprego, ela parou diante da porta da quitinete e, apertando debaixo da axila um maço de papéis, esforçou-se para abrir o zíper da bolsa, que amparava sobre a coxa levantada. Tão árdua era a tarefa que ela foi obrigada a apoiar-se na parede, e só na quarta ou quinta tentativa o cursor venceu a resistência dos dentes metálicos e a bolsa se abriu, revelando um mundo de objetos que ela teria de revirar para encontrar o que buscava: a chave de casa. Com o braço já cedendo à pressão dos papéis, que queriam sair voando pelo corredor, ela a encontrou finalmente: girou três vezes para a direita e abriu a porta, mas não conseguiu evitar que duas folhas saíssem planando mansas até pousarem diante do fogão. Então, largou a bolsa e o restante dos papéis sobre a bancada da cozinha e voltou à porta, trancou-a e encostou-se nela, como se o lar sagrado necessitasse de uma proteção extra que só seu corpo era capaz de oferecer. Após algum tempo contemplando o espaço que cabia inteiro num golpe de vista, livrou-se dos sapatos e abriu a geladeira, colocou sobre a bancada o queijo e a margarina e pôs-se a preparar um sanduíche. Deu as primeiras mordidas andando pelo recinto e em seguida estirou-se no sofá, ligou a TV, abriu uma revista e deixou que as migalhas caíssem sobre a página. Adormeceu sentindo-se bem-vinda, deliciosamente só e bem-vinda.*

Edna jamais esqueceu a frase "Eu chego em casa à noite e preparo um sanduíche", dita pela prima quando alguém lhe perguntou como ela se virava com o jantar agora que não morava mais com a mãe e trabalhava o dia inteiro. No exato instante em que ouviu aquilo, sentiu uma fisgada, uma sensação mais próxima da náusea que da dor, e olhou para Úrsula com a intenção de invejar sua coragem e de odiá-la intensamente por isso. Mas não conseguiu, como se no meio do caminho tivesse topado com um espelho e visto sua própria cara – o ridículo da inveja e a realidade de uma vida desperdiçada. Quis que seus dias fossem como os da prima, de tantas emoções e coisas para fazer que terminassem em roncos no meio de jantares improvisados.

Aos domingos, Úrsula apanhava duas conduções e ia visitar os pais. Passava o dia com eles. Assistia à TV e cochilava no sofá depois do almoço – o móvel velho a abraçava, compensando o carinho físico que não era costume da família. À noitinha, trilhava o caminho de volta à quitinete. Edna ouvia tudo abismada, intuindo que a distância que uma pessoa percorria para ir de sua casa à casa dos pais era a medida do seu amadurecimento.

O pai de Edna e o pai de Úrsula estavam brigados havia muitos anos. A primeira lembrança que Edna guardava do tio era de uma visita surpresa que ele fizera à casa do Alto da XV, num início de tarde de verão. As crianças brincavam no quintal, meninos da vizinhança e primos – os tios Percival e

Ercílio haviam estado em Curitiba, a caminho de São Paulo, e deixado Denise e Zé Antônio passando uns dias com os tios-padrinhos –, enquanto Edna, cujo interesse naquela altura da vida era observar o jovem recruta que de vez em quando surgia pela rua, ajudava a mãe com a louça. O pai já se aprontava para voltar ao trabalho, mas quando viu Aurélio na porta, mandou que um prato fosse servido e sentou-se à mesa para ouvir seu relato. Antes, porém, vendo as marcas que os sapatos sujos do cunhado haviam deixado na calçada, apanhou o esfregão e tratou de eliminá-las ali mesmo, na presença da visita.

O tio contou que estava de passagem por Curitiba, que um compromisso fora cancelado e que, com a tarde subitamente livre, resolveu aparecer para dar um alô. Entre garfadas, contou que gostava muito de Porto Alegre, mas que já era hora de mudar de ares – opinião que compartilhava com Marli –, e que, assim, tendo decidido dar um giro pelas cercanias à procura de outro lugar para viver, foi tentado pela ideia de percorrer os mais de setecentos quilômetros que separam as duas cidades. Disse que depois de ter trabalhado como balconista, padeiro e barbeiro, sentia vontade de experimentar coisas novas. O pai escutava tudo com atenção, e quando o tio acabou, opinou que na vida muitas vezes é preciso deixar o orgulho de lado. Mas falou como quem cita uma parábola bíblica, sem se referir a nenhum defeito que o tio pudesse ter, como o de não parar em emprego e não aceitar críticas dos patrões. E acrescentou que, por mais difícil que fosse, era necessário ser tolerante quando o que estava em jogo era o bem-estar da família. Sem dizer nada, a mãe agarrou o esfregão e se pôs a passá-lo no piso da cozinha, como fazia após cada refeição, dessa vez para dar cabo não só das manchas visíveis e imaginárias de gordura, mas também das pegadas imundas do tio Aurélio, que se estendiam até o portão e que, a seu ver, o pai não limpara direito. Os homens se levantaram. O tio despediu-se com uma mesura e um meio-sorriso, e o pai o acompanhou até lá fora, enquanto a mãe os seguiu com o esfregão, que passou até sobre os sapatos do pobre homem. Isso pareceu têlo deixado muito contrariado, o que não o impediu de, tempos depois, voltar a Curitiba com a família e aceitar a ajuda do pai para conseguir emprego.

...

Edna já começava a congelar quando o ônibus parou diante dela, luminoso e barulhento. Passou a roleta – 19h17 no relógio do cobrador –, sentou e se deixou embalar pelo calor do veículo. Olhou pela janela, mas não conseguia reconhecer as árvores. Seu dia de aventuras tinha chegado ao fim. Agora, rumo à descida da Arthur Bernardes, ao pai e à mãe, Aline grávida, Augusto no porta-retratos, Nélson em fotos encaixotadas. Tudo o que vivera nesse dia, o passeio e o inevitável retorno, era, afinal, bom ou ruim? Se ela fosse um bebê, perdida dentro de um berço gigante, sentiria falta das paredes do útero, e sua mãe, querendo lhe dar aconchego e aliviar a vertigem do mundo, a embrulharia numa manta grossa, preencheria com travesseiros e bichinhos macios o espaço ao seu redor. Se fosse uma criança, teria o impulso de correr, cada vez para mais longe do ponto de partida, duvidando da gravidade e dos limites do corpo. Se fosse uma adolescente, buscaria a liberdade numa pista de dança ou num voo de asa-delta, mas cobiçaria também o cerco dos braços de um homem e o atrito do sexo. E se estivesse prestes a morrer, desejaria fazer o caminho inverso do que fizera na barriga da mãe, ambicionaria a desmontagem de tudo o que fora construído, libertando-se de uma vez da dor física para se converter em bilhões de átomos sem nome, à espera de uma nova função.

A partida e o retorno. O cachecol que aquece e aperta o pescoço. Edna não sabia responder se era bom ou ruim aquele dia. Sentia-se confusa. Uma confusão que já durava vinte e quatro anos, desde que voltara para a casa da Vila Izabel com a filha no colo e aceitara a oferta dos pais para continuar morando com eles. A verdade é que Nélson não queria. Ou será que para ele as coisas eram tão ambíguas quanto para ela? Ela achava que sim, pois ao mesmo tempo em que o marido queria ter seu próprio lugar para viver, via os sogros como segundos pais. Ou quem sabe Edna estivesse iludida pela memória, pois o fato é que eram frequentes as desavenças naquela casa, quando Nélson se enfurecia com as atitudes dos velhos, não dizia nada, e acabava brigando com ela. Era nesses momentos que o jovem casal parava para discutir o que deveria ser feito, avaliar se tinham condições para mudar de vida, e se era mesmo preciso mudar. Mas tudo se passava como se houvesse um acordo tácito para que a conversa não levasse a lugar nenhum, cada qual invocando argumentos convincentes para esfriar o desejo de mudança do outro, de tal modo que quem fazia uma proposta já sabia quais obstáculos seriam levantados pelo companheiro. Alternavam-se nos papéis de quem sugeria e de quem rejeitava, como se tudo tivesse sido combinado de antemão. Ainda assim, discutiam com veemência.

E, de fato, nada aconteceu. Nélson morreu vinte anos e oito meses após o casamento, no dia 8 de dezembro de 1983, enquanto dormia com a mulher na cama que fora presente de casamento dos sogros, no quarto contíguo ao deles. Vítima de um AVC causado por uma hipertensão arterial descoberta anos antes, resultado de tabagismo, alimentação inadequada e fatores hereditários – foi o que os médicos disseram. Depois do primeiro diagnóstico, Nélson foi internado algumas vezes com falta de ar e dores de cabeça. Dores excruciantes que por muitos anos o obrigaram a ficar horas deitado no escuro quando chegava do trabalho, numa atitude às vezes interpretada por Inácia como de mau-humor, antipatia e até mesmo (embora nunca declarado) preguiça.

Ele morreu e ela continuou sob o mesmo teto, na companhia dos pais e dos filhos, e hoje dos pais, da filha e do genro, aos quais em breve se juntaria a neta. Edna via a morte de Nélson como um ato de desistência: ele desistira de esperar por ela.

...

Enquanto o ônibus se movia em algum ponto entre os terminais Cabral e Campina do Siqueira, Edna pensava na neta que estava para nascer. Que bonito nome haviam escolhido! Não pediram sua opinião, nem ela daria, ou melhor, se tivessem perguntado de que nomes ela gostava, teria feito uma pequena lista, não escrita, tentando ao máximo não parecer que estava querendo influenciar na escolha. Fazia questão de ser diferente da mãe, que tentava impor sua opinião qualquer que fosse o assunto. Inclusive na escolha do nome de Aline. Mas isso ela não conseguiu. Edna podia se orgulhar de ser a única responsável pelo nome que a filha usaria por toda a vida. Inácia queria que ela se chamasse Fátima, nome com o qual pretendia homenagear Nossa Senhora, de quem era devota e para quem rezava todas as noites pedindo pela alma de Lucas. Da primeira vez que ela manifestou essa predileção, Edna fingiu não ter ouvido, mas foi se sentindo cada vez mais pressionada até que um dia criou coragem e disse à mãe que a criança se chamaria Aline, nome moderno que ela e Nélson adoravam. Dias tranquilos se passaram, com Inácia dando sinais de que assimilara bem o duro golpe da discordância. Mas, de repente, a ladainha recomeçou: a tradição do nome na família, a gratidão devida à santa, etc. E prosseguiu com tal vigor até o dia do nascimento que, quando Edna regressou da maternidade, a criança em seus braços ainda tinha o nome que a avó queria. Foi à pequena Fátima que Nélson e Frederico brindaram com sidra gelada, enquanto as mulheres preparavam seu banho. No dia seguinte, porém, enquanto Nélson se arrumava para ir ao Cartório de Registro Civil, Inácia chamou Edna num canto e disse que eles estavam certos em querer um nome moderno para a filha, que Aline era um nome bonito também, e que seria muito bem-vindo naquela casa.

...

Edna não percebeu a parada em Campina do Siqueira nem a entrada na Arthur Bernardes. Não sabia se tinha dormido, o que faria com que os pensamentos tivessem sido sonhos, ou apenas pensado profundamente.

Desceu do ônibus e teve vontade de entrar no Marcelu's Lanches para tomar um guaraná, mas se sentia impelida por uma pressa estúpida. Olhou para o alto, a noite estava limpa, uma bela fatia de lua no céu. Ouvira alguém dizer certa vez que a lua nunca para de se transformar, está sempre aumentando ou diminuindo, e que, portanto, é errado dizer que a lua é cheia ou nova, pois suas duas únicas fases verdadeiras são a crescente e a minguante. Ouvira dizer também que o amor se comporta da mesma forma que a lua. Mas seu amor por Nélson parecia ter se estabilizado após a viuvez, congelado em imagens alegres, às vezes inflado por algum perfume que vinha do passado.

Na Rua Irati, dobrou à direita. *Depois de um dia inteiro passeando pelos quatro cantos da cidade, morreu a poucos metros de casa.* Achou graça da notícia de jornal. Passou pelo Santana abandonado na esquina com a Airton Plaisant. Estava ali havia meses, ou talvez anos, enferrujando, pneus flácidos, água acumulando nas reentrâncias do capô. Fora abandonado pelo dono, um filhinho de papai que tinha comprado um carro melhor e por isso não usava mais aquele nem mandava consertar. Edna não entendia como aquilo podia acontecer, alguém deixar um carro novinho ser comido pelo tempo e pela poeira.

Chegou cansada à esquina de casa, sonolenta. Que bom seria poder ir direto para a cama, quem sabe comer um sanduíche como o da história de Úrsula. Mas a mãe a esperava com as panelas aquecidas. O cansaço é uma manifestação do corpo que não deve ser desprezada, ela intuiu ao divisar o carro de Úrsula parado diante do portão. Enquanto a mente tenta nos convencer a conseguir o que está além do nosso alcance, o corpo dá ordens: você está doente, não faça nada. Quando era criança, ela fingia ter dor de barriga para não ir a lugares aonde não queria. Porque a vontade do corpo é sempre respeitada. Ele é o grande aliado de quem se recusa a lutar pelo que sabe estar acima de suas possibilidades.

...

Ao se aproximar da casa, viu que o carro estava bem estacionado, rente ao meio-fio. Abriu o portão e enxergou vultos na janela da sala. Elas estavam de saída. Pensou se aquela casa afinal era dela ou de Frederico e Inácia, se era ela que vivia com os pais ou se os pais é que viviam com ela. Numa foto de família, essa questão não teria nenhuma importância: seria sempre a cena de um casal de velhos ao lado da filha de meia-idade. Mas no mundo real, a resposta a essa pergunta significava a diferença entre o seu sucesso e o seu fracasso.

Edna resolveu que trataria disso depois, no aconchego das cobertas. Agora tinha que sair correndo dali, pois a porta se abriria a qualquer momento. Deu a volta na casa e entrou pela porta dos fundos, que ainda não estava chaveada. Trancou-se no banheiro e urinou de mansinho. Ouviu ao longe um carro dando partida e, minutos depois, o ruído da porta da frente se fechando. Sem se exaltar, mas com uma voz agônica que irradiava angústia como poucos gritos, Inácia se queixou do frio – com certeza amanhã gearia, seria bom que Aline ficasse na cama até mais tarde – e perguntou: a que horas mesmo Edna disse que chegaria?

Parte Três

7 DE ABRIL DE 2008

A Dor

Começa como se fosse um clarão, brevemente captado pelo canto do olho. Ou como uma cor, ainda não submetida a nenhuma forma, que se insinua no fundo da mente. Uma aparição discreta, quase imperceptível, da qual se esperaria que tomasse vulto, ocupando aos poucos o pensamento e o corpo, pressionando este último a ponto de comprometer seu equilíbrio, obrigando-o a parar o que estivesse fazendo, como um bêbado que interrompe a caminhada e se agarra a um poste para não cair. Mas, em vez disso, ela se detém, preferindo manter-se pequena, latente, habitante voluntária de uma zona de penumbra, que não ousa se apossar nem do corpo nem da mente, mas tampouco se retira. Feito um pano de fundo interior, ela permanece.

Foi assim que se instalou na cabeça de Aline a lembrança, até então dada como perdida, da primeira vez que Olívia voltou da escola sozinha. Abril de 1998. Trajava o uniforme de educação física azul e amarelo e tinha uma expressão faceira, o olhar veloz e as bochechas coradas. Havia grossas gotas de chuva na vidraça através da qual Aline assistia a filha chegar, e foi este detalhe – a visão estorvada por uma barreira de substâncias líquidas e pastosas – que fez a cena ressurgir no exato instante em que Aline entreabriu os olhos remelados pelo sono de chumbo que conciliara só ao amanhecer, quando a angústia enfim cedeu à mistura de cansaço e pílulas para dormir. Mas a cena ficou nisso – Olívia uniformizada e feliz através das gotas de chuva –, sem dar a Aline o consolo de um desfecho, fosse ele real ou inventado, e foi se juntar a outras que vinham brotando na sua mente ao longo dos últimos dias. Eram centenas de episódios da vida de Olívia, que irrompiam a partir de visões corriqueiras, pensamentos banais, cheiros trazidos pelo vento, timbres e frequências entreouvidos ou imaginados, um complô dos sentidos que a castigava sem pena havia duas semanas.

Ela se virou debaixo das cobertas e encontrou o lençol, transformado numa tira de pano enroscada nas suas pernas. Uma sensação geral de aspereza, que chegava ao ápice quando ela piscava os olhos. Cheiro de mimosa, talvez das árvores no quintal ou de alguém que passava pela rua naquele instante. Seria possível? Virou-se outra vez, não queria ficar a sós com a parede de madeira. *A sala branca do hospital...* Olhou para a porta entreaberta, através da qual podia ver um pedaço da sala: a televisão refletindo o braço do sofá, o aparelho de DVD na prateleira inferior do rack – presente de Olívia, comprado com parte do segundo salário na videolocadora. E ainda podia tirar o DVD que quisesse com desconto. Lembrou-se da mulher negra andando pelo corredor com lágrimas nos olhos. Foi o último filme que Olívia levou para casa, no fim de semana em que começaram as dores e a febre. O filme ainda estava ali, teria que devolvê-lo ela mesma. O gerente fora compreensivo ao telefone, disse que não havia pressa, que ele poderia mandar um funcionário apanhá-lo. Quando ele ligou da primeira vez, para saber o motivo da falta de Olívia, Aline achou seus modos ríspidos, e mesmo depois de ter explicado que a filha não se sentia bem, o homem ainda parecia irritado, como se não acreditasse no que ela dizia. A mulher negra com lágrimas nos olhos e Olívia piorando da dor e da febre: uma conexão que ela não conseguia desfazer. E tinha que pegar o filme e leva-lo lá, para o gerente ríspido e depois compreensivo.

Sentou-se na cama e sentiu os ossos doerem. Ao menos por um instante, sua cabeça estava vazia, como se a dor física fosse incompatível com a tortura dos pensamentos, que se multiplicavam desde o dia fatídico em que, numa sala branca do hospital, ela recebeu a notícia de que a filha não resistira à bactéria desconhecida – *superbactéria* como a chamaram os especialistas, resignados na sua impotência. Do microrganismo conhecia-se apenas o efeito devastador que era capaz de produzir no contato com o humano milhões de vezes maior do que ele, um humano forte, mas cego para o infinitamente pequeno, arrogante na sua certeza de continuar vivendo.

Aline enfim se levantou e andou até a sala. *Quantas vezes naquela sala...* Sentiu urgência de urinar. No banheiro, evitou o espelho. Sentada no vaso, alcançou a escova e a pasta sobre a pia e esfregou os dentes com raiva enquanto esvaziava a bexiga. A visão de suas partes íntimas a fez pensar em outras partes, que considerava ainda mais íntimas: as vísceras, que só via em programas científicos de TV ou quando arrancadas de animais para servirem de alimento. Algumas vezes as observara em animais mortos na rua, mas não queria pensar em bichos atropelados e olhou depressa para frente. Como era baixa e tinha má postura, viu no espelho apenas um pedaço de seus cabelos desgrenhados.

Ergueu-se e ergueu a calcinha sem tirar os olhos do chão. No futuro ela ficaria bem, era o que todos diziam. Se não totalmente – pois não podia, e não queria –, pelo menos um *pouco* melhor. Não queria ficar bem e se afastar de Olívia, esquecê-la, abandonar ou ser abandonada pelas lembranças que agora a maltratavam. Talvez houvesse uma maneira de convencê-las a ficar, as lembranças, e elas se tornariam mais dóceis com o tempo. Tudo ficaria bem era a previsão mais segura que Aline já ouvira na sua vida, muito mais eficaz do que as frases das semanas anteriores, como "Deve ser só um mal-estar passageiro" ou "Esses médicos, cada um fala uma coisa, mas o importante é ter fé", ditas por gente conhecida, enquanto ela e Moacir tentavam decidir como lidar com a doença da filha.

Mas ainda que o futuro prometesse tempos melhores, não havia como escapar do dia seguinte, que seria tão implacável quanto aquele exato instante em que ela abotoava as calças, acionava a descarga e via cravarem-se na sua alma duas lembranças simultâneas, como dois cães raivosos atacando de uma só vez: a lembrança de quando ensinou Olívia a fazer sozinha sua higiene íntima, e a cena em que a socorreu no banheiro, debilitada demais para se manter de pé. A primeira, há quinze anos, e a segunda, há duas semanas.

...

Aline apanhou um ovo na geladeira, colocou-o dentro de uma panela com água e levou-o ao fogo. Pegou café da garrafa térmica e se sentou com a caneca entre as mãos. Levantou-se, colocou o ovo cozido num pires e voltou à mesa, onde se pôs a arrancar fragmentos da casca amolecida. A casca e a clara queimavam as pontas de seus dedos, e ela resolveu testar por quanto tempo era capaz de suportar a dor autoinfligida. Na terceira tentativa, olhou para as unhas curtas e sem esmalte e pensou nas unhas coloridas de Olívia. Pintura de bolinhas, patinhas de cachorro, uma de cada cor... Voltou então ao que estava fazendo, e quando enfim o ovo surgiu nu à sua frente, deixou-o de lado, decidida a não comer. Queria sentir fome por mais tempo. A fome era uma grande aliada na tarefa de distrair o pensamento, assim como o frio. Aline procurava dosar as sensações, não padecer de tudo ao mesmo tempo. Se estivesse com fome, não precisaria sentir frio, e se estivesse com frio, não precisaria prender a bexiga até não aguentar mais. Uma privação física de cada vez era o bastante para que a dor de sua alma desse trégua. E não precisava ser uma privação brutal, que levasse à inanição ou à hipotermia, ao colapso do organismo. O ideal era a pequena fome, o frio moderado, a urina que apenas começa a distender as paredes da bexiga, causando incômodo suficiente para desviar sua atenção para a sobrevivência do corpo.

Guardou o ovo para comê-lo mais tarde. Por ora, limitou-se a beber o que restava do café, já morno, e deixou que o torpor do sono fosse substituído pelo automatismo dos afazeres domésticos. Arrumar a casa. Tudo parecia fora de lugar e a poeira estava por toda parte, nos móveis, suspensa no ar. Uma boa limpeza se fazia urgente. Apanhou a vassoura e a enfiou entre as pernas das cadeiras, dando caneladas, fazendo barulho, fuçando o chão atrás de impurezas. Encurralou ciscos nas esquinas dos rodapés. Desbaratou teias de aranha. Recolheu todo tipo de restos e de migalhas esquecidas. Borrifou as mesas com lustra-móveis e as janelas com limpa-vidros. Ajoelhou-se para passar cera no piso da cozinha e depois no piso do banheiro e chegou a pensar em ir de joelhos de um cômodo ao outro. Mas o que estaria fazendo? O que estaria querendo dizer com isso? Que pedia perdão pelos seus erros? Que já sofrera o bastante e agora merecia um pouco de compaixão? Uma certa consciência do ridículo a impediu de se entregar à representação cênica da sua autopiedade, e ela se contentou em ir da cozinha ao banheiro andando normalmente, embora um pouco curvada pelo peso do balde e do esfregão. No banheiro, depois de polir bem as lajotas, continuou de joelhos e se pôs a desinfetar o vaso sanitário, sempre com energia e sempre produzindo ruído, sem perceber que o que queria mesmo era calar a voz da vizinha, uma voz esganiçada que invadia sua casa chamando pela filha. A menina não respondia e a voz continuava, cada vez mais pungente, entrando pelas fissuras do muro de som que ela, com seus instrumentos de limpeza, tentava erguer em torno de si. Carol! Carol!! De repente, veio a resposta, na mesma altura e intensidade, uma amostra da vida em estado bruto. Aline sentiu o chão sumir sob seus joelhos, agarrou-se à borda do vaso e vomitou.

...

Levantou-se apoiando as mãos no vaso sanitário. Objeto resistente, estava ali desde que a casa fora construída, há mais de quarenta anos, pelo seu avô materno. Poderia permanecer ali pela eternidade se a casa não fosse posta abaixo. Não era o tipo de coisa que se leva embora numa mudança, ela pensou, recobrando a calma. Já tinha percebido que assim como o desespero, a calma também nascia das coisas mais banais, como veneno e antídoto. Se ela se mudasse um dia levaria consigo o armário, o chuveiro elétrico e a cortina de plástico do boxe. Um novo lugar, onde viveria sozinha desde o princípio. Na sala, onde começou a deslizar mais uma vez a vassoura pelo chão, Aline passou a classificar tudo o que via em objetos *ficáveis* e *leváveis*, sonhando com uma hipotética mudança. Ficáveis eram as coisas fixas, que faziam parte da estrutura do imóvel, como o vaso sanitário e a pia, no banheiro, e a pia da cozinha. Havia também os objetos que podiam ser transportados, mas que não fariam falta se fossem apartados dela. Como o violão, onde Olívia tocava os poucos acordes que sabia, sentada lá fora com o namorado, no que chamavam de "degrauzinho de casal". Não queria mais ele. Nem a máquina de costura de Inácia. Esta poderia ser doada a uma instituição de caridade, uma vez que a avó não dispunha de espaço na casa da tia Marli, para onde se transferira após deixar o hospital, há seis meses. A televisão – refletiu enquanto a ligava –, era antiquada e sem controle remoto, mas se a deixasse para trás teria que comprar outra, e não tinha dinheiro para isso, pois os gastos das últimas semanas haviam liquidado a poupança modesta. E as roupas – pensou enquanto remexia as gavetas em busca do que vestir para ir ao centro da cidade – teriam que ser examinadas uma a uma, dos casacos às calcinhas.

Aline dispôs sobre a cama desarrumada as peças escolhidas: calças jeans, camiseta de mangas compridas, suéter de moletom, um par de meias. Já passava das nove. Queria sair logo, havia muito o que fazer na cidade. Se desse tempo, visitaria a avó, se não deixaria para o dia seguinte. A semana apenas iniciava.

Voltou à sala. A ideia de elaborar listas fluía na sua mente. Coisas que ficariam para trás: todos os pertences da avó; o violão; a cama de casal que vinha sendo usada por Olívia; a cama da mãe, sem uso desde que ela faleceu; a máquina de lavar, que pifava com frequência cada vez maior – teria que gastar um bom dinheiro numa nova; os quadros de santos. Coisas que continuariam com ela: o fogão; a geladeira; a televisão; a mesa da sala com as cadeiras; o guarda-roupa; sua própria cama – estreita, era verdade, mas não precisaria de mais pelo resto de sua vida. Atreveu-se então mexer nos móveis, deslocando alguns para lugares onde jamais haviam estado. Moveu o aparador para um canto, encostou a TV na parede, dispersou as cadeiras, trouxe para perto do sofá a pequena estante que abrigava porta-retratos e listas telefônicas. Esgotada, sentou-se. O sofá pedia remendos, quando não uma nova cobertura. Quanto custaria reformá-lo? Quanto custaria um novo? O que fazer com o velho? Dá-lo? Para quem? Contemplou a nova configuração do espaço e sentiu uma desconcertante mistura de alívio e angústia. Por um lado, estava livre de tudo o que até um minuto atrás a estrangulava, como se a descaracterização do espaço à sua volta fundasse uma nova existência. Por outro, via-se abandonada pelas coisas que lhe eram familiares, pelas memórias que a mantinham viva como um respirador artificial.

Andou a esmo num espaço que nunca permitira a ninguém o luxo de andar a esmo, sempre abarrotado de móveis e quinquilharias largadas no chão pelas crianças, ela, Augusto, Olívia, primos, meninos da vizinhança. Durante toda a vida passada naquela casa, da infância até o dia do seu casamento, e também nas vezes em que voltou em busca de arrimo, Aline jamais notou mudanças significativas na distribuição da mobília e no traçado das veredas de circulação. Não só eram poucas as peças acrescidas ao patrimônio da família, como nenhuma a vontade de alterar a disposição das que já existiam. A mãe até que gostava de tentar novas combinações, mas a avó não, e assim, com o apoio infalível do avô, a realidade acabava sempre coincidindo com o desejo de Inácia. A única exceção a este apego à inércia sucedera há vinte anos, no carnaval de 1988, quando Aline aportou na casa de mala e cuia – Olívia à frente, em posição privilegiada –, e a mãe abriu mão de seu aposento de viúva, que culpava pelos pesadelos e noites de insônia, em benefício da família crescente.

A fome começou a extrapolar a função de distraí-la, e Aline se viu obrigada a avançar sobre um pão francês, que comeu a seco. Deixaria para mais tarde o trabalho de devolver cada coisa ao seu lugar, e quando voltasse para casa no fim do dia saberia se era bom ou ruim encontrar um local diferente daquele em que vivera com as três mulheres: a avó, a mãe e a filha.

...

Revirou papéis em pastas de plástico. Precisava encontrar documentos de Olívia e também outros papéis. Sabia onde estavam, mas demorou de propósito para localizá-los. Antes, suas mãos perambularam por maços de contas pagas e por pagar, recibos fornecidos pelo caminhão do gás e carnês de prestações. Num envelope amarelo, encontrou boletos de luz e água e IPTU da casa do Novo Mundo. Isso agora não era mais problema dela, o Moacir que morava lá que se se virasse. Perguntou-se onde havia mais memórias, em burocráticas fotos três por quatro ou no primeiro boletim escolar? E onde havia mais dor, na fotografia de formatura do segundo grau ou no recibo do pagamento do curso de inglês? Depois de muita enrolação, achou a pasta verde que continha tudo o que precisava, mas decidiu não abri-la. Conhecia de cor seu conteúdo. Conhecia até mesmo os cortes de cabelo e a expressão dos olhos da filha em cada uma das fotos coladas em fichas e carteirinhas. Avaliou o peso da pasta, colocou-a de lado e continuou a remexer os arquivos. Num envelope improvisado, feito de duas folhas de cartolina presas com grampos, descobriu boletins escolares dela mesma e de Augusto. Não lembrava como tinham ido parar ali, costumavam ficar nas coisas da mãe, assim como os álbuns de primeiras recordações infantis, que agora também emergiam amarelados das profundezas do armário. Certa vez, quando ainda não tinha sido alfabetizada, Aline topou com um deles ao vasculhar uma gaveta no quarto dos pais. Era um álbum azul claro, e a mãe explicou que era o seu *Álbum do bebê*, comprado antes dela nascer, quando todos achavam que ela seria um menino. Assim que ela aprendeu a ler, contudo, o álbum azul desapareceu e um álbum cor-de-rosa, do mesmo modelo, surgiu em seu lugar. A mãe explicou que ela, na verdade, ganhara dois álbuns – o segundo comprado na cor certa para corrigir o erro do primeiro –, e que a mãe e o pai haviam decidido completar ambos. Mas então onde tinha ido parar o álbum rosa? A mãe disse que não sabia. Só muitos anos depois, Aline entendeu que o álbum azul pertencia a Fernando, o irmão que morreu antes dela nascer. Mas não entendeu tudo de uma vez. Teve que ir desvendando aos poucos, ouvindo conversas aqui e ali, beneficiando-se do fato de que a mãe, à medida que envelhecia, afrouxava a vigilância sobre as próprias palavras, como se os segredos de família fossem controlados por um músculo que cedia com o passar do tempo – só o da avó não cedia nunca. Fernando morreu com poucos dias de vida, e foi nos meses seguintes à sua morte Aline foi concebida. Gerada num ato triste. Mas ao mesmo tempo, pragmático: peça de reposição para um produto precocemente danificado. Para a avó, o próprio Fernando havia sido também uma peça de reposição. De Lucas, o filho que morreu em São Joaquim.

O ato sexual triste, a reposição do que fora perdido., tudo isso poderia explicar muitas coisas. Aline devolveu o álbum ao seu lugar no armário e colocou a pasta verde sobre a cama, ao lado das roupas que iria vestir.

...

O portão clamando por graxa emitiu um assobio, e ela foi ver do que se tratava. Pela janela, viu Moacir entrando apressado. A vidraça seca de repente se encheu de gotas de chuva, mas não houve tempo para um novo assalto da memória, pois em segundos Moacir já estava na porta. Um pé de calçado no pé e o outro na mão, ela abriu.

Oi.

Embora não o esperasse, Aline não demonstrou surpresa com a visita.

Você vai hoje resolver aquelas coisas na rua? ele perguntou. Porque eu tenho que resolver umas coisas também e a gente podia ir junto.

Tá bom.

Assim ela não precisaria pegar o ônibus. Moacir sempre vinha com um carro, nunca o mesmo, sempre velho, e levava as pessoas aos lugares onde elas precisavam ir. Era um homem prestativo.

Ele viu o sapato pendurado na mão dela e sentou-se no sofá, ágil.

Pode terminar de se arrumar então.

Ela não se lembrava de ter dito a ele que tiraria um dia só para ir à cidade resolver as cosias que tinham de ser resolvidas. As coisas de Olívia. O Fundo de Garantia, o cursinho, aquela história da pensão. Moacir não fora à missa de sétimo dia. Solícito, tinha ido ao Alto Boqueirão levar a cadeira de rodas de Inácia para consertar. Apareceu só no fim da cerimônia, e pode ter sido nessa hora que ela falou sobre ir à cidade. Aline não se lembrava de nada direito. Aquele dia infernal.

Você combinou de encontrar o Alexandre? ele perguntou.

Ela estava no quarto. Na sala, a TV emitia um zumbido baixo e contínuo.

Hein, Aline? ele repetiu quando ela apareceu na porta. Combinou de encontrar o Alexandre?

Ele vai estar às cinco horas na Praça Osório, em frente ao chafariz. Estou pronta. Vamos?

Não era o mesmo automóvel em que rodaram para cima e para baixo nos dias da agonia de Olívia. Isso poupou Aline de rever o porta-luvas sem porta e o adesivo do Paraná Clube no para-brisa, mas o mero ato de entrar no veículo, apoiando a mão esquerda no encosto do banco e deslizando o corpo para dentro, fez com que ela provasse tudo outra vez, o medo, o incêndio no estômago, o frio da queda no abismo. Quando se sentou, seu rosto estava em brasa.

Moacir dirigia em silêncio. Ele chegara a dizer que tinha sido bom Olívia morrer, que tinha sido bem feito. Dissera isso numa discussão por um motivo estúpido qualquer. Não queria exatamente ferir Aline, mas gritar, gritar coisas absurdas. Era como alguém dizer que gosta de sofrer, que odeia o amor e deseja o ódio. Uma provocação a Deus. Como se dissesse, pode me bater, me bata mais, seu covarde, eu não tenho medo de você. Ela podia ter gritado também, podia ter cuspido na cara do pai da sua filha, e ambos se agrediriam, rolariam pelo chão diante do olhar impassível do Todo-Poderoso. Mas ela respondeu apenas que ele não sabia do que estava falando.

Era pra ela ter prova de inglês hoje, Aline disse. Estava marcada desde o mês passado. E na semana que vem começariam os testes simulados no cursinho. Ela estava animada, achava que ia conseguir passar desta vez.

É.

Eles não se culpavam. Tampouco tinham condições de se apoiar mutuamente. Cada um tinha diante de si uma cratera funda demais para perder tempo com o outro.

...

A movimentação ao redor da Brasília de Moacir indicava que o Centro estava próximo. Carros passando de raspão, pedintes lançando-se como insetos contra o para-brisa, tudo condimentado pelos pingos de uma chuva intermitente e pelo som cada vez mais intenso das buzinas.

A primeira providência a ser tomada era ir ao *Acesso*, cursinho preparatório para o vestibular onde Olívia se matriculara no início do ano. Aline pretendia pedir reembolso do valor relativo aos meses de abril a dezembro, algo que lhe parecia justo uma vez que a filha não frequentaria mais as aulas.

De repente, o ruído de uma buzina cresceu além do esperado, e Moacir percebeu a ambulância colada atrás deles, pedindo passagem. Pelo retrovisor, Aline viu a palavra em letras vermelhas: AMBULÂNCIA. Moacir desviou o carro para a direita e o furgão passou chispando. Aline viu então a mesma palavra escrita do avesso e foi fuzilada pela lembrança de uma camiseta de Olívia, a camiseta com letras estranhas. De início, ela achou que estivessem invertidas, mas Olívia explicou que eram letras do alfabeto cirílico. A ambulância deu sinal e virou à direita. Estavam diante da Santa Casa de Misericórdia, e a visão do hospital produziu um novo instantâneo na sua mente: a avó, de camisola, sentada na cama. No momento seguinte, a avó e a cama tinham desaparecido e ela voltou a pensar na camiseta. Era uma das favoritas de Olívia. É russo, ela disse, e revelou à mãe o significado daquelas palavras enigmáticas, significado do qual Aline não se recordava mais. Mas isso não tinha importância, pois ela era capaz de evocar perfeitamente a cor, a textura do tecido, o tipo de gola e até o cheiro que exalava em suas diferentes versões: nova, logo após o desodorante, suada ao final do dia, misturada à pilha de roupas sujas.

Moacir avançou mais uma esquina e a Santa Casa ficou para trás. A avó, de todo modo, não estava mais lá. Quando recebeu alta, em outubro do ano anterior, mudou-se para a casa da tia Marli, convencida pela prima Úrsula de que lá viveria com mais conforto. Sequer passou em casa para apanhar seus objetos pessoais, que foram levados por Aline em três viagens.

Conheço uma rua onde sempre tem vaga, disse Moacir, já procurando lugar para estacionar.

Seria mesmo verdade o que ele disse? Que foi bem feito ela ter morrido? Não, ele certamente não sabia do que estava falando, ela pensou, e tentou retomar as conjecturas sobre a avó. Nunca entendeu direito o que havia acontecido, como foi que depois de décadas morando na casa feita pelo marido, ela aceitou sem resistência transferir-se para a casa da irmã.

Mas as lembranças de Olívia estavam sempre à espreita, atacavam à queima-roupa. E assim fizeram quando Aline olhou para a rua e avistou garotos e garotas de guarda-pó. Eram estudantes da Universidade Tecnológica, que ficava a poucas quadras dali. Caminhavam serenos sob o sol, que já não tinha a mesma intensidade de duas semanas atrás. Pareciam otimistas, esperançosos, impregnados de futuro.

O futuro, os jovens. Duas ideias que abriam um precipício diante de Aline, e para contorná-lo ela tentou de novo sintonizar o pensamento em Inácia. Talvez fosse insuportável para ela voltar para casa um dia e descobrir que Aline não estava mais lá. Talvez ela preferisse viver longe, alimentando a ilusão de que um dia regressaria e encontraria Edna à sua espera.

Aline sabia que era inútil fugir. As referências estavam em toda parte, como poeira que gruda ao mais leve contato. Nos últimos dez dias, aprendera a enfrentá-las antecipando-se a elas, dando o bote antes que elas o fizessem, mesmo sabendo que sairia arrasada de todos os confrontos. Desenvolveu um método, uma estratégia que consistia em trazer a dor à tona antes que ela se manifestasse espontaneamente, arrancando-a de seu esconderijo. Assim que viu os guris de guarda-pó a caminho da escola, por exemplo, ela recordou com riqueza de detalhes todas as vezes que Olívia considerou a hipótese de estudar naquela universidade, imaginou a carreira próspera que ela teria depois de se formar e as amizades fascinantes que ela faria para o resto de sua vida. Em seguida, Aline procurou sentir o mesmo que sentiu quando Olívia lhe contou sobre seus planos de estudar Administração, e então Arquitetura, e então História, até se decidir por Comunicação Social. Num esforço extra, tentou sentir o que a própria filha havia sentido, o entusiasmo com a provável descoberta da vocação e a confiança no futuro. Por fim, com as últimas energias de que dispunha, e para que o sofrimento pudesse agir sobre ela como uma vacina que a imunizasse contra o que já não conseguia mais aturar, Aline imaginou o que Olívia teria sentido ao perceber que nada do que planejara na vida se concretizaria, nem mesmo o mais singelo projeto, como o de beber um chope com os amigos no bar que acabara de abrir na esquina, pelo simples motivo que, naquele justo instante, sem nem mesmo saber por que, ela se encontrava num leito de hospital e os médicos a olhavam apreensivos.

Foi a voz de Moacir que a tirou de seu transe:

Aqui a moça do Estar nunca vem, disse manobrando o carro numa travessa estreita e deserta que ela tinha certeza de jamais ter visto na vida. Não sabia onde estava, não prestara atenção no caminho.

...

Ele se atira pela janela do vigésimo andar e você imediatamente se debruça no parapeito. Lá vai ele, caindo, caindo. Por que diabos você não sai correndo, pedindo ajuda a quem encontra pelo caminho, enquanto desce como louca as centenas de degraus da escada ou aperta desesperadamente o botão do elevador? Por que você não se lança sobre o telefone, que fica na mesinha junto da janela, e liga para a ambulância, a polícia, os bombeiros, ou faz as chamadas do seu próprio celular enquanto desce aflita a escada interminável ou aguarda a chegada do elevador? Não. Você apenas o vê cair, andar por andar, primeiro com o corpo em posição vertical, depois, quem sabe, um pouco inclinado para frente ou para trás, dependendo da direção do vento ou de leis da Física que você definitivamente não domina, talvez se chocando contra obstáculos típicos do espaço aéreo urbano, como pássaros e toldos, fios elétricos e faixas de propaganda, até atingir o solo, ou uma marquise, ou mesmo a cabeça de um transeunte desafortunado. Durante todo o trajeto, você está paralisada, não arreda o pé de onde está nem deixa de olhar para baixo. E por quê? Porque já nos primeiros segundos da queda, ao ver o corpo se afastar com tamanha determinação, assumindo posições incomuns, estranhas até mesmo para você, amiga íntima, filha, esposa, ou mãe, já nos primeiros segundos daquela estranha partida vertical, você começou, ainda sem saber, a viver seu luto, e a se recuperar do golpe sofrido, decidindo que a melhor e talvez única coisa que poderia fazer é seguir vivendo.

A secretaria do cursinho pré-vestibular funcionava no nono andar. Aline se afastou da janela e voltou a sentar ao lado de Moacir. A única recepcionista se revezava no atendimento ao público e ao telefone, que tocava sem parar. Agora atendia um rapaz alto e magro, com espinhas no rosto, o último dos que estavam à espera quando eles chegaram.

Não havia por que negarem seu pedido, ela ponderou. Olívia não frequentaria mais o curso, e as despesas que a escola teria com ela simplesmente não existiriam. Se necessário, devolveria os livros e as apostilas. Estava disposta até mesmo a apagar a letrinha miúda da filha nos cadernos de exercícios. Antes que pudesse imaginar o desgosto que essa tarefa lhe causaria, Aline olhou para o relógio de parede, que marcava

10h35, e se perguntou se haveria no mundo mais relógios com algarismos romanos ou com algarismos arábicos. As coisas insignificantes lhe traziam alívio. Mas era preciso olhá-las de forma restrita, isolá-las do resto, não permitir que transbordassem, que se conectassem a outras mais relevantes, dando início a uma nova cadeia de pensamentos aflitivos.

Minha filha se chama Olívia de Souza Lopes, Aline disse quando chegou sua vez. Ela pagou o ano integral. Ela morreu, faz dez dias. Eu queria saber se vocês podiam devolver o dinheiro da parte que ainda falta, e que ela não vai cursar. Eu até já fiz o cálculo, são três quartos do total, mas se vocês só puderem devolver dois terços, não tem problema. Eu entendo que abril já começou, mas eu não tive como vir antes.

A funcionária explicou que, infelizmente, isso não seria possível. O ano letivo era um período único, indivisível. Uma vez pago, não poderia haver reembolso nem mesmo do valor proporcional por um período não cursado. Estava no contrato assinado no momento da matrícula. Ela sentia muito.

Mas deixa eu explicar, disse Moacir após um pigarro. Ela vai estar pagando o curso sem frequentá-lo. Ela não pode mais vir porque está morta.

Desculpe senhor, mas o curso já está pago e o contrato não prevê nenhuma hipótese de reembolso. Sinto muito.

Depois que a funcionária terminou, Aline ainda a fitou por cinco segundos sem dizer nada, numa insistência acanhada e muda. Então a moça desviou o olhar para a aluna que aguardava sua vez, e a consulta acabou.

...

A Brasília ficaria estacionada na travessa e eles continuariam seus deslocamentos a pé. Seria impossível encontrar outra vaga como aquela, segura e, de certo modo, gratuita. Moacir ia à frente, andando rápido. O que não faltava ao ex-marido de

Aline era disposição para o trabalho. Não era do tipo que se demorava entre as cobertas nas manhãs geladas de Curitiba, para onde viera ainda pequeno com os pais e as duas irmãs mais velhas. Tampouco tinha vocação para se abandonar diante de uma garrafa de bebida vendo a vida passar. Era só quando a labuta terminava que ele se permitia a companhia de um copo de cerveja em frente à TV, sempre em casa, ao lado da mulher e da filha. E, ainda assim, continuava a postos para atender ao chamado do trabalho a qualquer hora que fosse.

Aline refez os cálculos: quase dois mil reais perdidos sem o reembolso das aulas do cursinho. Mas na Cultura Inglesa não iria pedir nada. Olívia já não estudava lá desde o fim do ano passado, teve que suspender as aulas após três semestres por não conseguir conciliar trabalho, preparação para o vestibular e inglês. Estudava com bolsa de estudos quase integral, pagando só vinte por cento da mensalidade, mas até isso ficou caro depois que entrou no cursinho. Era a melhor escola de inglês da cidade, diziam, ela tinha tirado a sorte grande. Chegava em casa já tarde da noite, abria a pasta e mostrava para a mãe: além da gramática e do caderno de exercícios, romances, poemas, revistas, tudo em inglês. Aline folheava os livros na presença dela e, no dia seguinte, folheava de novo na sua ausência. Mais do que tentar entender, queria sentir orgulho.

E porque a filha gostava tanto da escola e das pessoas da escola, Aline achava que devia contar o que havia acontecido a quem quer que estivesse na secretaria naquela hora. Podia ter telefonado, poupado tempo e energia – temia que Moacir dissesse isso –, mas, não sabia explicar por que, queria estar cara a cara com gente de carne e osso, alguém que tivesse conhecido Olívia, e anunciar seu sofrimento. Precisava que olhassem para o seu rosto, e não apenas escutassem uma longínqua voz de ninguém. E, enquanto isso, respiraria o mesmo ar que a filha respirava nas noites de segunda e quarta-feira, ao longo de um ano e meio.

Subindo os degraus que conduziam à sede da Cultura Inglesa, Aline imaginou como seria morar numa casa com aquela. Três andares, jardim, bancos iguais aos das praças públicas, onde Olívia devia se sentar nos intervalos das aulas. Uma lanchonete onde comprava salgadinhos, refrigerante. Chá, os ingleses bebem chá. Fumaça subindo da xícara. Neblina entre os arbustos. Lá fora, a rua de paralelepípedos. A Inglaterra devia ser assim, coberta de paralelepípedos e de neblina, vapor de chaleiras e chaminés misturando-se à cerração de um inverno que não acabava nunca. O sol raramente aparecia por lá, e quando aparecia as pessoas saíam correndo peladas pelos parques. E mergulhavam nos lagos e nas fontes, sendo esta a única ocasião do ano em que tomavam banho. Olívia vivera nesse outro mundo, mesmo sem sair de Curitiba, e Aline estava agora prestes a se embrenhar nele, passando pela porta e posicionando-se diante do balcão da secretaria, enquanto ouvia vozes que chegavam pela escada vindas do andar superior.

Pois não, disse a moça com as mãos pousadas sobre o balcão.

Aline sentiu alívio. Achava que a outra se dirigiria a ela em inglês. Mas ainda assim, continuou trêmula.

Em que posso ajudá-la, senhora?

Senhora: era o que ela era. E se não fosse pela idade, seria pelos traços de seu rosto, que haviam se desmantelado no correr das últimas semanas. Olhos inchados que lembravam infiltrações numa parede. Mas agora era tarde para se esconder atrás dos óculos escuros que carregava na bolsa. Seria falta de educação.

Eu sou mãe de uma aluna...

E as palavras começaram então a se grudar umas nas outras como pequenos imãs, até ficarem irreconhecíveis.

Quero dizer, na verdade eu sou mãe de uma ex-aluna, Olívia de Souza Lopes, ela morreu faz dez dias, ela estudou aqui até o final do ano passado, à noite, na turma das segundas e quartas. O último professor dela chamava-se Robert, e a melhor amiga dela, que até foi lá em casa umas vezes, mas que eu não convidei para o enterro porque não tinha o número de telefone, era a Isabel, Isabel Goulart, se não me engano. A Olívia gostava muito de estudar aqui, e eu só vim porque queria avisar vocês do falecimento.

Aline tinha o rosto afogueado. Quatro jovens que pareciam pertencer a um grupo de rock a observavam de um grande pôster na parede ao lado do balcão.

Eu sinto muito, disse a atendente, não deixando claro se lamentava a notícia que acabara de ouvir, ou o que iria dizer como resposta. Nós não costumamos informar a diretoria sobre esse tipo de ocorrência, a senhora sabe, se ela ainda fosse aluna da escola, aí sim, teríamos que avisar o setor administrativo e a tesouraria para dar baixa na matrícula. Mas como se trata de uma ex-aluna, o que eu posso fazer é tomar nota e passar pra minha colega da noite. Que curso a senhora disse que ela frequentou por último?

Intermediário I. Turma das segundas e quartas.

Vou pedir pra avisar o professor, e ele poderá comunicar à classe, se achar adequado.

A atendente reprimiu o sorriso de praxe e aguardou ansiosa a partida de Aline, um abismo de carne e osso à sua frente, pronto para sugá-la para dentro de sua dor sem fundo.

Nesse instante, alunos com pastas e cadernos surgiram ao pé da escada, e a moça atrás do balcão olhou-os sucintamente. Era o fim do turno da manhã. Quando ela se voltou, Aline já tinha ido embora.

...

Afastaram-se daquele bairro arborizado, vizinho ao Centro, rumo à feiura do Centro verdadeiro, onde mesmo as árvores mais altas não passam de mato rasteiro aos pés dos edifícios sujos. Numa esquina, um cheiro súbito e bom: tabaco. Aline, que nunca fumara, mas que reconhecia no tabaco um dos aromas mais pronunciados do corpo do pai, olhou para a vitrina e se deparou com uma bela coleção de estojos lustrosos, latas decoradas e caixas em tons diversos de madeira, dos mais claros aos mais escuros, dispostas com desvelo sobre um corte de feltro vermelho. Num tabuleiro, amostras de pó de diversas cores e granulações, com plaquinhas indicando seus nomes. Numa delas, leu: "rapé". Há quanto tempo não ouvia falar nisso! Alguém na família tinha o hábito de cheirar rapé, alguém muito velho, provavelmente já morto, alguém de quem ela não se lembrava mais, ou que talvez nem tivesse chegado a conhecer. Mas, não, não era o que rapé significava, e sim o *som*, o som da palavra é que tinha capturado a atenção de Aline. Rapé, quase igual a *rapel*. Esta palavra sim, escutara ainda outro dia. *Neste fim de semana vamos fazer rapel*, dissera Olívia em segredo, longe dos ouvidos do pai. Rapel? Aline não fazia ideia do que era, mas logo compreendeu que era perigoso. Você sabe fazer? Vou aprender, ela disse, tem um instrutor que vai junto. É um dos meninos. Vai ser perto de uma cachoeira, na Serra do Mar. E Aline imaginou o paredão, um paredão liso e hostil, como o arranha-céu que tinha agora à sua frente. O olhar subiu até o topo e depois desceu pelas janelas até encontrar as letras em relevo sobre o concreto: Ministério da Previdência Social. Era onde estavam as informações sobre a pensão à qual ela acreditava ter direito após a morte da filha. Alguém havia dito que estavam ali. Ou que parecia que estavam. Alguém no dia da missa de sétimo dia, naquela confusão de frases e abraços e apertos de mão. Vontade de consolar. É bom dar uma olhada nisso, disse a pessoa. No Ministério da Previdência. Perto da universidade, disse outra. Na Visconde com a João Negrão, disse uma terceira, e Aline acabou descobrindo que havia mais de um local onde obter informações sobre assuntos previdenciários.

Escolheu o que se encaixaria melhor no seu itinerário daquele dia.

O objeto da consulta que faria também não lhe parecia muito claro. Aparentemente, tinha direito a uma pensão em razão da morte de Olívia, como a que seu pai deixara para sua mãe e seu avô para sua avó, desde que comprovasse que era dependente econômica da filha. E era mesmo? Não tinha certeza. Ganhava algum dinheiro quando lhe encomendavam doces e salgadinhos, mas não tinha um negócio organizado. Não tinha estrutura nem clientela fixa e, portanto, seus ganhos não eram regulares. O ex-marido ajudava, embora ele próprio vivesse de serviços avulsos, isto e aquilo, aqui e ali. E Olívia era uma joia, uma joia rara e preciosa que contribuía para as despesas de casa desde o dia em que recebeu seu primeiro salário. Mas como provar isso?, Aline pensou, enquanto adentrava o salão imenso e mal iluminado, atulhado de escrivaninhas e cadeiras, muitas delas vazias. Painéis eletrônicos suspensos mostravam as senhas, mas para não dizer que haviam abolido por completo a fila clássica, uma multidão se alinhava logo na entrada, diante de um balcão onde se lia TRIAGEM. Um grande relógio com algarismos arábicos marcava meio dia e meio.

O próximo, disse o atendente, mas as duas mulheres que aguardavam atrás da linha branca não se moveram. Conversavam, distraídas, como se não fosse suficiente a morosidade da fila. O atendente chamou-as pela segunda vez, ao mesmo tempo em que Aline tocou o ombro da mais jovem – pareciam ser mãe e filha. Tinham vindo tratar da pensão que a mãe legaria aos filhos, ou dar entrada na pensão do pai que acabara de morrer. O pai que já se foi, a mãe idosa que em breve partirá, e Aline suspirou, cansada de tentar fugir, cansada até mesmo das estratégias que inventara para enfrentar a dor. Podia antever a sequência de pensamentos que a atormentariam nos próximos minutos, enquanto esperava sua vez: ela, em sua velhice, amparada por Olívia; ela morta e Olívia triste, mas ainda com muito por viver; todas as mulheres em quem ela conseguisse pensar no espaço de um minuto, já idosas e protegidas pelos respectivos filhos; essas mesmas mulheres, já mortas e com os filhos chorando em seus enterros. E não somente cenas imaginadas, mas acontecidas: o dia em ela e Olívia constataram, olhando casualmente para o espelho, que a filha era mais alta do que ela; as vezes em que ela e Moacir, ainda felizes, brincavam de tentar adivinhar quem morreria primeiro, cada qual escolhendo a si mesmo numa prova de amor recíproco.

...

O prédio da Caixa Econômica era tão frio e desolador quanto o do Ministério da Previdência, mas Aline confiava que agora as coisas seriam mais fáceis. Bastaria dizer que Olívia não tinha filhos nem marido e provar que ela e Moacir eram seus pais. Moacir tinha sido bacana ao permitir que ela ficasse com todo o dinheiro do FGTS. Seria arrependimento por ter dito o que disse? Agora estava claro que aquilo tinha sido coisa do momento, da cabeça quente. Ele a amava tanto quanto ela, e se não dava sinais de estar sofrendo é porque não era do seu feitio, assim como não era um tipo propenso a grandes manifestações de alegria. Basicamente a mesma expressão tatuada na cara. Um homem contido, que se limitava a soltar longos suspiros uma ou duas vezes ao dia, sem que ninguém, nem mesmo sua mulher, jamais soubesse que sentimentos eram expelidos junto com o ar dos pulmões.

Após alguns minutos de espera, foram atendidos por um funcionário que ouviu sua história e lhes entregou a relação dos documentos necessários para dar início à solicitação de saque do Fundo de Garantia. Enquanto o homem discorria sobre os procedimentos a serem adotados, referindo-se a um ou outro documento, Aline permaneceu impassível. Mas quando, ao sair da agência, ela apanhou o papel para examiná-lo de perto, a primeira coisa que viu foi o item número cinco, onde se lia ATESTADO DE ÓBITO DO TITULAR FALECIDO. Impotente diante das palavras, ela deu dois passos para trás e se deixou tragar pela parede do edifício. Engolida pelo concreto. O papel talvez tenha caído, a bolsa também. "Óbito" era uma palavra que não lhe dizia nada, mera tradução de "morte" no idioma da burocracia. Mas *atestado de óbito* era um termo demasiado familiar, que ela ouvira muitas vezes durante a vida. Na sua memória havia sempre alguém indo buscar um atestado de óbito em algum lugar. Agora era o presente, e o documento a que a lista se referia era de Olívia. O atestado de óbito de Olívia. Olívia, a filha, a pequena Olívia, tinha agora o seu atestado de óbito. De repente, Aline não sabia o que fazer. O papel voltou a suas mãos, alguém deve tê-lo juntado do chão. Ela planejara buscar o documento naquela tarde, era o item principal da sua lista de tarefas, era o item principal da lista que o funcionário lhe dera, essencial para *dar início à solicitação de saque*. Mas que importância tinha tudo isso?

Em meio às montanhas de concreto e vidro, ela sentiu um improvável raio de sol pousar morno sobre sua bochecha. E então, de repente, como acontece com certos sistemas que no momento de tensão máxima são desativados para evitar o colapso, um pensamento desanuviador surgiu na sua mente, como um relâmpago bem-humorado. Uma piada, uma ridícula piada. *Sabe qual a diferença entre cair do décimo e do primeiro andar de um edifício?* Uma piada que lhe contaram não sabia onde nem quando. *Cair do décimo andar é assim: aaaaaahhhhhh, ploft!!! E cair do primeiro andar é assim: ploft, aaaaaahhhhhh!!!* Tinha achado tanta graça quando escutou que fez questão de memorizá-la para um dia contar aos outros. E eis que agora ela aparecia, no momento mais inadequado, ou mais propício, dependendo do ponto de vista. As mortes do pai e da mãe, após longas enfermidades, eram quedas do décimo andar. A morte do avô Frederico, atropelado quando saía do trabalho, era uma queda do primeiro andar. E Olívia? Caíra de que andar? Aline não tinha a resposta. A teoria que criara para entender o dissabor causado pelas outras perdas não servia para nada agora.

...

A fome perturbava mais que o planejado. Entraram numa pastelaria da Tiradentes e Aline pediu um misto-quente. Deu umas bocadas e largou-o pela metade. Queria permanecer com aquele mínimo de fome, aquele incômodo discreto que pelas próximas duas horas a protegeria da dor grande.

No relógio da catedral, viu que já passava das três. Às cinco teriam que estar na Osório para o encontro com Alexandre. Menino bonito. Alto e magro. Não magricelo, mas também não era do tipo fortão. Olívia era louca por ele.

Mal saíram da pastelaria, Moacir entrou num dos turcos da Tiradentes: Casa Feres. Era ali que a mãe comprava roupas de inverno para Aline e para Augusto. Ao primeiro ar de geada, sobreavisava o pai, e quando o ordenado saía, pegava as crianças pela mão e as levava para provar dezenas de casacos de lã, até encontrar os dois que mais se adequavam aos corpos em crescimento e ao orçamento apertado.

Aline quis alertar para o adiantado da hora, mas Moacir já havia sumido no meio das araras e pilhas de roupas. Reapareceu dentro de um provador, com as cortinas abertas, dando voltas diante do espelho.

Estou precisando de um cinto. O meu estragou a fivela, não tem mais conserto.

O ex-marido sempre tivera algo de rechonchudo, mesmo quando jovem. No auge da magreza, tinha bochechas flácidas.

Aline, o que você acha desse marrom?

As fazendas, as estampas coloridas, davam a ela uma sensação de acolhimento. Uma loja de roupas é um ambiente macio, onde uma pessoa pode cair para qualquer lado e ser amparada por algo fofo.

Gostaria de ver alguma coisa para a senhora? o vendedor perguntou.

Das coisas de Olívia, talvez ela ficasse apenas com dois ou três pares de meias e com o cachecol, que na verdade pertencia à sua mãe, mas do qual a filha se apossara por considerá-lo charmoso. Sabia que Edna e Inácia haviam guardado a sete chaves objetos que pertenceram aos filhos mortos, mas ela não era assim.

Diante da insistência sorridente do homem de barba, Aline entrou no provador carregando duas calças jeans. Por baixo das cortinas, que terminavam a vinte centímetros do chão, viu os pés descalços do ex-marido. Poderia reconhecê-los em qualquer lugar. Ele também estava experimentando calças e agora perguntava alguma coisa ao vendedor com seu inconfundível sotaque do norte.

Mas se o seu propósito era se desfazer das roupas de Olívia, então por que o encontro com Alexandre? Por que reaver as roupas que a filha deixara na casa do rapaz? É verdade que havia livros também, e alguns CDs. Mas quanto às roupas, seria melhor largá-las para trás, a não ser que preferisse ela mesma decidir a quem doá-las. Talvez Alexandre ainda não tivesse saído de casa e ela pudesse lhe telefonar para dizer que ficasse com tudo. Ou então dizer pessoalmente, com o murmúrio do chafariz ao fundo. O que ele faria com elas? Haveria peças íntimas? Evidente que sim, eram amantes. Se ele ficasse com as roupas, levaria mais tempo para esquecê-la, e quando se apaixonasse por outra, teria de explicar o porquê daqueles sutiãs e calcinhas escondidos no guarda-roupa. Um fetiche? Estaria feito o estrago: primeira crise na relação recém-começada.

Aline subiu o zíper e tentou fechar o botão na altura do umbigo. Calça apertada. Forçou e sentiu dor. As entranhas atrás da pele. Pensou nas entranhas de Olívia e, recorrendo a imagens de antigas reportagens do *Fantástico* e do *Globo Repórter*, que tinha arquivadas na memória, procurou adivinhar que aspecto teria a superbactéria: um serzinho afilado agitando-se maquinalmente num ambiente colorido e aquoso, semelhante ao que vira na primeira ecografia feita durante a gravidez. Desabotoou as calças e começou a despi-las. O cinto preto de Olívia, de fivela grande e textura imitando escamas de serpente seria a primeira peça a ser dada. Junto com a mochila de jeans desbotado. Alguém sugerira que ela queimasse tudo, destruísse o que havia sido de Olívia para que não fosse de mais ninguém, e para não ter que passar pelo constrangimento de cruzar na rua com o cinto preto ondulando na cintura de outra moça. Mas Aline, num altruísmo que – assim ela sentia – a elevava um degrau acima da realidade bruta e mesquinha, gostava da ideia de ajudar os mais necessitados. Gostava também de saber que existia gente em situação pior do que a dela. Era um consolo.

Vestiu as calças velhas e ajustou-as ao corpo com um pulinho, como fazia todas as manhãs. Inclusive as manhãs (foram cinco) em que saíam para o hospital, ela e Moacir, o mesmo caminho todos os dias, a mesma paisagem familiar que de repente adquirira um aspecto lúgubre. Na porta da UTI, a enfermeira de semblante revolto a quem tinha medo de fazer perguntas e a quem pedira desculpas no dia em que Olívia, debatendo-se entre sondas e tubos, arrancou-lhe os óculos da cara. Prometeu até pagar o conserto – com que dinheiro? –, mas por sorte os óculos não se quebraram.

Estava cansada de memórias. Era como se estivesse presa por um elástico ao evento mais trágico de sua vida: quanto mais esforço fazia para se afastar, mais violento era o retorno, mais certa a repetição do pesadelo.

Saiu do provador desalentada.

Não se preocupe, disse o vendedor barbudo. Temos todos os números.

...

A folha de papel timbrado tremulava na mão de Aline, agitada pelo sopro do ventilador giratório. No cabeçalho estava escrito: CERTIDÃO DE ÓBITO. E mais abaixo: OLÍVIA DE SOUZA LOPES. O que fazer diante daquelas palavras que não admitiam contestação? E se ela regateasse, se balbuciasse um argumento tímido, o papel nada responderia, apenas continuaria a ostentar a mesma verdade irrefutável. A mulher sentada atrás da escrivaninha – o vento passeava por seus cabelos agora, fazendo flutuar os poucos fios que escapavam do coque rígido – não tinha mais nada a ver com aquilo. A partir do instante em que entregara o documento a Aline, sua tarefa estava concluída, sua participação no caso, encerrada. Nenhuma verdade outra sairia de seus lábios. A única verdade era a que estava ali, inscrita no papel, e este estava nas mãos de Aline.

Ela leu de novo: "certidão". Certidão é o que é certo. Tocou as palavras com os dedos, talvez esperando encontrar a tinta ainda fresca. Desceu a vista num movimento brusco, pulando frases. Não se julgava capaz de ler o conteúdo do documento da maneira usual, linear, então ia colhendo palavras soltas, ao léu. "Causa da morte". No espaço destinado à descrição da causa da morte havia pelo menos uma dezena de palavras, e isso lhe provocou uma estranha pena, como se Olívia tivesse sofrido não um golpe, mas uma saraivada de golpes, um espancamento do qual não teve chance de se defender.

A brisa artificial do ventilador varreu mais uma vez a folha, lambeu os pelos do braço de Aline e partiu, e ela então se deparou com as datas. As duas. 23 de julho de 1988, 27 de março de

2008. Tropeçou nelas como se tropeçasse numa pedra. E ficou no chão, incapaz de reagir, sentido o ar cada vez mais difícil a cada tentativa de abocanhá-lo. Foi sua mente que, numa espécie de reflexo condicionado, se pôs a combinar pares de datas escolhidos aleatoriamente: 1953-2003, 1920-1998, 1950-2003, 1941-1983 – estas eram as do seu pai, chegada e partida. E continuou: 1940-2004, 1993-1999, 2005-2008. Pensou na morte nos estágios iniciais da vida. Começar a falar e começar a morrer, começar a andar e começar a morrer, começar a escrever e começar a morrer, começar a entender e começar a morrer. Pensou em Fernando. Nunca vira a certidão de óbito do irmão. Talvez ela existisse ainda, no fundo de alguma caixa inexplorada. Ficou chocada ao imaginar suas datas dispostas no papel: 1963-1963. Quando era pequena, não entendia a razão daqueles números impressos ao lado dos nomes próprios, às vezes acompanhados de uma estrela e de uma cruz, que via ao se aninhar no colo do pai depois do jantar, enquanto esfrangalhava as páginas do jornal.

...

Na saída do cartório, Aline se deu conta do quanto teriam que andar para encontrar Alexandre, do quanto teriam que andar depois até o carro e do quanto era longo o trajeto até em casa. Contudo, era aprazível o caminho que percorreriam até a Praça Osório, sentindo o coração da cidade bater mais forte a cada passo, numa suave descida. Alexandre os estaria esperando sentado num banco, com uma sacola a seu lado. Ela tentou avaliar a dimensão da sua dor quando visse o volume único em que haviam se resumido os pertences de Olívia. Pensou que talvez fosse melhor não abri-lo nunca. Ou abri-lo logo de uma vez, lá mesmo na praça. Se tentasse, enquanto caminhavam, adivinhar o conteúdo da sacola, poderia mais uma vez antecipar o flagelo, e quem sabe sofrer menos.

Alexandre era um menino dos melhores. Estivera com Olívia em todos os momentos, na cabeceira da sua cama, no hospital, e ao lado do caixão, durante o velório. Por certo, imaginava que viveria muitos anos ao lado dela. Aline esforçou-se para lembrar se alguma vez sentira por Moacir o mesmo grau de paixão que Olívia e Alexandre demonstravam sentir um pelo outro, mas a verdade é que as duas situações não podiam ser comparadas. Ela não passava de uma garota tonta no dia em que saiu de casa para comprar uma chave de fenda (isolada e de ponta chata) para o pai na loja de ferragens da Rua Bocaiúva, e foi atendida pelo filho do dono. Sorriram entre acnes. Ela, timidamente, quase a contragosto, e ele com desenvoltura. Talvez agisse assim com todas as meninas que entravam ali para comprar chaves de fenda isoladas de ponta chata. Sem saber, o pai a enviara ao encontro do futuro marido. Dois homens com muitas coisas em comum, um comprando, outro vendendo ferramentas. Ambos fracassados.

E Alexandre? Será que ele estava para Moacir e Nélson assim como Olívia estava para Aline e as outras mulheres da família? Uma ilha de esperança num mar de frustrações? Disso ela jamais saberia, pois dentro de minutos, assim que lhe entregasse a sacola com as coisas de Olívia, Alexandre iria embora para sempre. Haveria um diálogo, breve e cordial, talvez lacônico. E lágrimas, misturadas aos borrifos do chafariz, que ela se apressaria em secar com o dorso da mão. Um abraço de mãe é o que ela gostaria de lhe dar, mas ele se retrairia, receoso – *agora essa louca vai querer me adotar, e eu tenho a minha vida para refazer*. Então ela recuaria, olhando nos olhos dele para ver se buscavam as moças bonitas da praça, o que irá acontecer, mais cedo ou mais tarde, até que um dia ele se descobrirá novamente apaixonado.

No velório, uma única vez ele se debruçou sobre ela, e depois voltou a chorar amparado pelos pais. Aline e Moacir permaneceram na cabeceira do caixão, recebendo as condolências como anfitriões de uma festa às avessas. Os parentes vinham, abraçavam, diziam coisas sobre Deus e religião e então voltavam aos seus lugares fora do círculo mais íntimo. Aline aceitava os abraços com o corpo enviesado, sem olhar para ninguém além de Olívia. Não queria desperdiçar nem um segundo, nem uma oportunidade de olhar para ela. Naquele instante, o corpo sem vida valia mais do que todas as imagens vivas na memória.

Saindo da Doutor Muricy para o calçadão da XV, Aline lembrou-se dos minutos que passava olhando para ela no hospital, tentando resgatar sua fisionomia perdida sob as sondas que a bisbilhotavam. Perguntou-se para onde vão todas as coisas quando o cérebro para de funcionar, o conhecimento armazenado, as sensações e sentimentos. Achava que tudo se perdia para sempre, ideias complexas apreendidas com esforço, nomes de coisas, palavras em outras línguas, canções, imagens, tudo cessava imediatamente de fluir e em seguida evaporava. Tentava atinar em que a filha pensava em seus momentos de consciência na UTI. Talvez revirasse a mente à procura das coisas que sempre soubera, mas que, por causa da doença e da medicação, teimavam em lhe escapar: o número do fósforo na tabela periódica, os nomes das luas de Marte, o sobrenome de solteira da sua avó paterna, como se diz roxo" em inglês. Por um longo tempo, aquelas informações haviam sido parte indissociável do seu ser, mas de repente pareciam não ter mais importância.

Ao pôr os pés na praça, Aline estremeceu. Que grau de consciência teria tido Olívia sobre o que estava acontecendo? No princípio, sentiu medo. Um medo escuro, maciço, que no instante seguinte conviveu com alguma dose de esperança, mas que retornou com força total quando ela percebeu que não melhorava, que continuava no mesmo lugar e que as caras à sua volta não eram boas. Por fim, no último estágio, o estágio da dor e do desconforto extremos, o medo desapareceu por completo, vencido pela vontade de morrer. Em que momento Olívia teria começado a desejar a morte? Num delírio, numa madrugada fria, durante uma sessão de visitas? Teria antes lamentado seu destino? Ou protestado contra ele, como era próprio do seu temperamento? Teria tido tempo de se despedir das coisas em pensamento? Não, era ainda muito jovem para aceitar que o mundo continuaria a existir sem ela, tal como existira antes do seu nascimento.

Quando saiu do transe, Aline percebeu que caminhava em linha reta na direção de Alexandre. Ele a esperava de pé, com a sacola no chão à sua frente. Faltavam vinte segundos para ela começar a se despedir dele.

...

Na escuridão crescente do interior do automóvel, Moacir xingava o mundo. Ao voltar à travessa estreita onde deixara o carro, encontrara uma multa presa no limpador de para-brisa: oitenta reais, a serem pagos até o fim do mês. Aline ia abraçada à sacola de plástico com os pertences de Olívia. Trocara o convívio com Alexandre por um punhado de roupas e CDs e tinha a impressão de que a troca a faria perder a filha ainda mais.

Todas as tarefas do dia haviam sido realizadas, deixando uma inútil sensação de dever cumprido. Agora ela teria papéis organizados, roupas para doar aos pobres e, quem sabe, um dinheirinho a mais para seguir vivendo. Mas nada disso fazia sentido. Certa vez pensou que a ideia de morrer só é tolerável quando os filhos, ou pelo menos um filho, está presente na hora da sua morte, dando a ilusão de que tudo continua. A vida dos pais se prolonga na dos filhos, este é o sentido de tudo. Pai e mãe existem para serem usados e jogados fora, e é a própria natureza quem se encarrega de atirá-los no lixo. A morte de Olívia antes da sua fora um erro terrível.

8 DE ABRIL DE 2008

O Pedido

Com a tesoura, Úrsula atacava os cabelos brancos de Inácia sob o olhar intermitente de Marli, que costurava sentada no sofá grande. A empregada andava de um lado para o outro, transportando roupas sujas do banheiro para a área de serviço, roupas passadas da área de serviço para os quartos, lavadas do varal para a área de serviço, molhadas da máquina de lavar para o varal. Tudo sob a algazarra de dois aparelhos de TV, um instalado na sala e outro no quarto de Aurélio. E ainda havia mais pela casa, no quarto de Inácia e na área de serviço, este último uma caixinha microscópica, em preto e branco, provavelmente o menor modelo que havia na loja.

Úrsula cuidava de Inácia como se ela fosse sua mãe, enquanto sua mãe verdadeira observava e dava palpites:

Não corte tanto a franja, Úrsula. Tire mais nas orelhas.

Não Marli, essa franja fica caindo na testa, me atrapalha, disse Inácia.

Fazia sete meses que Úrsula dedicava a Inácia boa parte de seu tempo livre. Com os filhos já crescidos e o marido aposentado e entediado, ela se dividia entre os dois netos, a mãe idosa, os bolos que preparava e a tia, que convencera a sair do hospital diretamente para a casa da irmã. Antes disso, ela já devotava enorme atenção a Inácia e aos tios que viviam em Santa Catarina. Preocupava-se com o bem-estar deles e se afligia com seu envelhecimento, a marcha veloz e inexorável para a morte. A exceção era o pai. Por ele Úrsula não perdia o sono, e ainda se exasperava com o barulho ensurdecedor da TV que vinha do cômodo onde ele passava seus dias. Ninguém entrava lá, a não ser Cibele. Era ela quem apertava o play logo cedo, ao levar o café com bolachas Maria que ele pedia para tomar na cama. O aparelho funcionava até altas horas da noite, quando era desativado por um certeiro golpe de bengala.

As mechas cobriam como flocos de neve o chão perto de Inácia. Úrsula levantou a tesoura no ar, deu um passo em direção à janela e olhou para o varal. Viu que estava carregado de roupas secas, sem espaço, portanto, para as roupas molhadas que aguardavam dentro de uma tina. Cibele era capaz de realizar diversas tarefas ao mesmo tempo, mas não tinha a menor noção de método.

Ué, já acabou? reclamou Inácia após dez segundos sem o toque da sobrinha em seus cabelos. Era bom sentir o carinho que se escondia nas brechas do trabalho prático, no atrito do pente contra o couro cabeludo, no puxar de fios para que a tesoura os cortasse. Antes era Edna quem fazia esse trabalho. Depois que a filha morreu, Aline passou a fazê-lo, mas seu toque era áspero, como se cada gesto estivesse comprometido por um rancor antigo. Nenhuma ternura física, ou mesmo verbal, provinha daqueles descendentes, embora muitas vezes eles a surpreendessem com atitudes protetoras, acompanhadas, é verdade, de palavras gélidas e não raro sarcásticas, numa combinação que deixava Inácia desorientada. Podia imaginar a cena. Ela concentrada na faina de todo o dia, carregando o bujão de gás, quando, de repente, um susto: Aline – ou até mesmo Augusto, que nunca dava as caras – surgindo do nada com um grito de protesto e uma gargalhada debochada, *Êêêêê, vó!*, seguida de uma crítica, *Vai acabar se machucando!*, e, por fim, do gesto acolhedor, *Deixa que eu faço isso pra senhora.* E Inácia aceitava de bom grado, comovida até, reconhecendo o afago apesar da distância do corpo. Só Frederico era capaz de mimá-la sem recorrer a subterfúgios, com simplicidade, enrolando os dedos nos cachos de seus cabelos enquanto viam televisão, assistidos por quem estivesse presente. Ninguém aprendeu nada vendo aquilo.

A tesoura mordeu a franja duas vezes, fazendo os cachos rolarem pela toalha que cobria o peito de Inácia. Úrsula afastou-se outra vez, agora na direção da cozinha.

Só um pouquinho, tia. Tenho que ver se a Cibele untou a fôrma que eu pedi. Vou fazer um bolo que um amigo meu encomendou. É um cara que é vereador.

A importância do freguês fez com que Inácia aceitasse a nova ausência sem resmungar. Depois de alguns minutos, Úrsula voltou com os lábios apertados, numa expressão exagerada de contrariedade.

Não sabe fazer nada direito, murmurou entre dentes, quase sucumbindo ao pensamento fácil de que se quisesse algo bem feito teria que fazê-lo ela mesma. Mas era bom ter alguém que resolvesse as coisas para ela, ainda que o trabalho da criada não primasse pela eficiência. Há poucas semanas, ela se distraiu passando roupa e queimou o vestido de chenile estampado, um de seus favoritos. Úrsula se irritou a ponto de pensar em mandá-la embora, mas logo reconsiderou: a moça era pobre, indicação de uma amiga, não custava muito, onde arranjaria outra? A verdade é que a vida de hoje era muito diferente da de outrora (gostava da palavra *outrora*). Há quarenta anos, sua mãe é quem era a empregada, fazendo das tripas coração para cuidar da casa e oferecer aos cinco filhos uma vida decente. Dez anos depois, era ela mesma, zelando pelo bem-estar de Amauri e dos garotos, dando uma força para a mãe e ainda encontrando tempo para sonhar em fazer faculdade.

Ai! Entrou um cabelo no meu olho! queixou-se Inácia, amuada ao perceber a sobrinha imersa em elucubrações. Necessitava sempre da máxima atenção.

Calma, tia, já vou tirar. O seu cabelo está lindo. Nunca vi um cabelo tão bonito. A senhora não tinha o cabelo assim quando veio aqui pra casa.

É que eles não cortavam direito lá no hospital.

Nem antes, né, tia? A gente cuida direitinho da senhora, não cuida?

Cuidam, cuidam sim, admitiu Inácia, sentindo que pisara em terreno movediço. De modo algum poderia desdenhar os esforços de Úrsula e Marli, de quem recebera assistência e carinho desde que saíra do hospital após operar-se de uma ferida na perna esquerda. Por outro lado, jamais pensaria em trair quatro décadas de convivência com Aline. Ela era sua neta querida e tinha olhos idênticos aos de Edna, e o mesmo jeito de escondê-los baixando a cabeça.

Úrsula assombrava Inácia com histórias sobre a maneira como Aline abandonara a casa ao deus-dará. Disse que passou por lá um dia e viu o mato se insinuando através das grades do portão, mato de dentro namorando o mato de fora. E que a fachada estava suja e a pintura descascada. E que o telhado era uma goteira só. Abalada demais para perguntar o que Úrsula tinha ido fazer lá e como conseguiu ver a chuva entrar pelo telhado, Inácia apenas sacudia a cabeça, transtornada, querendo e ao mesmo tempo não querendo voltar para casa.

Úrsula deu a última tesourada e voou até o banheiro. Voltou com o espelhinho que o pai usava para fazer a barba no quarto e segurou-o diante de Inácia.

Não estou vendo nada!

Deu dois passos para o lado e apanhou os óculos que havia deixado no parapeito da janela, checou a situação do varal – agora sim, com mais roupas molhadas do que secas –, retornou à posição original e instalou a velha armação transparente no rosto da tia, que já estava emburrada.

Uma fofa!

Úrsula também tinha medo. Inácia era teimosa e instável, melindrava-se por qualquer motivo e, se cismasse de ir embora, ainda que não pudesse se locomover sozinha, seria impossível detê-la. Úrsula precisava dela para mostrar ao mundo que era uma mulher responsável, bem-sucedida e, acima de tudo, capaz de estender a mão aos necessitados.

Úrsula, minha perna está doendo.

Com a assistência de Cibele, Úrsula colocou Inácia de volta em sua cadeira de rodas. O apoio para os pés facilitava a circulação sanguínea e ajudava a aliviar a dor.

Eu nunca mais vou andar, ela resmungou. Eu não devia ter tomado aquele vento gelado aquela vez no quintal da tua casa. E o banco rasgado do carro do Moacir. Abriu um buraco na minha perna. Dois dias depois que a Edna morreu, coitadinha. A Edna e agora a Olívia. Por que, meu Deus? Será que foi alguém que não gostava da Olívia, Marli? Alguém que tinha inveja e que resolveu fazer alguma coisa contra ela?

Cibele ajeitava as almofadas, uma nas costas, outra entre o flanco direito de Inácia e o braço da cadeira, quando se ouviu o tamborilar da chuva na vidraça.

Ui, que barulho gelado! arrepiou-se a velha, sentindo frio com o ruído dos pingos.

Marli permanecia impassível, nenhum movimento além do necessário para arrematar a saia de lã, com a qual pretendia enfrentar o inverno, e espiar a TV por cima dos óculos. Enquanto isso, Inácia se angustiava em silêncio, nervosa com a iminência de mais uma visita ao médico. Da última vez, não gostou quando o doutor apalpou com força sua panturrilha, nem quando se calou ao ser perguntado sobre quanto tempo ela levaria para voltar a andar. É possível que ele não tivesse ouvido a pergunta, mas de qualquer modo ela preferiu não insistir.

A intensidade da chuva aumentou, e Inácia rezou para que Aline estivesse bem abrigada dentro do ônibus ou debaixo de uma marquise. Logo ela estaria ali para vê-la. De repente, uma trovoada trouxe a esperança de que o mau tempo a impedisse de sair de casa naquela tarde, mas quando Úrsula cruzou a sala, apressada e sem dizer nada, Inácia teve certeza de que a sobrinha estava às voltas com os preparativos para ir ao médico. Em breve ela teria que se arrumar também, ou melhor, *ser arrumada*, içada da cadeira por Cibele enquanto Úrsula lhe enfiava as calças por cima do pijama. Estava gorda. Sentia na respiração das duas moças, ao vesti-la, uma ponta de irritação.

Úrsula voltou à sala e Inácia pensou em lhe perguntar as horas, mas não teve tempo, pois a sobrinha logo desapareceu na cozinha com um pano de prato nas mãos. Será que pretendia assar o bolo antes de sair? Inácia queria que ela parasse o que estava fazendo e começasse logo a aprontá-la. Abominava a ideia de ir ao médico, mas detestava ainda mais a possibilidade de faltar à consulta. Tinha perguntas importantes a fazer. Queria saber quanto tempo de vida ainda lhe restava. Mas era bem possível que agora, estando ela dois meses mais velha do que no dia da última consulta, o médico estivesse ainda menos propenso a lhe responder. Inácia gelou. A este pensamento somaram-se as imagens de Aline perambulando na chuva e da casa abandonada pilhada por ladrões e vagabundos, e assim a ansiedade de Inácia chegou ao ponto de explodir. Foi quando a campainha tocou, e Úrsula apareceu para atender.

...

Um dia depois de ter ido ao Centro com Moacir, Aline tomou dois ônibus e atravessou a cidade para visitar a avó. Antes, almoçou arroz com ovo frito e ervilhas em lata e bebeu um copo de guaraná. Ao sair de casa, teve o cuidado de deixar acesas as luzes da sala e do pátio.

No primeiro ônibus, que ia de Santa Quitéria para a Praça Rui Barbosa, encontrou lugar assim que passou a roleta, mas na altura da Getúlio Vargas com a República Argentina, cedeu-o a uma mulher com um bebê de colo. Ali, o ônibus costumava lotar com passageiros que, por morarem perto do Centro, tinham o hábito de almoçar em casa. Quando a mulher com o bebê entrou, a maioria dos que estavam sentados fingiu não vê-la. Incapazes de uma gentileza, dizia o avô Frederico sobre os habitantes daquela terra, e Aline quase ia esquecendo que ela mesma era um deles. Quanto menos contato, melhor – esse era o lema. Mas o bebê, inocente, queria todo o contato do mundo e, de pé no colo da mãe, tentava se comunicar com cada rosto que entrava em seu radar. Ao ver a animação da criança, Aline foi tomada por uma onda de amor que a fez se sentir muito próxima da avó, a mulher impertinente que ela não compreendia, mas com quem agora compartilhava um universo. A diferença entre as duas é que Aline não teria como repor sua perda. Não poderia fazer o que Inácia fez quando recebeu Fernando em sua casa, nem o que Edna fez quando concebeu Aline em pleno luto. Se para Edna Aline era o plano B, para Inácia ela era o plano C. Amores de segunda e terceira mãos. Peça de restituição fabricada numa noite que ela imaginava triste. Qual teria sido a consequência disso sobre seu caráter? Um espermatozoide melancólico fecundando um óvulo deprimido. O resultado não podia ser bom.

Enquanto caminhava da Rui Barbosa para a Santos Andrade, Aline foi tomada por uma improvável euforia. Sentia que ela e Inácia eram cúmplices, estavam juntas no mesmo barco. Agora que entendia as adversidades pelas quais a avó passara, esta também seria capaz de entender suas urgências e desejos mais secretos. Eram duas mulheres perdidas no mundo e que poderiam enfim se consolar. Assim, encorajada pela certeza de que Inácia estava ao seu lado, Aline viu a vontade tímida de deixar a casa em que habitava se transformar numa decisão. Ao entrar no segundo ônibus, estava determinada a chegar em casa à noite e separar as coisas que ficariam das coisas que levaria consigo para algum lugar – as coisas *ficáveis* e as coisas *leváveis*. Encararia os móveis e as louças, os bibelôs, os álbuns de fotografia, as cartas poeirentas, as roupas, desafiaria os eletrodomésticos, as provisões da despensa, os artigos de limpeza, lutaria com fios e cabides, os sórdidos fios e cabides que se enroscariam uns nos outros, nas pregas das roupas, nas pernas dos móveis, nas alças, nas asas, nos pelos, nos cabelos, nos puxadores, nas maçanetas e nas dobradiças, mas que desta vez não a impediriam de partir.

Teve o impulso de iniciar a mudança imediatamente, mas o ônibus já estava chegando ao seu destino. A avó a aguardava para levá-la ao médico junto com Úrsula.

Parou na porta e tocou a campainha. Sentia fome. Olhou para o lado e viu o jardim bem cuidado. Na sua casa, a grama de tão alta não dava mais pé para as flores.

...

Sentada no sofá ao lado de Marli, estava uma mulher de pouco mais de sessenta anos, bebendo um copo de água com açúcar.

Dona Sônia, disse Úrsula num tom cerimonioso, esta é minha prima Aline.

Não houve apertos de mão. A mulher limitou-se a levantar os olhos arregalados enquanto bebia um gole, e em seguida desandou a falar. Na verdade, aquele não era o início de seu relato, mas o meio. Aline percebeu que havia lágrimas em seus olhos.

Eram onze horas da manhã, Dona Sônia disse, mal conseguindo respirar. A bicicleta não era dele, era de um coleguinha. A pasta com os livros caiu no chão, os livros se espalharam no asfalto, a pasta devia estar aberta. Ligaram do hospital na hora do almoço. Minha filha está lá agora, saiu correndo, nem almoçar almoçou. Ai, meu Deus!

Calma Dona Sônia, disse Úrsula, apanhando o copo vazio. Quer mais água?

Ela telefonou a mulher continuou, e disse que o médico falou que o estado dele é grave. O carro freou em cima, não acertou em cheio, mas quando ele caiu, bateu com a cabeça no asfalto.

Esses motoristas são umas pragas, disse Marli.

O coleguinha disse que não foi culpa do motorista. O Matheus é que atravessou fora da faixa e sem olhar pro lado, foi o que ele disse. Estava segurando o guidão da bicicleta, a pasta, um sorvete, tudo ao mesmo tempo, nem viu se vinha carro, minha filha disse. Esse coleguinha foi quem contou tudo pra ela. Ele estava lá, no hospital.

Meu Deus!, suspirou Inácia.

O guarda-pó estava todo manchado de sangue! a mulher anunciou antes de cair em prantos e ser consolada por Úrsula e Marli.

Aline sentou-se numa cadeira ao lado da cadeira de rodas da avó. O que aconteceu? perguntou cochichando. Quem é ela?

É a vizinha da Marli, respondeu Inácia. O neto dela foi atropelado hoje de manhã na escola.

Não se preocupe, disse Marli. Ele vai ficar bem.

Talvez tenha sido só um ferimento superficial, disse Úrsula.

A maneira como a prima a apresentou à vizinha era para Aline mais uma prova de sua arrogância. Ela falava como se fosse uma ricaça de telenovela, uma daquelas anfitriãs que recebem convidados chiques. Mas o pior de tudo foi o desrespeito de dizer "Dona Sônia, esta é minha prima Aline", quando o correto seria "Dona Sônia, Aline; Aline, Dona Sônia". Aqueles modos eram a prova do juízo que Úrsula e sua família faziam dela: achavam que era uma coitada, incapaz de cuidar de uma velha doente. Mas, quem te viu, quem te vê – Aline desafiou-a em pensamento –: todo mundo sabia que a tia Marli passava noites e noites em claro debruçada sobre a máquina de costura, reformando roupas velhas porque o marido não tinha dinheiro para comprar novas. E por falar no tio Aurélio, onde estaria ele naquele momento? Escondido no quarto?

De repente, Aline viu Dona Sônia se levantar para ir embora, escoltada por Úrsula, Marli e Cibele – esta última à frente, correndo para abrir a porta. Só então ela se aproximou da avó e lhe deu um beijo, mais carinhoso que de costume, um beijo repleto de solidariedade.

Os sentimentos de Aline eram contraditórios: ao mesmo tempo em que ela se beneficiara da ausência de Inácia, ficando livre de uma série de obrigações e podendo levar a vida sozinha ao lado de Olívia, a insinuação de que não tinha competência para cuidar da avó, ou mesmo de que não *queria* cuidar dela, a exasperava.

Quantos anos tem o menino? ela perguntou às duas que voltavam da porta.

Doze ou treze, respondeu Marli.

Treze, disse Úrsula. Ele está na oitava série.

Ele estava voltando da escola?

Estava, disse Marli. A Dona Sônia disse que ligaram do hospital na hora do almoço.

Sim, mãe, mas ela disse que o acidente aconteceu às onze horas. Até o menino dar entrada no hospital, receber o primeiro atendimento, já era meio-dia. Foi a hora em que ligaram.

Então ele estava cabulando aula, disse Inácia.

Será? disse Marli.

É mesmo, disse Úrsula. E a Dona Sônia não falou porque, afinal, ela é avó; não quis admitir que o rapaz estava fazendo coisa errada.

Aposto que se ele não estivesse matando aula isso não teria acontecido, opinou Inácia.

Vai ver estava matando desde cedo, disse Marli. Talvez não tenha assistido nenhuma aula hoje.

Pode ter sido culpa do colega que estava com ele, disse Úrsula. Ele pode ter convencido o Matheus a gazear aula. Ficaram andando de bicicleta e aí aconteceu o pior.

Mas a Dona Sônia disse que ele é um menino bem-comportado na escola, disse Marli.

Como é que ela sabe? disse Aline. Talvez ele já tenha feito isso muitas vezes. Talvez tenha sido ele quem convenceu o colega a matar aula pra andar de bicicleta.

À medida que aumentava a gravidade do delito estudantil, a tragédia ia ficando mais branda, e as mulheres, sobretudo Inácia, mais conformadas. Aline lembrou-se dos tempos em que lia a Tribuna do Paraná que o pai levava para casa na hora do almoço, com suas reportagens sobre acidentes de trânsito, assassinatos e violência sexual. Lembrou-se das palavras que lia pela primeira vez no jornal e depois checava no dicionário de Augusto: traumatismo, engavetamento, latrocínio, degolada, seviciada, currada. As palavras e descrições de crimes sexuais eram as que mais a impressionavam. Depois de cada choque, ela tentava recompor a ordem no universo. Lia "moça violada no matagal" e imaginava que a moça tinha se assanhado para o tarado, ou que, mesmo recatada, estava usando uma saia um pouco curta demais. Lia "trabalhador morto em assalto" e imaginava que aquele homem, quando chegava em casa à noite, batia na mulher e nos filhos. Prédios desabando, casas incendiadas, corpos em adiantado estado de putrefação ou esmagados entre as ferragens dos veículos faziam do mundo um lugar medonho, e ela precisava acreditar que essas desgraças só aconteciam por descuido da vítima, ou mesmo por falha de caráter. E se nenhuma falha fosse detectável a olho nu, Aline se convencia de que havia uma culpa secreta, um pecado antigo que justificaria o infortúnio.

Você se lembra, Nicinha, de quando um carro quase pegou o Clóvis aquela vez em São Joaquim? disse Marli. Ele era bem pequeno e se soltou da mão do papai.

Eu lembro, disse Inácia. O papai ficou uma fera e foi lá tirar satisfação com o motorista. O senhor não olha por onde anda?, ele disse.

Marli sorriu da memória comum, animada pelo espírito de família que sempre baixava nas conversas entre as duas.

A que horas é o médico? perguntou Aline.

Que médico? disse Úrsula, retardando a resposta para maximizar seu efeito devastador.

O médico da vó.

O médico foi ontem. Eu levei a tia.

E, após uma breve pausa:

Ele disse que ela está bem. Vai precisar fazer fisioterapia pra estimular a circulação, mas eu já falei com uma moça que é fisioterapeuta, uma conhecida da Betinha. Ela começa semana que vem.

Quem era Betinha? pensou Aline, mal conseguindo esconder seu espanto e sua mágoa.

Inácia não pareceu surpresa. Abriu um sorriso ao perceber que tinha se livrado do médico.

Ela quer me sacanear, pensou Aline. Essa idiota pretensiosa. Ela se acha a protetora dos desamparados, só porque tem um pouco de dinheiro, que nem é dela, é do marido. O marido de quem ela fala mal pra todo mundo. Uma vergonha. E vai à missa todo domingo. Fazer o que lá? De que adianta pedir perdão pelos pecados e depois cometer outros? Idiota pretensiosa. Ela acha que vai pro céu depois que morrer, mas eu queria só ver a cara dela quando chegar a hora e ela descobrir que foi parar no inferno!

Ao longe, alguém chamou seu nome.

Ou então ela vai descobrir que depois da morte não existe nada. Nada.

Aline! disse Inácia. Você se lembrou de deixar as luzes da garagem acesas?

Sim, vó, respondeu aproximando mais sua cadeira da cadeira de rodas. Eu sempre deixo quando saio.

Esquecera-se por completo do médico. Como isso pôde acontecer? E o pior é que enquanto a avó sofria com mãos apertando sua panturrilha, ela estava na loja provando calças jeans. Mas, pensando bem, não tinha certeza de ter sido informada sobre a data da consulta. Talvez Úrsula tivesse deixado de avisá-la – de propósito? –, ou até mesmo lhe passado a data errada. Talvez estivesse mentindo ao dizer que a consulta tinha sido ontem, já que Inácia parecia não ter condições de confirmar ou desmentir o fato. A prima era capaz de tudo – ou quase tudo, afinal, o temor a Deus devia servir para alguma coisa. Mas o importante é que a avó não estava chateada com ela. Aliás, ela sentia que nunca haviam estado tão próximas. Sentadas lado a lado, contemplavam o chão, seus olhares de mães inconsoláveis encontrando-se na mesma mancha de café sobre o carpete, até que Inácia as interrompeu:

Você regou as flores? Com esta estiagem, tem que regar todo dia.

Reguei, vó.

Mal sabia ela que o jardim tinha virado mato e que Aline não tinha o menor ânimo para limpá-lo.

O vô regava as flores todo dia quando era a época da seca.

Ao ver Úrsula entrar na sala amarrando o avental na cintura, Aline subiu o tom de voz.

A senhora não está usando o relógio, vó?

Não, ele estragou de novo, é uma porcaria.

Eu posso levar pra consertar se a senhora quiser.

Não precisa, minha filha. Ele está com a Úrsula, ela disse que ia levar. Você já levou, Úrsula, o relógio?

Ainda não, tia, eu vou levá-lo a uma relojoaria que tem aqui perto. Eu conheço o cara, ele me faz um preço bem camarada. Mas é que eu não tive tempo ainda. Ontem nós fomos ao médico e hoje eu tenho que fazer um bolo pra um amigo meu que é vereador.

O pai de Úrsula. Ao lembrar-se dele, Aline voltou a ouvir o ruído que vinha do quarto, uma mistura dissonante de música e vozes que abafava todos os outros sons da casa. A vergonha da família. Daqui a pouco sairia de seu refúgio para ir ao banheiro, amparado por Cibele. Como ele fazia durante a noite? Aline sempre o teve como louco, foi esse o julgamento que herdou dos pais e dos avós, sobretudo de Frederico. Mas agora cogitava se as loucas não seriam elas, Úrsula e Marli.

Os rapazes ela raramente via, e quando via, eles a tratavam com cordialidade. Ela achava que o motivo da reclusão do tio não era o desprezo da família por ele, mas o desprezo *dele* pela família. Não que o homem não fosse maluco também, mas foram elas que o enlouqueceram com sua obsessão por grandeza, sua mania de querer dar o passo maior do que as pernas. de ter o que não podiam. Obrigaram-no a fazer o que não queria, a se humilhar, pedir favores, como pediu ao avô Frederico. Aurélio era um homem soberbo, de convicções desmedidas. Só porque a avó passou o esfregão na calçada que ele sujou com seus sapatos, ofendeu-se mortalmente. Isso aconteceu muito antes dela nascer, mas todos na sua casa conheciam a rixa.

Úrsula não sabia desses detalhes. O que ela devia saber era o que Aurélio lhe contou quando voltou a Porto Alegre. Algum enredo espetaculoso e melodramático, que a fez ter dó do pai, um sentimento que ao longo dos anos competiu com a vergonha e o ódio. E tudo porque Inácia limpou a calçada onde ela havia pisado.

Confiante de que tinha acesso a algo que para Úrsula era um mistério insondável, Aline aprumou-se na cadeira, abandonando sua postura habitualmente arqueada, e teve forças para aturar mais um surto de ostentação da prima.

Bem, vocês me dão licença. Eu vou pra cozinha, tenho que entregar o bolo pro meu amigo amanhã cedo.

Cibele colocou o último pote de biscoitos sobre a mesa e foi para a cozinha ajudá-la.

Vamos tomar café, convidou Marli com um gesto generoso ao lado da mesa farta.

Não tia, obrigada, estou sem fome.

Não faça assim, menina. Você precisa se alimentar, já emagreceu muito nestes dias.

A preocupação da tia sensibilizou Aline, que sentiu todos os ocos do seu rosto serem invadidos pelas lágrimas.

A estratégia de manter o corpo ao alcance da fome se desmilinguiu diante da mão estendida, da demonstração mais elementar de apreço.

A Úrsula não vem agora, disse Marli. Nicinha, vamos pôr tua cadeira aqui, perto da mesa. Venham.

Aline tomou café com leite e suco de laranja, comeu pão com manteiga, cuque e bolacha Maria com geleia. Depois, cortou uma fatia de pão-bengala e ficou molhando no café, enquanto Marli falava. A fala monótona e ininterrupta da tia distraía seus pensamentos.

De repente, a campainha soou. Marli permaneceu onde estava e Úrsula surgiu ansiosa, desembaraçando-se do avental. Quando chegou perto da porta, parou. A campainha tocou mais uma vez. Sem se mover, Úrsula gritou por Cibele, que entrou secando as mãos no seu avental, estabanada, como numa cena de *Os Três Patetas*.

Atenda, ordenou Úrsula.

Cibele obedeceu e ali estava Dona Sônia, com os olhos ainda mais esbugalhados do que antes, contando que naquele momento o menino estava sendo operado de um coágulo no cérebro.

...

Morangos grandes. Picar bem. Espalhá-los pela superfície do bolo junto com as nozes e a baunilha. Preparar o chantili à parte. Açúcar de confeiteiro. O pai costumava comprar nos tempos da confeitaria. Trabalhou nisso também, por alguns meses, lá no Rio Grande. A massa ficou boa, firme e sem formar crosta. Aquele breve segundo de resistência antes de os dentes penetrarem o interior macio e úmido. Era agradável pensar nessas coisas enquanto ouvia o rumor da água jorrando da torneira. Às vezes achava que Cibele gastava água demais, não sabia economizar. Mas o som tinha o poder de transportá-la para longe. Murmúrio de fonte, correnteza de rio, tranquilidade e paz de espírito. Bem longe disso estavam agora Dona Sônia e sua família. Coitados, que Deus os abençoe. Anotou: incluí-los em suas orações. Será uma longa e dura recuperação para o menino, ela pensou – isso se ele conseguir sobreviver. Muitos ficam bobos, debiloides. O primo do Amauri, que é médico, contava casos de pacientes que passavam o resto de suas vidas na cama, vegetando. O primo do Amauri dava jantares elegantes na casa dele, e a mulher, Elenice, servia chá numa bandeja de prata.

O livre fluir do pensamento só era interrompido pelo choque de pratos e copos dentro da pia. Essa menina devia tomar mais cuidado, pensou Úrsula. Trabalhava ali havia poucos meses e já tinha quebrado dois copos e uma saladeira. Mas aquelas eram peças ordinárias. Outra coisa era quando vinham os tios lá do Sul e ela mandava Cibele apanhar no armário a louça mais fina, presente que ela mesma dera aos pais no dia em que eles fizeram bodas de ouro. Um novo estalo – pires e talheres se engalfinhando no escorredor de louça –, e Úrsula teve vontade de gritar. Mas se conteve. Voltou a atenção ao que tinha debaixo do nariz: bater o chantili com o açúcar, o café e a baunilha. Não desejava a ninguém o que Aline estava passando. Não conseguia imaginar o que faria se estivesse no lugar dela. E, no entanto, a expressão do rosto da prima pouco mudara: o mesmo ar de enfado, os traços caídos, como se fossem escorrer até o chão.

A verdade é que era fantástico poder contar com uma empregada. A mãe bem que precisava descansar um pouco, tirar seu cochilo no fim da tarde. Úrsula se espantava com a capacidade que ela tinha de dormir por menos de uma hora e acordar bem-disposta, novinha em folha. Pena o quarto dela ser tão apertado, quase um quartinho de empregada. Os aposentos do casal acabaram ficando com o pai. Era um absurdo, ela achava, mas foi a mãe quem quis assim. Eu saio, ela disse, ele que fique com o quarto todo pra ele. E nunca mais entrou lá. Ninguém entrava lá, a não ser Cibele, para limpar. Cibele falava sozinha. Uma espécie de mantra que o ruído da água – outro de seus benefícios – abafava. Era uma fala sussurrada, incompreensível, que devia ter algo a ver com a religião, evangélica. Úrsula tinha dificuldade em entender que pudesse haver outra crença, embora respeitasse o espiritismo. Paulo, o primo médico do Amauri, era espírita.

Cibele tinha um certo ar de superioridade por ser evangélica, como se se considerasse moralmente acima dos católicos. Mas então como explicar que da primeira vez que ficou sozinha em casa – o pai, no quarto, não contava – ela tenha usado sem autorização o creme facial da mãe?! Onde estava o desapego pelos bens materiais? Cibele fechou a torneira. Por trás do cicio da flanela sobre a pia, entreouviam-se as vozes de Aline e Inácia, cuja baixa intensidade indicava que as duas não estavam mais na sala. Úrsula inquietou-se e foi se instalar com sua vasilha na extremidade da pia mais próxima da porta. Apurou os ouvidos, mas não conseguia distinguir nada do que elas falavam. De repente, uma frase soou acima de todas as outras, e ela parou de fazer o que estava fazendo. Enfiou a cara dentro da sala: vazia, a TV apagada. A TV do pai também em silêncio – talvez cochilasse com ele. Entrou e sentou-se no sofá, apanhou uma revista e começou a folheá-la. Já terminara de fazer o bolo e estava descansando um pouco – era o que diria, se necessário. Percebia-se agora que a voz monocórdia pertencia a Aline, e que Inácia se limitava a breves interjeições nas pausas do que parecia ser uma longa argumentação. Mesmo estando mais perto, porém, Úrsula ainda não era capaz de decifrar o conteúdo da conversa, e, assim, largou a revista e se esgueirou pelo corredor até encontrar um lugar seguro ao lado da porta.

Não, disse Inácia.

Houve uma pausa maior do que as anteriores.

Não é certo deixar a casa sozinha. Os ladrões vão vir que nem enxame de abelhas, vão entrar, roubar as coisas.

Aline permaneceu muda. Tinha a expectativa de que, solidária, a avó a apoiasse em todas as suas decisões. Imaginou que ela estaria pensando mais do que nos dias que sucederam à morte de Lucas, e no que poderia fazer para diminuir o sofrimento da neta. Mas, em vez disso, ela estava preocupada com a casa.

É só por umas noites, vó, até as coisas acalmarem. Depois eu volto.

O plano de Aline de passar alguns dias na casa de uma amiga aterrorizava Inácia, e a promessa de que a neta voltaria tinha pouco valor para ela. Era a promessa de alguém que não tinha condições de prometer nada, alguém que de tão fragilizada não podia se responsabilizar por suas próprias palavras. Mesmo que não fosse esse seu intento, havia nela um grande potencial para a traição. Quando Aline acordasse num quarto que não era o seu, olhando para uma parede de outra cor e vestindo roupas emprestadas, tomaria a decisão de não voltar.

Mas é lá que é a nossa casa, choramingou a velha, que sentia as coisas fugirem ao seu controle. Lá estão as coisas da tua mãe, da Olívia, do vô, as lembranças. É preciso respeitar os que se foram.

Aline ouvia calada. O silêncio do espanto com a reação de Inácia, tão diferente do que ela esperava, dera vez ao silêncio da submissão, do medo de confrontar a autoridade que a avó reafirmava em cada palavra.

De onde eles estão, eles estão vendo, ela disse.

Faltava coragem para dizer que na sua vez a avó fizera o contrário do que estava exigindo dela. Quando Lucas morreu, Inácia fugiu, obrigou o marido a mudar de cidade por não suportar conviver com a tragédia que passara a fazer parte da própria paisagem que os cercava. Não era justo, agora, pedir que Aline ficasse.

Senão, pra onde é que eu vou quando minha perna estiver boa e eu não precisar mais ficar aqui? Se você sair de lá vai ser como matá-los outra vez. Matar as memórias.

Cabisbaixa e boquiaberta, Aline não conseguia esboçar reação.

No corredor, Úrsula organizava as ideias. Tentaria convencer a tia de que seria saudável Aline passar uns dias fora, espairecer um pouco, a amiga estava convidando, não custava nada aceitar o carinho de quem se preocupa com a gente. Deu dois passos mansos para trás. Entraria depressa no quarto e as chamaria para voltar à sala, a novela das seis estava para começar.

Quando Úrsula entrou, Aline ergueu a cabeça. *Você estava escutando atrás da porta, sua metida?*, era o que diziam seus olhos vermelhos. Úrsula então desviou o olhar para Inácia, esperando que a tia a conduzisse para dentro da conversa.

A Aline vai sair da nossa casa! disse Inácia sem rodeios.

Por um segundo, Aline acreditou que contaria com a aprovação de Úrsula, afinal, se saísse definitivamente de casa, a avó desamparada ficaria sob a tutela da prima, que assim poderia mostrar ao mundo sua generosidade e sua competência para cuidar de velhinhas doentes. Úrsula, porém, viu que o abatimento de Aline não era menor do que em tantas outras ocasiões. Havia uma uniformidade no seu estado de ânimo, ajustado num nível baixíssimo e que quase não se alterava mesmo diante da dor mais pungente. Assim, sentiu evaporar sua compaixão. Desapareceu o desejo sincero de que a outra pudesse aplacar seu tormento, superar o caos em que sua vida se convertera. Sentiu raiva e desprezo, misturados à tristeza que lhe causava pensar na sorte de Inácia, sempre tão sofrida, vítima do desleixo da filha e dos netos. E agora ainda correndo o risco de se ver despojada de sua própria casa. O que aquela cabeça oca iria fazer? Deixar o mato devorar tudo? Dilapidar o único patrimônio? E quando a tia quisesse voltar?

Úrsula acreditava que isso iria acontecer um dia, o que não seria de todo ruim, afinal, a senhorinha tão querida de cabelos de algodão dava uma trabalheira tremenda. Ranheta. Choramingas. Sofria de flatulência. Era horrível pensar nisso, mas Úrsula não podia evitar.

Mas e as coisas da tia? disse Úrsula em tom de reprimenda. Se a casa ficar sem ninguém vai atrair os maloqueiros. Acho que isso não é legal, Aline.

Sim, ela estava escutando atrás da porta, Aline concluiu.

Úrsula na verdade estava confusa. Tentou considerar todas as variáveis. Se Aline sumisse no mundo, Inácia ficaria ali para sempre. Não seria uma escolha, mas uma obrigação. Com sua rabugice e teimosia, e mais os puns, as fraldas geriátricas e as despesas com médicos e remédios. Aline não contribuía com nada, não tinha onde cair morta, e Augusto – quem sabia por onde andava o neto desnaturado? Mas se Aline permanecesse na casa, a tia iria querer voltar assim que a perna estivesse curada. A verdade, no entanto, é que a perna não ficaria curada, e, se por um milagre ficasse, com a ferida cicatrizando totalmente, era óbvio que ela nunca mais voltaria a andar e que outros obstáculos surgiriam no caminho, efeitos colaterais, novas doenças, surpresas desagradáveis como monstros num trem fantasma. Não há cura para a velhice. De qualquer maneira, ainda não era hora da tia ir embora. Antes ela tinha que ficar boa, mesmo que fosse para ficar ruim no dia seguinte, o que era mais do que provável. Úrsula haveria de devolvê-la com a perna limpinha, o cabelo bem aparado, as unhas feitas e as roupas perfumadas. Quem mais faria isso por ela? Aline? Augusto? Nem mesmo Edna, se estivesse viva. Nem os irmãos de Santa Catarina. E então, depois de uma temporada aos cuidados da sobrinha, Inácia poderia partir, voltar com dignidade ao lugar que considerava seu pouso.

Encaminharam-se para a sala, onde Marli as esperava com a TV ligada. Nada foi dito durante a primeira parte da novela, mas no intervalo comercial, aproveitando o volume mais alto da transmissão, Aline tentou retomar a conversa privada com Inácia:

Não entendo por que a senhora não esquece aquela casa. Não foi a senhora quem quis sair de lá?

Mas foi o médico quem recomendou.

O médico?

É... Não foi, Úrsula, o médico quem disse pra eu vir pra cá por uns tempos, até a perna ficar boa?

Úrsula virou-se para Aline e piscou um olho em busca de cumplicidade. *A tia inventa cada uma!,* era o que queria dizer.

Aline sabia que Inácia tinha a imaginação solta – *a cabeça um pouco fraca,* conforme difundido pelo avô ao longo dos anos. Ela teria ficado assim quando Lucas morreu, e não seria agora, aos oitenta e seis anos de idade, que as coisas mudariam. Mas Aline também sabia que a prima era ardilosa.

Foi o médico, sim, Inácia insistiu.

A novela recomeçou. Diálogos histéricos, música hipnótica e a brutalidade dos anúncios comerciais compunham a trilha sonora de qualquer acontecimento na vida daquela família. Desde as disputas mais ásperas até as trocas mais delicadas, tudo era sublinhado pelo estardalhaço permanente da programação de TV.

Você não falou que foi o médico quem disse, Úrsula? insistiu Inácia, mas a sobrinha já estava na cozinha dando os últimos retoques no bolo. Ela não falou, Marli?

O quê? disse a irmã com os olhos fixos na tela.

Não foi a Úrsula, ou você, não me lembro, quem disse que o médico falou que era melhor eu vir pra cá cuidar da minha perna, porque ele achava que em casa eu não teria condições de ficar boa?

Não, não fui eu, disse Marli esforçando-se para parecer concentrada no diálogo entre Henrique e Raquel, personagens de *Desejo Proibido.*

Aline lembrou-se de uma tarde de domingo na Santa Casa, quando ao voltar da lanchonete encontrou o médico e a enfermeira saindo do quarto da avó. O doutor foi antipático com ela, mal respondeu às suas perguntas. Quando ela entrou no quarto, Marli estava lá e tinha todas as informações que o médico não se dignou a lhe dar. Na ocasião, não suspeitou de nada, mas agora havia essa conversa da avó, a tal recomendação para que fosse convalescer na casa da irmã. Ela olhou para Marli, que continuava com os olhos vidrados na tela, a coluna reta, os braços junto ao corpo como que para não ser atingida pelas palavras que cruzavam a sala como projéteis. Úrsula enviava ruídos da cozinha, sinalizando estar muito ocupada. Foi então que Aline, para espanto de Inácia, que acompanhou o movimento com o olhar, levantou-se da cadeira bruscamente. Em questão de segundos, as coisas tinham ficado mais claras do que nunca para ela. O ar desenxabido de Marli no quarto do hospital. O desinteresse do médico em lhe dar informações. Todo um plano arquitetado nas suas costas. Estava claro que as duas tinham ido falar mal dela para o médico, atestar sua falta de aptidão para cuidar de Inácia. Mas os médicos não se intrometem nesses assuntos. Pouco lhes importa o que acontece com o paciente depois que recebe alta. O doutor não disse nada, foram elas que inventaram tudo. Contaram a história da recomendação para convencer Inácia a vir com elas, a princípio para se restabelecer da cirurgia, mas depois, quem sabe? Pois que ficassem com ela para sempre! Agora, o plano sórdido de Úrsula podia ser visto sem lupa: fingia que concordava com Inácia, indignava-se com o movimento de Aline para sair de casa, ainda que por poucos dias, mas na realidade torcia para que ela saísse, de modo que a velha não tivesse outro teto senão aquele oferecido por elas, menos por bondade do que como retaliação pela vergonha de um dia terem precisado de ajuda.

Aline encarou a avó duramente, de cima para baixo, e recebeu como resposta um olhar estupefato, cuja flacidez não disfarçava a rigidez do seu coração. Um coração desabitado, ou melhor dizendo, onde todos os habitantes estavam mortos. No coração de Inácia não havia lugar para os vivos.

...

Eu vou ficar lá, sim, não vou sair nem pra comprar pão, aliás, não saio mais nem pra vir aqui, o que a senhora acha de eu não vir mais aqui?, e a partir de hoje só vou dormir no quarto dela, abraçada ao travesseiro, enrolada nos lençóis infectados com o cheiro dela, o cheiro dos últimos dias, pesado, azedo, pois acho que isso vai me fazer bem, vai me ajudar a tomar um rumo na vida, não é disso que eu preciso?, não é disso que a pobrezinha da Aline precisa?, tomar um rumo na vida?

Aline pensava na falta de reação da avó, na expressão atônita de quem não atinava com o que estava escutando. Pigarreava como se fosse dizer alguma coisa, mas não dizia nada, os olhos salientes no fundo dos óculos. Era evidente que ela não sabia se Aline falava sério ou se brincava de dizer o contrário do que queria dizer. A voz grave, até mesmo rude não indicava que aquilo fosse uma brincadeira, mas, por outro lado, as coisas que ela dizia não faziam sentido. Dormir aspirando os cheiros da doença de Olívia! Aquilo era estranho e macabro, uma coisa demoníaca que fez Inácia se preocupar com a saúde mental e espiritual da neta.

Aline apoiou as costas no poste de luz que ficava diante de casa. Largou no chão a bolsa e a sacola que trouxera da tia, com um pedaço de bolo e roupas de Inácia que não serviam mais. De não andar, a avó estava cada vez mais gorda. Não conseguia parar de pensar nela, pasma com o que ouvia, espremendo os olhos num esforço inútil de compreensão. Sentiu culpa pelo sofrimento daqueles olhos apertados. A avó em nenhum momento percebeu sua ironia e Aline sentia-se agora como um lobo enganando uma ovelhinha. Aprendera a ser irônica vendo filmes e novelas na televisão. Gostava daquele jeito diferente e tortuoso de dizer as coisas, que servia bem ao seu medo de dizê-las com clareza. Mas a ironia também é uma punhalada que se dá no outro atravessando antes o corpo de quem a desfere, e que muitas vezes nem chega a atingir seu alvo, como no caso de Inácia, que escapou ilesa a ponto de logo em seguida olhar para Aline e, com toda calma e segurança, perguntar: *Então, você vai dormir lá hoje, né?*

Ela meditou sobre a casa. A luz da sala indicava que alguém assistia à TV, alguém que naquele momento poderia estar na cozinha ou no banheiro, mas que em breve retornaria à solidão estreita do sofá. A luz da garagem vazia, por sua vez, indicava que alguém era esperado, e Aline tentou imaginar-se lá dentro à espera de Olívia. Viu-se na sala, recebendo a notícia de sua morte – uma fantasia apenas, pois foi numa saleta branca do hospital que lhe contaram. Imaginada por Aline, a mulher, que estava sentada, se levanta, depois se senta de novo, e chora com as mãos no rosto. Ninguém de fora a vê. A vida segue normal na rua e na vizinhança. Se fosse como nos gibis da sua infância, o mundo estremeceria, balões pipocariam no ar repletos de onomatopeias e interjeições terríveis. Mas a vida real não é assim.

Ela olhou para cima e viu gotas finas contra a luz do poste, um começo de garoa. Deu um passo instintivo em direção à casa, mas se deteve. *A casa não pode ficar sozinha.* Despedira-se da avó com cordialidade, apesar do acesso de ironia. *Você tem que dormir lá essa noite* foram as últimas palavras, ditas com suavidade ao seu ouvido. A verdade é que passar todas as noites ali não a atemorizava tanto quanto passar *aquela* noite. O futuro existia para que as pessoas se acostumassem às dificuldades, mas aquela noite ainda era o presente, e com ele Aline não era capaz de lidar.

Voltou para debaixo da lâmpada, buscando abrigo. A casa da Tânia ficava a dois quilômetros dali. Ela poderia pegar o ônibus, mas também não seria um problema ir a pé, ficar bem cansada, tomar um banho e dormir. A amiga estava à sua espera, o jantar reconfortante sobre o fogão. Ir ou ficar. Ir ou morrer – mas não fisicamente; ela sabia que continuaria vivendo, assim como Inácia continuou vivendo depois de Edna, e Edna depois de Fernando. Mas ambas haviam sido exímias em morrer, morrendo incontáveis vezes de tédio e inércia. Só Olívia morrera uma única vez, física e definitivamente.

Ir ou ficar. Ficar (ali, parada junto ao poste) ou entrar na casa e dormir, com a avó queria. Cansada, fechou os olhos. Em seguida, abriu-os e olhou para o alto, vendo a garoa engrossar.

8 DE ABRIL DE 2008

Monólogos

Cibele apagou a luz e deixou Inácia sozinha no quarto escuro. A cama estreita, aliada à ruína do corpo, dificultava seus movimentos, agora limitados ao pescoço, capaz de se mover para os lados, para frente e para trás, afundando a cabeça no travesseiro, e às mãos, estas sim, donas de razoável autonomia e ainda aptas a acariciar seus cabelos, coçar partes do corpo não muito remotas, afastar insetos do rosto e, sobretudo, se entrelaçar para executar as preces do fim do dia. A casa estava silenciosa, e mesmo a TV de Aurélio não se ouvia mais. Úrsula, depois de produzir algum ruído na cozinha, também sossegou. A sobrinha não parava nunca de fazer coisas, e Inácia a admirava por isso. A verdade é que ela herdou mais traços de mim do que da Marli, Inácia pensou, mais do que a Edna herdou de mim, e talvez mais até do que o Lucas, embora fosse impossível ter certeza, Lucas era apenas um menino quando morreu. Inácia tinha a impressão de ser a única acordada naquela hora, o que a deixava insegura. Ave-Maria cheia de graça o senhor é convosco bendito sois vós entre as mulheres bendito é o fruto do vosso ventre Jesus Santa Maria mãe de Deus rogai por nós os pecadores agora e na hora de nossa morte amém! As palavras vinham num jorro único, estancando o pensamento. Em seguida, o Pai-Nosso, às vezes entoado mais de uma vez, e então, depois do derradeiro amém, ela começava a pensar em pessoas e coisas, momento que considerava ainda parte da prece, pois seu propósito era pedir pelos familiares, vivos e mortos, por sua saúde, felicidade e salvação. Aos que tinham morrido há mais tempo, os quais ela dava por salvos e bem alojados no Reino dos Céus, Inácia pedia que intercedessem junto ao Todo-Poderoso pela bonança dos que ainda penavam na Terra. Era uma maneira de fazer contato, matar saudades, reencontrar os amores que haviam partido. Mas, ainda assim, era ambígua sua reação à possibilidade de em breve ir juntar-se a eles. Ora ela se comovia com a possibilidade de voltar a ter Lucas nos braços e de sentir seus cabelos acariciados pelas mãos de Frederico, ora repelia com horror a ideia de deixar o mundo que a cercava, do qual faziam parte as bolachas molhadas no café preto e a lembrança do sol matinal iluminando as figueiras no quintal de casa.

Que Deus proteja a Carminha, ela pedia, tão abatida desde que perdeu o Percival. E que Deus proteja o William, que agora está morando sozinho, fazendo faculdade em Florianópolis. E que Nossa Senhora ilumine o Eustaquinho, que está matando seu pai de desgosto, andando em más companhias, embriagando-se pelos bares e boates. E que São Judas Tadeu dê forças para a Norma vencer o câncer no pulmão. E que Deus me ajude a ficar boa e voltar logo pra casa. E que Santo Antônio não deixe nenhum ladrão entrar lá na ausência da Aline. E que Nossa Senhora não permita que Aline se mude pra casa dessa amiga. De repente, Inácia se deu conta de que não era o William quem estava em Florianópolis, e sim o filho do William, neto do Clóvis, como era mesmo o nome dele? Ela havia esquecido, essas gerações mais novas, nomes difíceis de recordar. Mas os irmãos continuavam intactos na memória, com seus nomes, rostos, preferências e manias: Carminha, Lorna, Nestor – já falecido, tão jovem –, Marli, Ercílio – morto também, na estrada, na Serra do Rio do Rastro, cheia de jamantas e cerração, eu sempre disse que era perigoso dirigir ali –, Clóvis, Dinorá. Recordava até mesmo os timbres das suas vozes. Eram parecidas as vozes dos irmãos homens, e ao mesmo tempo parecidas com a voz do papai, lembro bem. Como é possível? As vozes dos homens parecem ser todas a mesma voz, de tal modo que quando Lucas tossia, de madrugada, ela pensava estar ouvindo a tosse de seu próprio pai, e quando Frederico tossia, ela pensava estar ouvindo a tosse de Lucas, um mesmo som ecoando através das décadas. E que Nossa Senhora guarde a alma do meu pequeno, meu anjinho Lucas, eu logo, logo vou estar aí pra pegar você no colo, meu mimosinho, meu abençoadinho Lucas. E suspirou, imaginando-se num lugar de atmosfera serena, com cores pastéis e anjos de asas enormes flutuando, luminosos. Pensou sentir o perfume que sua mãe usava quando era uma moça bonita de vinte e cinco anos e carregava no colo seu bebê de nome Inácia. Ela estaria lá também. Assim como seu pai, como Nestor e Ercílio, como Frederico, Edna e Lucas. As lembranças do filho haviam se modificado com o passar do tempo. Agora eram apenas saudade, vontade de estar com ele, sentir seu hálito, a pele suave que a vida na eternidade não arruinara, pelo contrário. No começo, não. No começo ela não conseguia dormir, por mais que tivesse se esfalfado ao longo do dia. Quando a luz se apagava, as imagens que ela não queria ver, antes ofuscadas pela luz do sol ou da lâmpada, apareciam com toda nitidez. Mas agora era raro Inácia ser perturbada por lembranças como a que surgiu da última vez em que foi ao médico com Úrsula e Cibele, e, sentada no banco da frente do automóvel, viu aquele menino atravessar a rua correndo, fora da faixa, confiante demais em sua velocidade, obrigando Úrsula a frear e provocar um solavanco que fez com que se desprendesse da sua memória a antiga cena – o corpo do menino lançado no espaço, pela primeira vez fora de seu alcance –, enquanto o menino da rua, do tempo presente, desaparecia entre os pedestres, na calçada. Lucas soltara-se da sua mão, pequeno demais para atravessar a rua sozinho. As apalpadelas do médico na sua perna doeram menos daquela vez.

A dor do atropelamento era maior, reapareceu com força nunca vista, de tal modo que quando o médico lhe negou um prognóstico sobre o tempo de vida que lhe restava, ela não ficou tão angustiada: viver significava continuar a sentir o que estava sentindo naquele momento, prolongar o cenário de conforto erguido sobre os escombros do desconforto, ao passo que morrer lhe daria a possibilidade de repetir o que fizera de bom na vida, abraçar Lucas, segurar firme a sua mão e desta vez não deixá-lo fugir.

No dia seguinte, começaram a chegar os parentes, vindos de outras cidades, chorosos e famintos, era quase hora do almoço. Contavam mais de trinta, espalhados pelos cômodos da casa, sentados sob as árvores do quintal com seus pratos no colo. Passava das duas e meia quando ela conseguiu terminar o almoço e servir toda aquela gente. Algumas irmãs e primas ajudaram, outras preferiam conversar, acalentá-la com palavras, acalentarem-se umas as outras. Inácia não havia dormido, tinha as pernas bambas, como se os encaixes estivessem frouxos, e as mãos trêmulas, como chamas ao vento. Dois pratos se quebraram. Edna recolheu os cacos, varrendo a superfície da pia com uma espátula, e atirou-os no lixo. As pessoas continuaram a chegar às dúzias, famílias inteiras, inclusive crianças, o que mais eu poderia fazer senão café e, depois, escolher o arroz e botar os legumes para cozer? Algumas das mulheres ajudaram a dar uma arrumada na casa, juntando roupas e objetos dispersos. Eu mal reconhecia os rostos, não sabia os nomes, uma premonição do que é ser velho. Quando cansou de vê-los, aquela multidão de narizes, bocas e sobrancelhas, afetados por expressões de abalo e comiseração, interagindo e se misturando diante de seus olhos, Inácia meteu a cara nas panelas, trocando as carnes flácidas e lacrimejantes dos familiares e vizinhos pelo guisado de carne com legumes, uma receita simples e proveitosa, propícia para a ocasião, capaz de calar mil bocas famintas. Edna, a seu lado, cortava as cenouras, as batatas, o coxão mole em cubinhos. E não chorava.

Não era fácil, naquela altura da vida, manter a mente concentrada por muito tempo num único assunto, e quando as memórias do velório de Lucas se dissiparam, Inácia começou a rezar o Credo. Em seguida, passou ao Salve-Rainha, até que a palavra "desterro" lhe trouxe uma longínqua recordação de infância. A professora loura, de sardas no rosto, de pé diante da classe, a geada embaçando as vidraças, o vento gelado entrando pelas gretas das janelas, e o ensinamento: *Nossa Senhora do Desterro era como se chamava antigamente a cidade de Florianópolis, capital do nosso estado.* A cena, por muito tempo esquecida, surgia com impressionante nitidez na sua memória, e era isto que lhe causava maior espanto: se por um lado era difícil manter-se concentrada, por outro, sua memória parecia cada dia mais viva e pulsante. Invocava acontecimentos da infância e da adolescência, da vida com Frederico, da maternidade e da convivência com os irmãos mais novos, com os netos e a bisneta. Lembrou-se da primeira vez que fez amor, num hotel de Gramado, na viagem de lua de mel paga pelo pai. Lembrou-se de uma prima que jamais se casou e que, condenada a morrer sem conhecer um homem, passou, já na maturidade, a falar palavrões compulsivamente, recheando cada frase com as maiores indecências, bosta, merda, vai pra puta que o pariu, até tomar no cu ela mandava. Lembrou-se de quando começou a desconfiar de que Edna podia estar grávida do namorado, aquele rapaz magrinho que não tinha onde cair morto. Um dia a filha pediu dinheiro para comprar roupas novas e comprou manequins maiores do que costumava usar. Tiveram que se casar, melhor assim. Frederico bateu o pé, exigiu, mas a verdade é que eles queriam mesmo viver juntos. Lembrou-se de que mais tarde, após algum tempo de contato diário com o genro e esporádico com sua família, ela ouviu dizer que a mãe de Nélson havia sido mulher da vida, que numa certa época se prostituiu para dar de comer aos filhos. Era uma daquelas histórias que ninguém sabe quem contou, nem para quem foi contada – um dos irmãos do Nélson poderia ter deixado escapar numa conversa à mesa, ou o próprio Nélson poderia ter confessado a Edna –, algo semelhante ao que acontece num fuzilamento, em que nunca se sabe de qual fuzil partiu a bala, que, no entanto, sempre cumpre sua função. E foi mesmo o de um fuzilamento o efeito que aquela notícia teve sobre ela e Frederico, que, todavia, se calaram sobre o assunto, recusando-se inclusive a pensar sobre ele, até o dia em que souberam que Nélson jamais perdoara a mãe, só aceitando fazê-lo, a pedido de Edna, no seu leito de morte. Que Deus o proteja, que o guarde bem a Seu lado. E que Nossa Senhora olhe por Aline e Augusto, que sofreram tanto com a morte do pai, no dia 8 de dezembro de 1983, uma quinta-feira calorenta e nublada, lembro como se fosse hoje. Os irmãos de Nélson acudiram ao velório, Dona Neiva com uma cacharrel preta e um medalhão da Sagrada Família no peito. Seus pais já haviam morrido, e que Deus os ampare também, mesmo a mãe tendo sido o que foi, meu coração é grande.

Inácia começou a perceber que a cada instante sua memória desencavava novos tesouros, episódios que julgava extraviados para sempre, e isso fazia com que ela quisesse adiar ao máximo a hora de dormir, como uma criança excitada com seus brinquedos. Até as lembranças que lhe traziam dor adquiriam um aspecto positivo, e eram recebidas como um presente que alguém lhe enviara de longe. Talvez ela já tivesse mesmo cruzado a última fronteira e chegado a um ponto de onde podia contemplar tudo o que vivera, uma espécie de mirante. A memória a rejuvenescia. Era como se agregasse ao seu presente a energia de outros tempos, de todos os tempos, como se os fragmentos soltos pelo caminho se unissem novamente ao seu ser.

Foi quando um pensamento louco cruzou sua mente: e se ao invés de recordar uma coisa de cada vez, ela tentasse recordar-se de todas ao mesmo tempo? De quando era menina, de quando namorava Frederico, de quando mudou para Curitiba, de quando entrou na menopausa, da operação de vesícula? Se pensasse em todas essas coisas bem depressa, talvez pudesse apreciá-las simultaneamente, e assim tivesse uma ideia completa do que fora sua vida. A vida passando diante dos olhos, como dizem que acontece quando a gente está morrendo, só que sem esta última parte. E não se tratava só dos fatos acontecidos, mas também do que ela havia *sido* nesse e naquele período, seu caráter, seus sentimentos e até mesmo sua aparência física. Pensou nos cabelos, que já tinham sido muito pretos – quem diria, a velhinha da cabecinha de algodão –, e longos, contidos em grossas tranças, e que depois se tornaram brancos da noite para o dia. Eram negros no dia em que Lucas vivia e brancos no dia seguinte, quando ele estava morto. Não havia espelho à mão naquela hora, mas Inácia acreditava que eles tivessem embranquecido a caminho do pronto-socorro, e se nada foi dito pelos socorristas da ambulância em que ela se aboletou ao lado do menino machucado, era porque julgaram impertinente dirigir-lhe um olhar curioso e dizer *Senhora, seus cabelos estão ficando brancos*. Ou então, quem sabe, tenha sido na sala de espera que os fios alvejaram de vez, na presença do médico e das enfermeiras, que, compungidos, nada quiseram comentar. Pensou nas casas em que morou, avançando e retrocedendo velozmente no tempo. A casa do sítio em São Joaquim, que não se localizava em São Joaquim e nem mesmo perto, e que tampouco ficava perto de qualquer outra cidade. A casa alugada no Alto da XV, onde o caminhão com placa de Lages descarregou os caixotes de mudança diante uma Inácia atordoada. A casa de dois andares, no bairro elegante de São Joaquim, a melhor em que já habitou. A casa de

Santa Quitéria, erguida palmo a palmo por Frederico, com o auxílio do primo Sebastião. Os vizinhos: Dona Leoni, da casa da Vila Izabel, antipática no início, mas que acabou se mostrando prestimosa ao aplicar injeções em Aline e Augusto quando eles estavam gripados demais para ir à farmácia; Dona Lourdes, que organizava a procissão do Mês de Maria em Santa Quitéria; Josiane, a menina que enticava com Edna através do muro gradeado da casa de São Joaquim; olhares anônimos a perfurar as cortinas das janelas vizinhas enquanto os homens descarregavam o caminhão. Era uma maneira insólita de evocar o passado, diferente daquela a que ela se entregava quando, sentada em sua cadeira de rodas perto da janela, era visitada por imagens com distintos graus de clareza, dependendo do ponto do passado em que estivessem situadas. Agora, as imagens surgiam todas ao mesmo tempo e com *igual* clareza. Talvez ela até ousasse dizer que quanto mais antigas eram as memórias, mais límpidas lhe pareciam. E não havia hierarquia entre elas, nenhuma valia mais do que a outra, nenhuma casa, nenhuma cidade, nenhuma das inúmeras Inácias que haviam habitado aquele corpo agora decrépito. Mas, se por um lado lhe causava assombro ter diante de si múltiplas representações da sua vida – como, por exemplo, todas as vezes em que dispôs a mobília na sala de uma casa nova, ou todas as vezes em que viu Aline entrar pela porta, desde a chegada da maternidade, nos braços de Edna, até o retorno após a separação de Moacir –, por outro, era muito difícil, senão impossível, mantê-las todas encerradas naquele compartimento onde se reúnem as coisas pensadas. Alguma sempre escapulia, e quando Inácia conseguia capturá-la, outra já havia evaporado. Algo como ter muitos filhos e querê-los sempre por perto, mesmo depois de crescidos, barbados, casados e grávidos, façanha que, por incrível que pudesse parecer, seus irmãos haviam conseguido. Clóvis com seus sete rebentos, Lorna com seis, todos habitando o mesmo bairro e aglomerando-se nos fins de semana ao redor da mesa e da TV paternas, feito quando eram moleques. Eu fui a única que só teve dois, Inácia refletiu. E ainda assim, perdi um. Isso fez com que tudo fosse muito diferente na nossa casa. Nada de tumulto ao redor da mesa, aquela farra de mãos avançando sobre as panelas. Cada um almoçava no seu canto, cuidava da sua vida. Acho que eu poderia dizer que os meus eram mais independentes.

Num movimento desastrado de seu braço, Inácia derrubou o despertador da mesinha de cabeceira. Praga!, exclamou baixinho, e esperou. Atraídas pelo barulho, Úrsula ou Cibele entrariam no quarto a qualquer momento. Mas isso não aconteceu, e ela viu todas as relíquias resgatadas do seu passado irem aos poucos desvanecendo, dando lugar a um único sentimento mesquinho: o medo de ficar sozinha. Este, por sua vez, a fez pensar no medo de nunca mais voltar para casa, e, após minutos de grande escuridão, ela resolveu que era preciso falar com Aline. Dar-lhe um belo puxão de orelhas, convencê-la de uma vez por todas de que não podia sair. Faria isso amanhã mesmo, por telefone. Ou pediria à neta que fosse vê-la para que pudessem conversar. Chamaria Cibele agora e pediria a ela que não a deixasse esquecer. Logo cedo. Que lhe trouxesse na cama o telefone sem fio. Não entendia por que nenhuma das duas tinha aparecido. Será que não ouviram a barulheira do relógio se espatifando no chão? Aline sabia ser cruel, aliás, como todos eles, Augusto e Edna também. Havia neles um jeito de dizer as coisas, um humor áspero, leviano, que os levava a rir das maiores desgraças, como quando Inácia contou que Ercílio seria sepultado numa das gavetas do jazigo da família, e eles fizeram troça com a palavra gaveta só porque é o nome do lugar onde se guardam coisas, lápis, colheres e tantas outras. Era o enterro do Ercílio e eles achando graça, os dois animaizinhos, cegos de ódio e de ignorância, zombando do tio deles sem fazer a menor ideia do quanto ofendiam as pessoas com aquela besteira. E nem eram mais tão crianças, Aline já devia ter uns catorze e Augusto doze. De certo modo, puxaram ao pai, que gostava de fazer piada de tudo, até mesmo do que era mais sagrado. Nélson – Inácia sabia – queria levar Edna e os meninos embora, para uma casa só deles, longe dela e de Frederico. Mas a verdade é que nunca teve coragem. Um covarde, isso é o que ele era. Os dois, aliás. Edna sempre com medo da própria sombra. E Aline, herdeira de ambos, voltou duas vezes, duas vezes ela voltou pedindo arrego, e cada vez que ela ressurgia, com suas sacolas cheias de roupas e tranqueiras, Inácia sentia raiva e pena, vontade de abrigá-la sob o teto e dentro dos seus braços, e debaixo das cobertas, que na ausência da neta permaneciam a postos na prateleira mais alta do guarda-roupa. Ao mesmo tempo, Inácia sentia um enorme cansaço pela repetição daquela presença silenciosa, que pouco cooperava para a alegria da casa. Lavavam a louça juntas, as três mulheres. Edna enxugava e guardava, as mãos cada vez mais trêmulas, enquanto Aline lavava só o que fora usado por ela e por Olívia. Fazia questão, não queria dar trabalho nem margem a falatórios. Mas a verdade é que tudo não passava de provocação de uma menina egoísta e birrenta. Sabiam pouco da vida aquelas moças, não faziam ideia do que era sofrer de verdade, por anos a fio. Edna tinha perdido Fernando, e isso fora uma provação. E agora, Aline. Mas o luto de Inácia era algo crônico, que existia desde sempre e nunca iria passar. Esse é o meu segredo, ela desabafou, apertando o rosário entre os dedos. Eu sei que todos sabem que eu tive um filho e o perdi, mas nada foi dito por mim. Souberam por outros meios, cochichos, fofocas, até mesmo por frases que Frederico deixou escapar, mas nada que tivesse saído da minha boca. Não era coisa para se falar. Quem estava lá, viu, depois aquilo acabou, ficou só dentro de mim. Ficou em Edna também, mas nela era algo mais da cabeça, do pensamento, enquanto em mim corria pelo corpo inteiro, como se eu tivesse passado a ser feita daquilo, daquele oco.

Uma manhã na casa da Vila Isabel, Aline e Augusto brincavam no chão da cozinha quando Inácia teve um de seus acessos de cólera. O motivo foi o leite que ela esqueceu no fogo e que se derramou sobre as bocas do fogão. As crianças chisparam para o quintal, e, minutos mais tarde, ela ouviu suas vozes tremidas através da parede, sussurando no ouvido de Edna: *Mamãe, por que a vovó fala tanto palavrão? Por que ela está sempre tão brava?* Por que sempre tão brava, era a pergunta que ela se fazia agora, quarenta anos depois, no meio de uma noite que a queda do relógio no chão deixara ainda mais lenta. Por que, afinal, ela passara a vida brigando com o leite, com a chuva? Qual o sentido de se lamentar por tudo se tudo era infinitamente menor do que a morte de Lucas? Não deveria ser o contrário? A lâmpada queimada, a bainha descosturada, o cachorro molhado saracoteando casa adentro não seriam merecedores da sua mais absoluta indiferença? Estranhamente, não era assim que as coisas funcionavam. A chuva que caía no exato instante em que ela botava o pé para fora de casa a fazia blasfemar por dois dias. Era como se em cada pequeno revés do cotidiano Inácia diluísse um pouco do seu desencanto. A chuva, longe de ser a causa real de seus problemas, era a testa de ferro da dor que não podia se revelar. Enquanto isso, suas irmãs sobejavam, na fecundidade e nas graças alcançadas. Talvez fosse a proximidade delas com Deus o motivo pelo qual dúzias de criaturas saídas de suas barrigas haviam prosperado, sem que tivessem recebido mais cuidados do ela própria dedicara aos seus. Embora fosse reconfortante para Inácia ter uma multidão de gente por perto, sempre a adular a tia boazinha, ela tinha que admitir que doía esbarrar neles em tantos casamentos e batizados, conviver com aquela exuberância que tornava ainda mais evidente sua míngua pessoal. Se ao menos elas não fossem tão férteis, pensou, invejando as irmãs. Mas não era culpa delas, pobrezinhas, não é o tipo de coisa que alguém faça de propósito. Elas apenas faziam o que o padre mandava, e os maridos queriam, ou seja, deitar-se com estes e obedecer àqueles no que dizia respeito ao uso de métodos contraceptivos. E sempre tão meigas, tão atenciosas, não havia como não gostar delas. Deus é que não simpatizava com Inácia, não ia com a sua cara. E por razões que ela não atinava. Deus não ia com a sua cara e por isso lhe tomara os filhos, o marido, a saúde da perna, e agora queria deixá-la sem casa. Deus era um grande filho da puta.

Inácia quase engasgou com a própria saliva. Tinha ido longe demais. Fora criada para temer Deus, logo, não podia sequer esboçar um pensamento como aquele. Pôs-se a rezar Ave-Marias e Pais-Nossos a toda velocidade e em grande quantidade, como quem apaga um incêndio. Teve medo de que Cibele ou Úrsula entrassem no quarto e a vissem naquele estado, como quem acabou de cometer um crime, a faca ensanguentada na mão. Mas, quando os nervos se acalmaram, ela voltou a se aborrecer com o descaso das duas. E se ela tivesse uma crise, daquelas em que a vítima não consegue nem mesmo gritar? A única forma de pedir socorro seria derrubar um objeto para chamar a atenção, o que não surtiria efeito, visto o exemplo do relógio. Inácia compreendeu que não podia estar tranquila nem por um minuto – a morte a espreitava. Pensando bem, aí estava um ponto positivo de Aline, uma vantagem sobre Úrsula: enquanto a neta não tinha capacidade nem vontade de cuidar dela, e admitia isso, deixando que fosse morar na casa da Marli sem fazer nada para impedi-lo, Úrsula alardeava aos quatro ventos ter assumido a missão de zelar pela tia adorada, só que não cumpria o prometido. Não se pode mesmo confiar em ninguém, foi sua amarga conclusão. Úrsula, mais do que os meninos, era igualzinha ao pai, sujeito ressabiado, sonso, que aceitava a mão estendida do Frederico, mas falava mal dele pelas costas, e que um dia, só porque eu passei o esfregão na calçada onde ele tinha arrastado os sapatos imundos, se ofendeu. Um sujeito que aceitou o emprego que nós conseguimos pra ele, na ferraria do seu Natálio, mas que não demorou um mês pra arrumar encrenca e ser demitido, deixando meu velho com a cara no chão. E depois, ainda teve coragem de suspeitar dele, de insinuar que ele e Marli tinham um caso amoroso. Marli e Frederico – como ele pôde pensar uma coisa dessas? Inácia aquietou-se por alguns minutos e esperou que seu coração, que batia forte, sossegasse também. Estava sempre atenta àquela percussão sob a pele, temerosa de eventuais alterações de ritmo e andamento. Quando ainda tinha seu relógio de pulso funcionando, comparava periodicamente os batimentos: a cada dois segundos, três pulsações. Mas agora, enquanto esperava que Úrsula levasse o relógio ao conserto, sentia-se perdida, desinformada sobre suas reais condições de saúde. Mais um defeito da sobrinha: o esquecimento. Coisas mais importantes a fazer, era isso que os jovens tinham. Sempre uma tarefa a mais, um compromisso inadiável, o primeiro passo de um novo projeto. Olívia era uma menina assim. Ou estava trancada no quarto, lendo seus livros, ou estava na rua, com os amigos e o namorado. Preferia sair com eles a ficar em casa com a mãe. A verdade é que Olívia era – Inácia procurou uma palavra que fosse adequada à sensibilidade do momento – uma ingrata, isso é o que era ela. Assim como Aline fora ingrata com Edna, deixando-a desassistida no seu último dia, e Edna com a própria Inácia, ao engravidar solteira de um rapaz de quem nem teria se aproximado se dependesse do gosto dos pais.

Quando a filha entrou em casa trazendo nos braços o pequeno embrulho de lã com seu conteúdo quente e úmido, Inácia reconheceu a atitude corajosa dela e de Nélson. Conceber um novo bebê poucos meses após a morte do primogênito. Fátima – era assim que a criança iria se chamar não fosse a teimosia deles, que queriam Aline, um nome do qual eu jamais tinha ouvido falar. Fátima era uma homenagem a Nossa Senhora, a quem eu pedia diariamente que fizesse Edna engravidar outra vez. Tentei convencê-los de todas as formas, e quando parecia ter conseguido, faltando apenas registrar e batizar o bebê, Frederico veio falar comigo, negaceando, daquele jeito dele, e me contou que o Nélson tinha topado ficar morando com a gente. Fiquei tão contente, só não gritei de alegria para não acordar a menina que dormia no quarto ao lado. E então Frederico disse que diante daquela grande notícia nós deveríamos reconhecer que Aline era um nome bonito, e mostrar a eles que estávamos felizes em receber a pequena Aline em nossa casa. Nossa Senhora haveria de compreender.

Tínhamos então mais de quarenta anos, Frederico e eu, e fizemos amor em silêncio, separados deles pela parede com a pera de luz e o crucifixo. O ato de fazer amor nunca foi confortável pra mim, por mais que eu amasse meu marido. Era algo que vinha assim desde o início, e que só piorou após a morte de Lucas. Depois que ele se foi, eu não podia mais ser feliz por nada neste mundo. Às vezes um riso me fugia, mas eu o recolhia depressa como um fio de macarrão que sobra pra fora da boca. Embora Frederico também sofresse, ele tinha fome, disposição para o prazer. Mas eu não podia, e quando recebia uma benção como a presença daquela criança na minha casa, eu mergulhava numa tristeza ainda mais profunda, ao me lembrar da felicidade de outros tempos.

De repente, Inácia duvidou até mesmo dessa felicidade antiga, ao pensar nas noites em claro e no trabalho que lhe davam os irmãos pequenos, de quem ela ajudava a mãe a cuidar. Teve a impressão de que mesmo sua infância havia sido melancólica. Comparava-se com as outras crianças: tinham a alma mais folgada, pareciam mais propensas ao riso. Comparava-se com os irmãos à medida que estes iam desembarcando no mundo: eram leves, travessos, riam das próprias travessuras e continuavam a rir mesmo depois de serem castigados por elas. Talvez já naquela época ela sentisse inveja deles. Depois, a breve vida a dois com Frederico, antes de os filhos nascerem. À noite, sentavam-se na beirada da cama e relatavam um ao outro os acontecimentos do dia, as coisas vistas e ouvidas, as caras das pessoas e as notícias do rádio, o menu do lanche feito à tarde, a qualidade do café. Aqueles haviam sido tempos felizes, como poderia duvidar disso? Frederico era um moço de primeira, sério e trabalhador. E como era alto, como era bonito! Capaz de escondê-la inteira no seu abraço. Sempre perfumado de água de colônia. Mesmo assim, Inácia fora injusta com ele ao não pronunciar uma única palavra de estímulo durante a construção da casa. A primeira moradia própria em Curitiba, e ela a desdenhava. Preferia pagar aluguel? Preferia ter ficado em São Joaquim, indo duas vezes por dia ao cemitério, de onde Frederico a arrancava no final da manhã e no final da tarde, quando saía do trabalho? Preferia ser vista como doida pela vizinhança, que assistia com compaixão decrescente à deterioração de sua sanidade mental?

Inácia tentou um movimento que a aproximasse do relógio caído no chão. Ele poderia estar funcionando ainda, embora o estrondo da queda sugerisse o contrário. Com um pouco de sorte, se o mostrador estivesse virado para cima, ela tentaria decifrar a posição dos ponteiros com sua vista acostumada ao escuro. Mas foi inútil. Seu corpo se tornara desobediente, mais uma criatura rebelde com quem lidar. O melhor que podia fazer era girar a cabeça e ficar vigiando a janela, à espera de que o primeiro raio da manhã lhe devolvesse a noção do tempo. Continuou naquela posição até seu pescoço começar a doer, junto com o ombro e o braço esquerdos, o que a deixou apreensiva. Seria aquela dor, somada à impossibilidade de perceber a passagem do tempo, o sinal de que ela se aproximava das portas da eternidade? Voltou a cabeça à posição normal, mas a dor não cedeu. Os sons da casa – motor da geladeira, ronco de Aurélio –, de tanto se repetirem haviam se incorporado ao silêncio. Ela entendeu que deveria estar preparada para gritar se fosse preciso, ou só seria encontrada na manhã seguinte, rígida e com o rosário enroscado entre os dedos.

Mas ela já quase ia se esquecendo do seu projeto: pensar em todos os acontecimentos da sua vida e em todas as versões de si mesma, tudo ao mesmo tempo. Os cortes de cabelo. As armações de óculos. As idas a Lages. As cozinhas. Experimentou pensar numa única casa em diferentes épocas: quando não passava de um pedaço de terra com montes de areia em cima; quando era azul; quando era branca; quando tinha uma Variant na garagem; quando ficou mais vazia pela ausência de Frederico. A seguir, tentou pensar em várias Inácias: a que detestava aquela casa; a que não podia viver sem ela; a que sentia saudades de Lucas; a que se condoía ao imaginar Aline na chuva; a que não se importava com o que a neta sentia.

Não era fácil ver-se a si mesma de todos os ângulos, e assim Inácia logo se deixou arrastar por outros assuntos. O relógio de pulso estragado foi o primeiro. Se o tivesse agora, saberia quanto tempo faltava para o dia seguinte, para o momento seguinte. Virou a cabeça mais uma vez em direção à janela e verificou que a escuridão não se alterara lá fora. Como a dor permanecia intensa do lado esquerdo, ela imaginou que poderia partir antes da alvorada. Teve medo. Aflita, agarrou-se ao rosário e rezou afoitamente, misturando pedaços de todas as orações que conhecia.

Tudo o que tinha vivido não bastava para enfrentar a realidade de que o mundo continuaria a existir depois que ela se fosse, assim como havia existido por milênios antes dela nascer.

...

O dia foi minguando, mas Úrsula não se preocupou em acender a luz. Permaneceu sentada olhando o teto até que ele sumisse por completo, e então começasse a reaparecer diante de seus olhos adaptados à escuridão. A atmosfera da sala ainda continha um pouco do frio que entrara através da porta aberta por Aline. A mãe havia se retirado para ver televisão no quarto, enquanto Cibele cuidava da higiene da tia. Logo a colocaria na cama, assistiria com ela a vinte ou trinta minutos de algum programa na TV portátil e a deixaria dormir. Úrsula torcia para que as atribulações daquele dia não prejudicassem o sono da velha senhora, pois, embora Cibele fosse a responsável por atendê-la durante a noite, era impossível ficar alheia a suas crises, quando acordava a casa toda dizendo que ia morrer. No dia seguinte, Úrsula teria que estar de pé logo cedo para encontrar o amigo vereador, entregar-lhe o bolo que preparara e conversar sobre o futuro. O amigo, na verdade amigo de um conhecido, iria lhe dar dicas sobre como se iniciar na política, filiar-se ao partido, colaborar na campanha para as próximas eleições, quem sabe até concorrer a um mandato. Ela tinha ambição, tinha interesse em ajudar a resolver os problemas da cidade, dos cachorros abandonados à falta de policiamento nas ruas, da iluminação pública deficiente à indigência material dos postos de saúde. Seria sua chance de pôr em prática as coisas aprendidas nos bancos escolares, com a leitura de livros e com a observação do mundo. Considerava-se uma mulher sensata e inteligente. Havia tanto a fazer pelas pessoas que certas questões domésticas às vezes lhe pareciam frívolas, comezinhas, mesmo aquelas que causavam transtornos a quem ela queria bem. Era o caso da tia, que se desesperava por estar chegando ao fim da vida, uma vida longa e saudável, apesar da devastação ao seu redor. *A velhice é a época de praticar a sabedoria* – Úrsula lera num livro –, mas a tia parecia não saber disso. Sentia medo de morrer depois de ter tido tanto medo de viver. Por mais contraditório que fosse, fazia sentido. Era como se ela pedisse um tempo a mais, um adiamento do fim, uma *procrastinação* – sim, era essa a palavra que Úrsula buscava. Talvez ela quisesse viver agora o que não vivera em mais de oitenta anos de uma vida pusilânime – gostava dessa palavra também –, que levara enxergando perigos onde eles não existiam. E, mais grave ainda, não os enxergando onde eles existiam de fato. Apavorada com mau olhado, mas resoluta na hora de recusar o medicamento. Precavida contra o vento, mas desatenta diante de vírus e bactérias – desacreditava da sua existência só porque não os via. Mas Deus também ninguém vê, e, contudo, ele existe. Tanto que agora ela lhe pede uns dias a mais. Mas eu me lembro muito bem de ouvi-la desejar a própria morte, rogando a Deus, me leve agora mesmo, me leve para junto do meu filhinho. Uma sacanagem com a Dininha, diga-se de passagem, que estava lá, vivinha da silva. E agora os faniquitos pelo motivo contrário. Então tudo não passava de um blefe? Pede para morrer, mas no fundo quer ser imortal. Talvez ela já não tenha tanta certeza de que vá encontrar seus mortos quando passar para o lado de lá. A ideia de revê-los é alentadora, mas deve bater uma angústia terrível à medida que a hora H se aproxima. Antes de pensar na vida após a morte, pense na sua vida *antes* dela – outra frase que eu li em algum lugar. Os livros estão cheios de belas reflexões, eu tiraria ótimas ideias deles se um dia tivesse que discursar num palanque ou no púlpito da Câmara.

Úrsula sorriu de seu atrevimento. Mas não era atrevimento. O nome certo para isso era *ambição*. E que mal há em ter um pouco de ambição na vida, ela se perguntou, enquanto via surgir num canto da sala a estante de madeira, que, como todos os objetos que haviam naufragado na escuridão, voltava à tona lentamente. Paz para os olhos e uma boa economia de luz. Pensou nas fotos de pessoas desaparecidas que eram publicadas nos boletos mensais de energia elétrica. Aquilo sim era triste para valer. E mais uma vez os dramas vividos por seus familiares soaram desprezíveis aos seus ouvidos.

Que privilégio saber da morte de um ente querido e poder pranteá-lo, dar-lhe um enterro digno em vez de passar a vida esperando por alguém que não voltaria nunca. Ela tentou medir o tamanho da angústia daqueles que ansiavam pelo retorno dos parentes desaparecidos. Esperar por um desaparecido era como conviver com uma ferida sem ter a memória do que a havia causado. *Não devemos nos queixar de nossas feridas* – ela recitou em pensamento – *quando temos o privilégio de conhecer sua origem* –, e sentiu pela primeira vez que havia uma agradável fluidez nas palavras que corriam pelo seu espírito e que se encadeavam formando frases vigorosas e cheias de sentido. Imaginou que um dia poderia fazer bom uso dessa espécie de voz interna, desse rio mental de palavras, se não no palanque ou na tribuna da Câmara, ao menos à beira da cova de Inácia, no instante do seu sepultamento.

Úrsula nunca soube de um desaparecido da conta de luz que tivesse voltado para casa. Se isso aconteceu, nem os jornais nem a televisão noticiaram. Mas era pouco provável. Essas pessoas seguramente estavam mortas, e as famílias jamais saberiam. Ocorreu-lhe que talvez fosse o caso do tal parente que saiu para comprar açúcar e nunca mais foi visto. História manjada contada por décadas a fio com o humor tolo e inconsequente que caracterizava a gente do lado de Inácia. Não entendia como podiam fazer chacota de coisa tão séria e, ao mesmo tempo, tomar a ferro e fogo questões que deveriam ser levadas com mais serenidade. A celeuma que fizeram em torno da morte de Edna, por exemplo, só porque aconteceu, por azar e coincidência, na única manhã em que Aline a deixou sozinha no hospital. Aposto que a Dininha estava bem feliz lá, cercada da atenção das enfermeiras, e talvez até já estivesse conformada em ter que encarar a morte. Na situação dela, doente e incapaz de viver sua própria vida, a ideia de ir embora para sempre não deve ter parecido tão ruim, afinal. Dininha se casou cedo, mal completara vinte anos, enquanto

Úrsula permaneceu solteira até os vinte e seis. Enquanto uma continuou morando com os pais, a outra se instalou numa casinha do Atuba assim que voltou da lua de mel. Era uma casa simples, de madeira, comprada pelo sogro, mas registrada no nome do Amauri. Úrsula lembrava da prima, ainda muito jovem, com filho na barriga, filho no colo, esquentando mamadeira, tudo isso numa idade em que as meninas mais moderninhas só pensavam em curtir a vida, com suas sandálias, mochilas e vestidos floridos. Úrsula se casou virgem. Dininha não, estava grávida do namorado, mas era o namorado que acabou se tornando seu marido, então, qual era a graça? Úrsula se recordava de como Inácia e Frederico faziam marcação cerrada, pressionavam a prima por todos os lados. E o pobre do Nélson acabou aceitando ficar ali, até morrer amargurado na flor da idade.

Com um suspiro, ela se espichou no sofá, simulando fumar e assistir à fumaça subir devagar, gesto típico daquela época feliz, que ela abandonara há muitos anos. Queria entender por que eram tão diferentes, ela e Edna, mulheres da mesma família e praticamente da mesma geração. O problema, rematou, orgulhosa da sentença favorável a si mesma, é que Edna havia sido uma criança superprotegida, assim como Aline, na geração seguinte. Duas meninas mimadas e pobres. O que há de pior que uma pessoa ser ao mesmo tempo mimada e pobre? Pobre éramos todos, mas como batalhávamos, eu, a mãe e os rapazes, para termos uma vida melhor. Quando percebemos que o pai não chegaria a lugar nenhum com aquela intransigência, aquela teima, cada um tratou de se virar, de dar duro por si mesmo e pelo conforto da mãe. Os meninos ainda crescendo e já arrumando bons empregos, e quando não eram bons, se esforçavam para melhorar, estudando até altas horas. José foi o primeiro, passando no concurso para a Prefeitura. Depois Célio, no escritório de contabilidade. Francisquinho demorou a engrenar, mais reservado que os outros, muito apegado à mãe. Mas ele também mostrou que era capaz, e um dia acabou abrindo sua própria firma.

Eu e a mãe logo vimos que Aline não tinha competência para cuidar da tia quando ela caiu doente. Notamos isso numa tarde em que fomos visitá-la na Santa Casa, logo depois da cirurgia. Ao entrarmos no quarto, ela estava sozinha. Aline havia saído e deixado seu casaco amarrotado sobre a poltrona. A TV portátil estava lá, mas ainda não tinha sequer sido tirada da sacola. As roupas da tia estavam reviradas no armário e havia restos de comida sobre o cobertor. Ficamos chocadas, sem saber o que fazer. Quando a enfermeira – Claudiane, lembro bem – entrou para trocar a bolsa de soro, vimos que se tratava de uma boa moça, nem de longe culpada por aquela balbúrdia. Começamos a conversar, e Claudiane logo nos contou sobre o tombo da vovó e a maneira estúpida como a neta a tratava, *Nunca vi coisa igual*, ela disse. Eu fiquei abismada com aquela situação. Me deu uma coisa ruim, não queria encontrar Aline na minha frente. Disse à mãe que preferia esperar lá fora, no carro, e pedi a ela que conversasse direitinho com o médico. Quando eu saí, o médico estava no corredor com a enfermeira. Um homem alto e de feições inteligentes. A mãe me contou que foi ele mesmo quem recomendou, na presença de Inácia, que estava acordando de seu cochilo, levá-la para viver num lugar seguro, onde ela estivesse rodeada de atenção e de bons fluidos.

De repente, Úrsula ouviu o barulho de um objeto se espatifando no chão, um objeto pequeno, caído de uma altura menor que a de um ser humano. Esperou que Cibele surgisse na porta da sala, ou que algum outro som – um grito, por exemplo – sucedesse ao primeiro, mas nada disso aconteceu, e ela entendeu que não havia motivo para preocupação. O ruído, porém, lhe deu a certeza de que seria ali mesmo, sob aquele teto, que Inácia morreria, e que, portanto, o dia em que desembarcaria do carro diante da casinha de Santa Quitéria e voltaria a viver entre os velhos objetos, nunca chegaria. Vejam a crueldade da velhice, ela palestrou para uma plateia imaginária. O que pode ser pior – e sentiu outra vez as palavras viajando soltas na mente – do que seus movimentos se tornarem mais lentos justo quando você dispõe de menos tempo? E o que dizer do fato de que uma pessoa a quem restam poucos meses de vida possa levar horas para finalizar a mesma tarefa que uma pessoa com a vida toda pela frente finalizaria em poucos minutos? Era algo terrível, mas Úrsula teve vontade de rir. A tragédia da existência humana era superada pela ironia da situação e, mais ainda, pelo orgulho de sua habilidade para elaborar ideias complexas e expressá-las com palavras que considerava bonitas. Imaginou-se discursando no velório de Inácia antes de fecharem o caixão para conduzirem-no ao cemitério. Ou diante do túmulo, no instante solene em que o caixão é aberto para que os vivos vejam o morto pela última vez. Rodeada de parentes, que teriam vencido às pressas os quilômetros que os separavam de Curitiba, ela pediria licença para pronunciar algumas breves palavras de ternura e gratidão em homenagem àquela mulher amorosa, responsável em maior ou menor grau pela felicidade de cada um dos ali presentes. Agradeceria o desvelo com que a tia sempre a recebeu em todas as casas onde morou. Mencionaria a saudade profunda e tocante com que ela se referia aos filhos que partiram, assim como ao marido – seu eterno namorado – e até mesmo aos pais, ausentes há tanto tempo, mas nunca esquecidos. Confessaria que a tristeza de perdê-la era compensada pela alegria de imaginá-la caminhando ao encontro do Senhor e daqueles que ela tanto amava, os quais, naquele exato momento, a estariam acolhendo no paraíso. Recordaria o quanto Inácia fizera pela família e revelaria sua satisfação pessoal por ter podido oferecer à tia, nos últimos dias de sua vida, ao menos uma ínfima parte do afeto que ela sempre lhe devotara. Afirmaria que enquanto vivesse não esqueceria o olhar pleno de gratidão com que Inácia a recebia toda vez que ela entrava em seu quarto para lhe dar um beijo de boa-noite, inclusive nas últimas semanas, quando a saúde frágil já não lhe permitia se exprimir com palavras. E, após uma breve pausa dramática, concluiria com a frase tirada de um site de citações – não lembrava o autor –, que ela dirigiria diretamente à falecida, fechando a homenagem com chave de ouro: *"O que fazemos para nós morre conosco, mas o que fazemos pelos outros e pelo mundo é o que garante nossa imortalidade".*

Úrsula recostou-se no sofá, saboreando a melodia da frase que ecoava no breu da sala, e se perguntou quantos dentre aqueles tios velhíssimos e primos de meia-idade seriam capazes de perceber a sutileza de suas palavras. Quantos, bem-sucedidos em seus pequenos negócios, mas desatentos às finezas do espírito, notariam a ambiguidade implícita? Poucos. Talvez nenhum. Mas se um deles fosse perspicaz o bastante para captar o sentido do que ela disse, é certo que contaria aos outros, e então todos saberiam quem ela era.

Aconchegou-se mais às almofadas macias, como se se preparasse para passar a noite ali – o que não faria, pois logo teria de voltar para casa, onde Amauri e Daniel, o filho caçula, estavam à sua espera. Não chegaria a tempo para o jantar, mas ainda assim desfrutaria de uma horinha ao lado dos dois, diante da televisão, antes de dormir. Às vezes eles reclamavam da dedicação *excessiva* que ela dava à mãe, e agora à tia, *as duas velhas*. Não, Amauri jamais se referira a elas assim. Mas era justamente por serem idosas que Úrsula queria gozar ao máximo a sua companhia. Por isso as visitava quase todos os dias, preocupava-se com a saúde de Inácia, levava-a aos médicos. Não havia ninguém que fosse capaz de fazer isso tão bem quanto ela.

Úrsula permaneceu na sala ainda por alguns minutos, degustando suas certezas, adiando a hora de partir. De repente, perguntou-se por que estava tão certa de que o tal objeto caíra no quarto de Inácia, e não no do pai. A explicação que encontrou foi que ela não tinha mais ouvidos para os sons que vinham do pai. Até o zumbido irritante da sua TV já se integrara à paisagem sonora da casa, tornando-se inaudível. Ela pensou no enigma insolúvel da queda, simbólica ou concreta, que ele sofrera numa tarde perdida no tempo, e sobre a qual ela jamais saberia a verdade, mas que ferira aquele homem orgulhoso, que não gostava de pedir nada a ninguém.

—

Este livro foi composto com as tipologias
Crimson e Rubik e impresso em papel
Pólen Bold 90g/m^2 em outubro de 2020.